他流試合——俳句入門真剣勝負!

金子兜太＋いとうせいこう

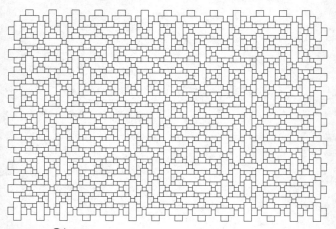

講談社＋α《プラスアルファ》文庫

まえがき

ある日、兜太さんから人づてに連絡があった。お互いが選考委員をしている新俳句大賞の入選句を鑑賞し直してみないか、というのである。

伊藤園がこの賞を創設してから、早いもので十年が過ぎ、応募も百万句を超えるようになった。それにつれて、俳句に新しい傾向が生じてはいないか。そいつを確かめてみたい、と兜太さんは持ちかけてくださったのである。

一も二もなく飛びついた。一流の俳人の鑑賞法は、そのまま創作法に通じている。とすれば、入選句鑑賞は「俳句とは何か」を理解するのに最も実践的な機会となるだろう。自分の無知を恥じていても何にもならない。まずはぶつかってみようと思ったのだ。

タイトルを『他流試合』にしましょうと言ったのは僕である。大家と話す以上、そのくらいの気概がなければならないという自分への励ましが含まれているのだが、対談が始まるとすぐに通常の試合にならないのがわかった。

散文屋のこちらには、俳人に聞きたいことが山ほどある。疑問を呈したり、反論を組み立てたり、沈黙で反抗したりする暇などなく、とにかくより多くのことを聞き出したくなってしまうのだ。

だが、僕にも戦略がないわけではなかった。うなずいては引き、打たれては下がりながら、自分が持つ文学観の方へと兜太さんを引きずり込もうという捨て身の作戦である。

兜太さんはおおらかに構え、僕の脳天に軽々と一撃を加えながら、どんどんと歩み寄ってきた。当然、してやったりと僕は下がる。ところが、どこへ引きずり込もうとしても兜太さんには恐れる様子がなく、ひたすら「さよう、さよう」とかえって僕を肯定し続けるのである。そして、同じ調子で刀を振ってくる。こっちは打たれっぱなしだ。

それじゃますます試合になっていないではないか、というお叱りの声もあろう。しかし、少なくとも必死に刃を受けている僕には、そのひと打ちずつが兜太さんからの贈り物であり、真剣勝負であることがわかるのである。

柔らかい肯定の一撃は、あとから効いてくる。例えば、対談後、僕はいつの間にか古典の「係り結び」や「歌枕」の研究に敏感に反応するようになった。よくよく考えてみれば、俳句にとって「切字《きれじ》」とは何かという問いを兜太さんから与えられているからである。試合はとうに終わっているにもかかわらず、こちらはその問いに答えようと、和歌にまで遡って考えようとしているのだ。

撤退につぐ撤退という試合模様もある。おかげで僕は試合後も、ジーンとしびれる頭のまま「俳句ってなんだろう？」と、こうしていまだに立ちつくしている。

肯定のようにみえて問いかけになっている一撃。

その意味深いひと打ちのあり方自体が俳句の骨法に違いないと、そこまではわかるのである。なにしろ、こちらは何回となく脳天をやられたから。

となれば、僕の負けぶりもまた意味のあるものだと思えてくる。

さあ、その負けぶりをとくとお読みいただきたい。俳句を知りたいあなたのために、僕はこてんぱんにノサれたのだ。

いとうせいこう

文庫版まえがき

そもそも『他流試合——兜太・せいこうの新俳句鑑賞』は十五年前に出版されたまま、木漏れ日差す森の奥に放っておかれていた感がある。私がズブの素人だからだろう、ほとんど真剣に扱われなかったのだと思う。

しかし今読んでみても、ここには俳句というものの力が切実に説き明かされている。他の文芸においての日本語の働きとの比較もまた、ラップなどを対象としてきわめて早い段階で縦横無尽に行われているのも異例だ。

あれからずいぶん長い時が経つが、私は何人かの、先鋭的に日本語を考えるタイプの人に「あの本は刺激的だった」と言われた。そしてその度に是非再版したいと願いながら、すぐ忘れてしまった。私は兜太さんからさらなる日本の詩語の深部を知りたくなっていたのだし、ここで議論の前提になっている伊藤園の「お～いお茶新俳句大賞」の審査会で、あるいは東京新聞「平和の俳句」選句会で再会した兜太さんから、実際にチラホラとより刺激的な話を実際に聞いていたからである。

むしろ私は続編を上梓したかった。自分の経験不足で問いきれなかったことについて、私は金子兜太という大きな人からより遠くにあるだろう答えを得たかった。

再版への動きを忘れていたおかげで今回、より多くの果実に私は触れることが出来た。その提議は新しい対談として本書中に収めてある。もし読者の皆さんにその味わいを伝えることが出来たとしたら、怪我の功名というものであろう。

さて、年月を費やしたあとの、相変わらず気さくで冗談まじりの、いかにも俳人らしいふるまいの金子兜太は驚くべき射程で俳句を考えていた。もともとの対談を重ねていた頃からきっとその思考は形を成していたのだろう。私がとらえ逃し、兜太さんは話さないまま執着せずに独歩を進めていたのに違いない。

逆に言えば、本書はやがて明かされる「すべての言葉を詩と捉える」という、大変に大きく強く、また優しくもおそろしくもある詩語論の精髄に至るための、金子兜太からの導きの足跡だ。

導きに気づかぬ私の早とちり、若気の至り、早のみ込み、思い込み、あらさがし、一人語りなどなどのすべてを読者諸氏には御寛恕いただきたい。怯えたウサギが名猟師をおびき寄せることだってあるだろうから。

では、そんな二人がかつて分け入った日本語という森の奥での対話、ないし今も苔の上に残る足さばきの跡、そして新しく開けた草原のありさまをどうぞお楽しみください。

いとうせいこう

目次

写真　新潮社写真部
宮寺昭男
講談社写真部
渡辺充俊
花房徹治

一‥俳句は「切れのかたまり」なり

平成11年6月、東京都新宿区「新潮社クラブ」にて

「日常語」はたくまずに使うべし

せいこう　とりあえず口開けとして、第十回目（平成十一年）の「伊藤園新俳句大賞」の入賞作が決まったばかりですので、金子さんにその入賞句を紹介していただきながら、新俳句の新しさとはいったいどういうところにあるのかというあたりをうかがって、それに対して僕に異論があれば嚙みついたりして（笑）、少しずつ進めていければと思います。

兜太　わかりました。それでは最初に私がいくつかの句について、これはこういうところがいいんだと、かなり独断的に言うことから始めましょうか。その中で「新俳句」という言葉に対する私の考えが出てくることになると思います。それに対してあなたが嚙みつくというわけですな。

せいこう　ま、嚙ませ犬ですから。

兜太　嚙みつきなり、ご質問なり、ご賛同なりをいただくと。じゃあさっそく、まずは遡って第一回目（平成二年）の句。もう十年前ですが、「一般の部」大賞になった句です。

白菜がまじめに笑って立春です（福井県・稲田豊子　第一回　一般の部　大賞）

せいこう　新しさを感じた？この句を見たとき、なるほど「新俳句」という感触の句ではあるなと。

兜太　そう、それはどこで感じたかというと、まず「立春の白菜」ということだけでも新鮮なんですね。

せいこう　俳句の世界では、取り合わせとして、「立春」と来たら「白菜」では受けないということですね。

兜太　まず、「季語」としてそうならないということがありますね。それだけでも新鮮な感じがするんじゃないかな。

せいこう　「白菜」は冬の季語ですよね。鍋に入れて食うイメージが強いわけだし。

兜太　それが早春に、少し暖かくなった雰囲気の中に出てくるというところに組み合わせの新鮮味があるわけです。そして何より、「まじめに笑って」という、この真ん中の七音をわれわれは「中七《なかしち》」と言っていますが、この句の場合、それが非常にユニークじゃないでしょうか。

せいこう　金子さん的には中七が非常にいい、と。

兜太　白菜を冬のはじめから食べてきていて、今、立春が来たと思ったときに、その空気の中であらためて白菜を見直して、なんだか「まじめに笑っている」感じがするんだという、そのへんの取り方がね、いかにも家庭の主婦らしい、それもかなり若い主婦の感触だと。そこが面白いということになって、大賞に採ったんですね。

俳句を受け取るときに、その句にひとつしか美しいところがない、見どころがないという場合もあるわけですが、この句の場合だとふたつありますね。ひとつは題材の配合に魅力があって、もうひとつはその題材のとらえ方の独特さを感じたということでしょうね。

せいこう　僕は選考会でこの句を最初に見たときに、他の選考委員の皆さんも含めて、「です」というところにかなり新味を感じて、推しているのかなと思っていたんですけど。

兜太　僕もそうなんです。三つ目に、それを言わないといかんと思っていた。「です」という口語調ね。一応、俳句の世界では「口語調」と言ってますが、むしろ私などは最近は「日常語」と言うのですけどね。文語と口語とちゃんぽんの言葉遣いを「日常語」という言い方で言わせてもらいたいのですが、その日常語調が、たくまず、非常に気軽に出てきているということですね。そのへんの軽快感もやはり新鮮味を与えてくれました。この三つです。

せいこう　もちろん「白菜がまじめに笑って立春」まで行ったら、「や」も「けり」も「なり」も付かないわけですね。「白菜がまじめに笑って立春なり」とはならない。「白菜」から「立春」までの連なりが、もう「です」を生むようにできているじゃないですか。「まじめに笑って」という「って」の使い方がすでに口語調ですよね。この段階で「まじめに笑って」というふうにくだけているから、「です」でうまく、やわらかく収まる。この「です」「ます」というのは、以前は使わなかったんですか。

兜太　あることはあったんですがね、ただ、この句はちょうど十年前で、十年前の雰囲気だと、こういう日常語調は、かなり遠慮しながら使うという感じでしたね。それで、せいこうさんが言うように、「まじめに笑って」という、こういうのを私なんかは日常語風の「もちかけ」と言うんですが、日常語風のもちかけをしておいて、その上で「です」という、まさに日常語で押さえている。この人は、のっけから日常語で書く姿勢をとっていますね。こんなのは十年前だと、わりあいに珍しかったと思いますね。それから念のために言いますと、普通の俳句としてこの句を書けば、「白菜がまじめに笑いて立春なり」なんですよ。これは文語調ですよね。あるいは、「まじめに笑う立春なり」。もしくは、「まじめに笑う立春かな」というふうに、「切字《きれじ》」を使う人もいる。そんな調子ですよね。以前はそういう文語調で書くのが普通だったんですね。

せいこう　しかも作者の稲田さんは、それまでの常識を踏まえて、じゃあそれを口語調にしてみよう、というように肩に力が入っているわけではなくて、非常に素直に書いている。そこを金子さんはお採りに(句を選ぶこと)なったんですね。

兜太　そう感じられましたね。日常語調というのは、企んでやるとすぐバレますね。

せいこう　そう、その企みがいやらしく見えてしまう。

兜太　言葉遣いというのはそういうものですね。しかし、この句からはそういうものを全然感じませんから、やっぱりこの場合は、自然に作ったんじゃないでしょうか。

女性の日常感覚が俳句を変える

せいこう　十年前の雰囲気を思い出してみると、短歌の世界にもこういう口語調を使うものが出てきていて、俵万智《たわらまち》さんもその流れの中にあったと思うんですけど、この句もそういう雰囲気の流れで「です」「ます」を使っているのかなと思って、ちょっとわざとらしい感じがしたんです。でも、今になって、中七の「笑って」というところまで含めて見ると、確かに素直だというのが納得できるようになりましたね。あの頃は、これは狙《ねら》い過ぎているんじゃないかと思って、ちょっと警戒した記憶があるんですけど、そうじゃないんですね。

兜太　それは、せいこうさんにも俳句というものに対する既成概念があったんですよ。それでね、そういう日常語調がわりあいに気軽に、特に女性たちの句に出てくるようになったことには、時代的な背景があると思うんですよ。だいたい東京オリンピックの後、例の高度成長の時代があって、女性たちが電気洗濯機とか電気冷蔵庫だとかの三種の神器を獲得して、家事労働からずいぶん解放されたわけですね。それで主婦たちがずいぶんと俳句の世界に入ってきたんです。私もその後、「朝日カルチャーセンター」の講師というのを始めたわけですがね、その頃講座に来た女性たちに訊《き》くと、だいたいが主婦の人たちで、しかも子育てが終わったぐらいの四十代の人たちがほとんどでしたね。何でこういうところに来て俳句をやるんですかと訊いたら、学校で勉強したことを生かしたいと思っていたんだけど、ちょうど終戦後で経済的にそれができなくて、結婚を急いだと。それで今、子供が育って、家事労働からも解放される状態になってきたものだから、ここに到ってむかし勉強したことを生かしながら自分の表現というのをやってみたいと思ったと。それでまず手始めにという気持ちで俳句のグループに来ているんだというような人が多かったですね。結局そういう人たちのほとんどがそのまま俳句に定着しちゃいましたけどね。

せいこう　俳句を作る層が大きく変わったわけですね。

兜太　それまで俳句の世界というのは男性社会だと言われていたんですよ。短歌の世界は女性社会で、俳句は男性社会だと、こう対照的に言われていたんですね。それが、どんどん女性が進出してきて、一九八〇年代に入りますと、俳句の世界も女性社会になった。そうすると、男たちはしょぼしょぼする。なぜしょぼしょぼするかというと、女性のほうが男よりも感覚が優秀なんですね。特に俳句をやっていた男は、わりあい年配の人が多いですから、男たちの感覚が鈍ってきたんですね。女性たちは四十代ぐらいの人がどんどん入ってきましたから、感覚の若々しさではかなわんのですよ。季語の扱いなどを見ても、従来の季語感覚じゃなくて、自分の感覚でどんどん処理するようになってきた。

せいこう　それが例えば、こういう、白菜と立春を組み合わせるという感覚になる。

兜太　そう、その基本は生活感覚なんですね。もっと平たく言えば日常感覚。日常感覚でどんどん自由にものをとらえて、言葉を使っていくという雰囲気が広がっていった。そういう雰囲気の中からこの句も出てくるわけです。
せいこう　十年前の選考のときに、兜太さんはそういう背景も考えていたのか。まいったな。
兜太　だけどその頃はまだ、俳句は「文語定型」だという考え方が強くありましたから、ためらい気分もあったわけですが、稲田さんのこういう句みたいなものが出てくるとそれが刺激になって、ああ、あれでいいんだということで作る人がさらに出てくる。だから、伊藤園の「新俳句大賞」も、そういう意味での刺激になったんですね。
せいこう　日常感覚で表現できる場が登場した。
兜太　それともうひとつは、せいこうさんがちょっと言ったように、俵万智さんの『サラダ記念日』、あれが大変なブームになったこと。
せいこう　あれの影響は大きいですよね。良くも悪くも。
兜太　短歌界はあの作品の影響でずいぶん大きな変化を遂げましたが、俳句の方にも大変な影響を及ぼしましてね、特に女性が元気になりました。俵さんは日常の些事《さじ》にいたるまで、どんどん歌い込んでいった。従来の、短歌的抒情の中に溶かし込むというふうな構えた姿勢じゃなくて、日常の些事を抒情していくというやり方です。その姿勢が俳句にも出てきた。だから、その前の状況として女性が俳句の世界にどんどん入ってきたということがあって、彼女たちに俵さんの歌集がどーんと刺激を与えた。それが、この句が出てくる背景なんですよ。

せいこう それが例えば「です」「ます」になって表われるわけですか。

兜太 「笑って……です」というような、気軽な日常語調で書くということになるわけですね。

せいこう 今までは「なり」や「かな」に詠嘆のニュアンスがあったり、「けり」に過去分詞の機能が入っていたり、それぞれの助動詞に微妙な意味合いがあったじゃないですか。それに比べると「です」というのは、ちょっと丁寧に言っているぐらいで、そのことの軽さというか、意味が希薄になっているような感じもありますよね。

兜太 その通りですね。むしろそれが良さなんじゃないかな。正面切ったオーソドックスな作り方だと、今あなたが言われたように、「なり」とか「けり」とかいう文語の中に含蓄される意味合いがあるんですね。日本人の長年の言語習慣がそこに蓄えられているわけですから、文語定型を文語で書き切った場合というのは、言葉のことごとくに含蓄が感じられるというか、重くなるわけです。それを日常語調で「です」と軽く言っちゃうと、その重さが消えるという感じはある。

せいこう　兜太さんは、ずっと俳句をやっていらっしゃるから、そう感じるんでしょうね。僕は一般人だから、そこにいちいち強い意味が——要するに、筆で何かを書いていたとしたら、最後にグッと腰を入れなきゃいけないんじゃないかっていうような思い込みがあるんです。そこから逃れることもあるべきだと兜太さんはおっしゃるわけでしょう。

兜太　ええ、そこを軽くかわしていくというか。

せいこう　ああ、かわすということか。

兜太　気軽さのよろしさというか、それがありますね。ただ、もちろん今だって、男性の俳人や年配の女性俳人たちの中には、この軽さを嫌う人が結構いるんですよ。やっぱりこれは「立春なり」にすべきだと言う人がね。ただ、この句の作者に即していくと今のようなことになると思います。むしろ含蓄を消すというか、さらっと言ってのけたその魅力というようなことですね。

せいこう　そうすると、もしかしてこういうことですかね。白菜がまじめに笑う、そして立春であると思ったときに、その立春を謳《うた》い上げない方が、そのときのこの人の気持ちに合っている。「です」や「ます」で、少し弱く、水彩画のように、するっと言ってしまうことの方が、この人のそのときの気持ちに即しているということですかね。「なり」にしようとすると、俳句にはなるけれど、本当にそこまで白菜のことを思ったのか？ というような疑問が生じてくる。

兜太 そうだと思いますね。

せいこう それはそれでいいんですか。つまり、諂い上げない方向のことですが。

兜太 いいと思いますよ。というのは、白菜がまじめに笑っているというのは、まさに春来たるという気分と重なるわけです。それまでは何か、しかめ面をしていたのが、今日は笑っていて、ああ春が来たなという軽い気分。

せいこう 溶けた感じ。

兜太 それを出したいんだから、それ以上に何か重たいものを持ち込むと、かえって自分の気分に添わないんじゃないでしょうかね。

せいこう うーん、なるほどなあ。

「二物配合」の微妙さが俳句の醍醐味

兜太 だから、そもそものカギは「まじめに笑って」という表現の受け取り方にあるんじゃないでしょうか。

せいこう　そうですね。中七にあるんですね。「まじめに笑って」というふうに捉える感覚と、「笑いて」とかじゃなく「笑って」とした感覚と。これが「まじめに笑いて」だと、「まじめに笑うから」という意味でつながってきますよね。でも、「まじめに笑って」は、事実を描写しただけの感じが強いような気がするんです。「まじめに笑いて」と言われたときには、笑うからどうしたの？って受け取る側も聞こうとするけど、「まじめに笑って」と書いた場合は、ひょっとしたらそこで「。」が来て終わってもいいかもしれないとすら思う。そういう、簡単にサッとひと筆で書いてしまったところに「立春です」と持ってくるところが面白さなのかもしれない。もうひとつは「白菜が」の「が」という助詞、これも気になっていたんですよ。「白菜や」と切字にしたりすると、従来の俳句と同じで、そこに含蓄が生まれる。でも、「白菜が」の「が」には、あんまり含蓄がない。「白菜」で切ってしまって、「まじめに笑って立春です」と続く形でもいいじゃないですか。それが、「が」になっているというところに、逆に、基本的には十七文字分しか表現できないものの十七分の一に、こういうふうに意味のない「が」を置いちゃってもいいものなのかと、むしろ、俳句の外から来たために頭が固い僕なんかは思ったりしてしまう。それが結果として定型派の人たちの意見と同じになってしまう、そういう感じがあるんですけど、この「が」

も、「です」と同じような意味の薄さなのですかね。

兜太　「です」と同じような薄さというより、これはむしろ逆に、白菜そのものに焦点を絞っているという気持ちじゃないかな。いろんなものがあるんだけど、「白菜が」まじめに笑っている、とはっきり指示したい、それがこの「が」だと思います。

せいこう　「や」ではそれが出ないんでしょうか。

兜太　「や」だとね、そこでいったん切れちゃうんです。「や」は俳句にとっては一番の看板の、「切字」なんですよ。

せいこう　「古池や……」の「や」ですね。

兜太　そう、その「や」ですから、それを使うと「白菜」と「まじめに笑って立春です」が別々になるんですね。これを私は「二物配合《にぶつはいごう》」というふうに言います。「二句一章」という言い方をする人もいますね。「白菜」と「まじめに笑って立春です」は違う句だと。しかし、ひと続きにはなっているから続けて読みますよね。すると、すうっとつながってくる。だから二句一章になる、とこう言うわけですね。そうするとね、白菜があります、まじめに笑って立春です、とこう言いますね、すると、何がいったいまじめに笑って立春なんだ？　ということになるわけですよ。

せいこう　切字を使うと、まじめに笑うのは自分かもしれないし、横にいた子供かもしれないという可能性が出てきて、意味が曖昧になってしまう、と。

兜太　そうなんです。そうしておいて、丁寧な人は何べんも読むわけですね。そうすると今度はつながってくるわけです。切れてつながる――これが俳句のひとつの生理ですから。そうすると、ああ、白菜がまじめに笑っているんだなと後から気づくわけですね。作者はたぶん、そのまどろっこしさが嫌なんですよ。いきなり初めから「白菜が笑っています」と言いたいわけだ。

せいこう　なるほど。そうするとこれは、五・七がまずつながっている。白菜がまじめに笑っていますよ、と。

兜太　それが言いたい。ずばり言いたいんです。そのために「が」にしたと、そういうことですね。せいこうさんみたいに、ふだん散文を書いている方は、こういう「や」の使い方というのは奇妙に思うんじゃないですか。

せいこう　いや、そんなふうにものが書けたらなあと思うんですよ。散文では切字のような言葉遣いはないから、改行してそれを表わしたりするわけです。例えば「青空があった。」で切ろうと思ったら、もうそこで改行するしかないんです。そこに何かが続いたら、近接の論理というやつで、隣りあっているものには必ず意味なり何なりが重なってくるということがあるので、青空のイメージが、次の言葉を支配してしまうわけですね。だから改行をしたり一行分空けたりして、何とか違うところへ持っていこうとする。「一九八五年であった」とか、意味的にかけ離れたフレーズを続けたとしても、やっぱり「青空」が近接する以上は、一九八五年は明るい年だったんだと暗示しているように思われちゃう。散文にはこれを引き離す手はおそらくないんです。だけど俳句では、「や」を使うことによって言い切って終わってしまう。

兜太　いっぺん切り離す。

せいこう　切り離すんだけど、後からうっすらと「青空」が重なってくる。つまり近接したもののイメージが融合するわけですが、散文の場合とは何かが違う。意識的にまず切る、近接を否定する力があって、次は逆にくっつけていく。これはどういうことなんでしょうね。

兜太　この微妙さ。これが何とも言えぬ俳句の醍醐味なんですけどね。

せいこう　ただし、この句の場合は「や」を使ったらむしろ死んでしまう。

兜太　初めから指示したいから、いっぺん切っておいて後から徐々につないでいってその雰囲気を出すというんじゃ、作者は満足しない。もっと直接的に思っているわけだからね。

せいこう　一気につかみ取りたい。

助詞「の」の曖昧さは日本文化の美点？

兜太　それで一歩進めますとね、「が」を使って主語を明確にするわけですが、これを嫌だという意見が、文語定型の支持者に多いんです。むしろ保守的な立場の人に、こういうところで「が」を使うのはよくないという意見が多い。そういう人たちに、じゃあどういう助詞を使うのかと訊くと、「の」を使えと、こう来るんですよ。

せいこう　はーあ、「白菜の」。

兜太　「白菜のまじめに笑って立春です」というふうに、ここは柔らかくしなさいと。これが文語定型を厳格に守ろうとする人たちの言葉遣いなんですね。これはよく論争になるんです。私はそういう人とよく議論するんですよ。

せいこう　へーえ、そういうものなんですか。

兜太　「が」とはっきり言いたいんだから、指示したいんだから、いいじゃないかと私が言うと、その人は、いや、韻律上は「の」の方が柔らかいし、「の」だって主語を表わすわけだから「の」がよろしい、五・七・五の詩の生理にかなうと……。

せいこう　確かに「の」は、韻律上というか、音の響きの上で柔らかくつながっていますね。意味上もうっすらして、漠然とつなぐというやり方ですよね。「白菜が」と言っちゃったら、主語とその後の述語をはっきりと結びつけるんだなというのが見えるけど、「の」にされると、微妙につなぐ、はっきり指し示さないという、むしろ日本文化のいやらしいところのような感じがしちゃうんですけれどもね。はっきり指し示さないことに深みがあるんだという形で「の」を使いたくなる気持ちはわかるんですけど、はっきり指し示さないこと自体が文化性の高さではないと僕は思うんです。

兜太　そこなんですよ。守旧的な俳人たちは、あなたの今の話を聞くとね、この野郎も新俳句派だなと、こう思うわけ。

せいこう　あっははははは。そうなんですか。

兜太　だから、あなたはそこで俺と気が合うんだ。だけど、本当にまじめで頑固な文語定型の護持者たちは、今のあなたのおっしゃることが気に入らないと思いますよ。

せいこう　うっすらとつながったり、少し曖昧であることのよさを日本文化の美点とするのであれば、むしろ「白菜の」の後の中七が問題なんだと思うんです。中七の「まじめに笑って」の中に、イメージをいろいろな方向から見せるような曖昧さがあるというのだったら、そしてそれが日本文化のよさですと言われたら、それはそうかもしれません。ただ、「の」にすること、主語を曖昧にすることが文化かというと、僕には抵抗がある。それはむしろ機械的なテクニックではないのか、文を吟味して生み出す詩性からは遠くなりかねないというおそれが……。

兜太　頑固な人たちは、日本語の助詞の曖昧さというのが魅力なんだと、そこに美の薫りがあるんだと、そう思っているんですよね。

せいこう　それはわかります。おそらく思想的にも、そこが必ず問題になってくる。助詞が論争の種になるのはわかりますね。

兜太　『古今和歌集』や『新古今和歌集』あたりの歌の魅力なんていうのも、かなりそういうところにあるでしょう。何か、ひどく漠然とした助詞を使ったりしていますよね。それが、妙に魅力を発散しているという面もあるんですね。

せいこう　余韻があることはすばらしいことだと思うんです。ただそれを単に曖昧に変えることが余韻ではないと僕は思っているんだけど……。何なんでしょうね、その曖昧さというのは。

兜太　よく言えば、日本人の情緒の豊かさというか、恥じらいと言ってもいい。

せいこう　はっきり指し示すことを恥じらうような。

兜太　多義的な含蓄を持たせてというか、そういうところに魅力を感じたんじゃないでしょうかね。これは、短歌や俳句のような短い形式が日本人に愛好されるという理由にもなるんじゃないですか。短い形式というのは、含蓄の形式、ずばりと言わない形式ですよね。正岡子規などは、はっきり「俳句は曖昧なのがいい」と言っていますもの。子規は助詞の使い方のことを言っているわけじゃなくて、全体のことを言っているのですが。曖昧というのが日本の、特に短詩形文学の魅力であると、だから日本人は長く俳諧を愛好してきたという面もあるんじゃないでしょうか。

せいこう　確かに、句全体としての話ならわかります。例えば「白菜が」の句を「白菜のまじめに笑う立春は」と直したとして、その一句がじわーっといろいろな意味を持っているように見えるという曖昧さがあったとすると、それは詩としてすばらしいことだと思います。じつは僕も散文で「の」を使うことがあるんです。はっきり指し示すとどうも韻が悪いということがあって、曖昧にしてしまうところがある。助詞というものは、散文にとっても曲者《くせもの》です。中上健次などは、日本語の「てにをは」が天皇制なんだと言ったりしていたときがあって、すごいことを言っているなと思ったことがありますけど、今こういう話をしているとよくわかりますね。曖昧にしておいて、何となく守っておく、その中に日本があるとして吟味を避ける傾向が確実にある。守る側と攻撃する側があるというのは、よくわかります。

「拡散した曖昧さ」と「集約のある曖昧さ」

兜太　この句はこれぐらいにして、「新俳句大賞」が十年経った、最近の句をちょっと見てみましょうか。第十回の「一般の部A」の大賞ですな。

わが身体《からだ》瀧四五本は流れけり（埼玉県・有永克司　第十回　一般の部A　大賞）

これは男性の句ですね。女性の句で比較できればいいんだけど、第十回の「一般の部」はA、B、Cの各部門とも、大賞は男性だった。ここ何年かは「一般の部」の大賞受賞者は女性ばかりだったので、これは男性の巻き返しと言えるのかな。この句は、稲田さんの「白菜が……」の句と比べると、ある意味では対照的と言えるかな。かなり省略を効かせた断定の句ですね。稲田さんみたいに、言い終えてニコッとするような句じゃない。そこがまず違う。

せいこう　言い切って、突っ立っている感じがありますね。

兜太　せいこうさんは選考会でこの句をうんと褒《ほ》めていたよね。俺はあんまり褒めなかったから、褒めた方からまず褒めてくださいよ。

せいこう　僕は最初、身体の中に流れる血の感覚があるんだろうなと思ったんです。それが、上から下へザーッと流れている感じがあって、季節で言えば夏の感じですね。そして、突っ立っている棒のような人の輪郭が非常によく出ているように思って、筆で強くギューッと上から下に四、五本引いた感じが、何かとても良かったんですね。

兜太　筋肉の逞《たくま》しい男性が立っていて、そこに、筋のように瀧が四、五本流れている感じ。そういう裸体像のようなものですか。

せいこう　夏の、開襟シャツか何かを着て汗が流れ出て……というイメージだけど、それよりも内部の身体性ですね。これ、一本なら大したことはないですけど、「四五本」って、作者自身も捉えかねている身体の中の生命力みたいなものかなと思った。そうするとこの人は、流れているものが切れるということも感じながら言っているのかもしれない。そういう身体感覚を言っている気がしたんですけど、金子さんや他の選考委員の皆さんと話しているうちに、これは汗のことじゃないかって言われて、ああ、そうかもしれない、汗だとすると、汗っかきだなあというぐらいにしか思えなかったりして(笑)。

兜太　いや、私もあなたのおっしゃるように生命力——命というようなものだと思っていたんですよ。ただ一方では汗という即物的なものだとも読めるようにね、やっぱり曖昧だと。なぜ曖昧になるかというと、命までは行かないような意識の流れみたいなものを「瀧四五本」で捉えているんじゃないかと思って、そうだとするとやや不充分だなと思っちゃってね、結局この句は捉えきれなかったということなんですね。結論としては、この句が言っているのは、命のことです。それはわかるんですが、どうもちょっと、曖昧さが残ったというわけ。

せいこう　なるほど。先ほどは助詞の「の」のことで、日本の曖昧さということを言いましたけど、ここでの曖昧さは、意味の範囲を指し示しきれていない曖昧さのことですね。

兜太　ただ、正岡子規ならこの句を喜んだかもしれない。俳句は曖昧なのが良いという人だから。

せいこう　ああ、そうか。

兜太　しかし、拡散した曖昧さじゃだめなんだ。どこかに集約された部分があって、あとは曖昧というのが一番いいらしい。そうすると、この句は集約されていますよね、人間の身体のことだということはわかる。そこまでわかれば、あとは汗と取ろうと意識と取ろうと命と取ろうと各々の自由ということになりませんか。案外そういう句なのかもしれません。ある男の身体の内部のことを書いていて、何となくわかるということでいいのかもしれませんね。ただこれはやはり、「白菜が」の稲田さんのようにははっきり言い切ってはいない。稲田さんの場合ははっきり指示して、これがそうでございますよと言ってニコッとしているわけでしょう。有永さんの句の場合は、いろんなものを含意しながら、気持ちを「意識」に置きながら、それを俳句らしく五・七・五に煮詰めて、凝縮して書いてみたいという努力をしているわけです。その努力が、完成間際ではあるけれどもまだ完成していないという感じ。ひと言で言えば、少し煮詰め過ぎているんじゃないかということです。もう少し説明して書いたらよかったのかもしれない。

せいこう　つまり、どこかにぎりぎりの具体性が入ればよかった。そうだとしても「瀧四五本」という表現は譲れないですよね。おそらくこれが最初に浮かんだと思う。

兜太　そうそう。

せいこう　すると、中七の「瀧四五本」の前後に何か具体性があればいい。「わが身体瀧四五本」のところか「流れけり」のところか……、どこでしょうね。例えば「わが身体」のところか「流れけり」のところか……

兜太　下五の「流れけり」という言葉、これが決まっていないのかもしれません。

せいこう　「わが身体瀧四五本は皮膚の下」とか。
兜太　それは散文家の着想だな。
せいこう　ああ、これでは散文になってしまうんですね。示し過ぎているわけですか？
兜太　そう、語り過ぎている。やっぱり、「流れけり」と流してもらう方がいいんだ、そうしておいて横を向いてニヤッとするぐらいの方が。それが短詩形の魅力なんですよ。
せいこう　はあ。僕はどうしても人に親切にしてしまうんですね。「わが身体瀧四五本は皮膚の下」では、身体と皮膚が重なって、これはもう余計なんですね。

「響いている感覚」の気持ちよさ

兜太　「皮膚の下」というのを使いたければ、私なら「流れけり瀧四五本は」と、こう来ますね。
せいこう　それだ！　なるほどね。うーん、それが俳人の生理か。
兜太　この「流れけり」も、やっぱり捨てがたいんだね。

せいこう　そうですよね、「流れけり」が感覚の部分なんですもんね。
兜太　それで、韻律がありますよね、響いていますよね。
せいこう　うん、響いてる。
兜太　響いている感覚というのはね、俳句ではとても魅力的なわけですよ。「響いている意味」が一番深いわけですけどね、「響いている感覚」というのは、その次に魅力的なんです。
せいこう　響いているというのは、基本的にはリズムなんですか。
兜太　リズムと言葉の結びついた形ですね。詩の専門家はどう言うか知りませんけど、私たちの場合は、俳句は五・七・五というリズムの詩――韻律詩だと言うんです。まずは律――リズムに当てはめる。そうすると、当てはめたそれぞれの言葉がそれぞれの語感を持っていますから、それが響き合う。リズムと言葉が響き合う。そこに韻が生まれる。ライム（押韻）が生まれる。それが韻律詩ということです。五・七・五というリズムにうまく言葉を当てはめて、そこから醸し出されてくる韻と律のその複合を味わうというわけなんですよ。だから、「流れけり」というのは、五音にうまく言葉がはまって、得も言われぬ韻を放っているということですね。
せいこう　兜太さんの直しだと、上五に「流れけり」が来て、いったん切れているの

かと思うと、その対象が「瀧四五本は」――皮膚の上か皮膚の中かはわかりません
が、そこで合点がいくと。

兜太　そういうことです。

せいこう　句自体が流れているという感じもありますね。意味と音が重なっている。

兜太　そうですね、韻律的な魅力を持っている。

せいこう　その韻律なんですけど、今の若い人たちがラップをやるときには、英語詩を日本語に取り入れる形なので、脚韻を重視するんですよ。もちろん英語でも個々の韻律は他にもたくさんあるんだけど。中国の詩でも韻を踏みますよね。ひるがえって俳句の場合のこの韻というのは、実際、何なんですか。

兜太　私個人の受け取り方かもしれませんが、やはり「全体」なんです。下五なら下五のリズムの中に言葉を入れますね。そのときにそこに醸し出される響き、それを私は韻と言っているわけです。ご承知のように、日本の短詩形の場合には、韻を踏むという習慣はまったくないですよね。

せいこう　そう、不思議なことに、ないんですよね。英語詩とも漢詩とも違う。

兜太　だから私は、句全体に、リズムと言葉の語感の組み合わせの中から生まれてくる韻があると考えるんです。もっとはっきり言えば、俳句というのは韻のかたまりだ

と言ってもいい。だから韻合わせなんていらねえんだと言ってもいい。

せいこう　いちいち合わせなくてもいいと。

兜太　韻合わせなんていう、西洋の詩や中国の詩の発想とは違う世界なんだと。

せいこう　僕はラップをやっているとき、最初にその問題にぶち当たったんですけど、「何とか何とかは何とかだ」って、必ず、文末の「だ」「です」「でない」で文の意味を決めてしまうので、脚韻の踏みようがないんですよ。語尾は「です」「ます」「だ」「なり」「けり」だったりするわけだから、脚韻のためのバリエーションがないんです。膠着語《こうちゃく》だから当然そうなる。そのときに思ったのは、おそらく日本の詩歌というのは、脚韻ではなく、全体の言葉のエロキューション（せりふ回し、発声法）みたいなものが大事なんじゃないかと。

兜太　そういうことです。それが私の言いたいことですね。

せいこう　そうすると、非常に口の中で気持ちがいいということですか。

兜太　口の中も、耳も。時に鼻の穴も。

せいこう　あっはははは。

兜太　嗅覚までも気持ちがいい。身体全体で受容できるんですね。

オノマトペアが得も言われぬ韻律を奏でる

せいこう　兜太さんが以前の選考会で気に入っていらっしゃった句がありましたね。

ズズズザザンガガンギギンと風が吹く（兵庫県・波平渉　第三回　ユニーク賞）

兜太　ああ、この句ね。好きな句だった。

せいこう　これを兜太さんが選んだときにね、僕は自分はなんて頭が固い人間なんだって思いましたよ（笑）。僕はよその分野から来て、若さと怖いもの知らずを売りにしているはずだったのに、やられちゃったって思った。この句は普通、なかなか採らないんじゃないかと思うんです。響きとしてよかったわけですか。

兜太　これはもう大好き。これが韻律の魅力なんですよ。「ズズズザザン」と、上が六音ですね。「ガガンギギンと」で七音ですね。「風が吹く」が五音。だから、六・七・五のリズムを踏んでいるわけで、こういうのはわれわれの言い方だと、「三句切れ」なんです。五・七・五の三句切れというのが俳句の基本形式と、こう考えていますから。三つの句切れで、一つの句は五音、一つは七音、一つは五音。字余りや字足らずでも、このリズムさえ踏んでいれば、ちょっとばかりはみ出しても、足りなくてもいい。これも、いろいろ論議のあるところですけどね。私はそこまで許容する。一番短いのは、三・三・三でもいい。尾崎放哉《ほうさい》なんかの句がありますね。「せきをしてもひとり」——こういうふうに、三・三・三でもいい。

せいこう 「せきをしてもひとり」って、三・三・三で切れていたのか。現代詩のようなものかと思っていたけど、三句で切れているなら俳句の範疇《はんちゅう》に入っているわけだ。

兜太 私はそういう考え方なんです。だけど、一般的には「短唱の詩」と言うんですね。自由律の中の「短唱詩」と言うんです。でも普通に読んでいると、そういうものが意外に三句体の五・七・五を基本としたリズムになっているんですよ。種田山頭火《たねださんとうか》の句でも、いい句というのは結構この三句体——五・七・五音を踏んでいるんです。「鉄鉢の中へも霰《あられ》」や「うしろすがたのしぐれてゆくか」なんかは、だいたい三句体の、五・七・五のリズムを基本にしている。その中でも典型的な、一番短い例としては、「せきをしてもひとり」ですね。私はこれを、三・三・三で、三句体の字足らずの形だと、ちゃんとリズムを踏んでいると、こう言うわけです。リズム感が基本リズムを踏んでいればいいということです。そうすると、この「ズズズザザン」も、六・

七・五でしょう。これは完全に三句体の五・七・五のリズムを踏んでいるわけですよ。

せいこう　しかもこの「ズズズザザン」の上五の最後が「ン」になっているから、ほとんど五も同然ですよね。

兜太　そうです。「ン」というのは沈黙音になりますからね。だから、もうこれは五・七・五と言っていい。そうなるとね、その五・七・五に、オノマトペア——擬音語ですね——を入れたときの語感とリズムとがうまく溶け合って、得も言われぬ韻が発生していると私たちは思うわけです。いや、私は思うわけです。「私たち」と言うと、誰かにぶん殴られるかもしれない。

せいこう　あっはははは。

兜太　いろんな俳人がいますからね。少なくとも私はそう見ているわけです。それで、結構いろんなものを全部味わえちゃうんです。これは韻律の良さですね。私の場合は、オノマトペアをリズムに乗せたときの韻律のよろしさというのに、何かたまらなく惹かれるところがあるんです。体質なんじゃないでしょうか。

せいこう　金子さんご自身もお作りになっていますよね。

兜太　ずいぶん作っています。「ザザザザと螢袋のなか騒ぐぞ」とかね。そんな調子の句が好きです。私が小林一茶の句を好きな理由のひとつはそれなんです。彼は非常にオノマトペアを多用していますから。それが非常にリズムにうまく乗りましてね、良き韻律を奏でているわけです。

せいこう　今の「ザザザザと螢袋のなか騒ぐぞ」ですけど、問題は最後の「ぞ」ですね。「ザザザザと螢袋のなか騒ぐ」って言っちゃえばいいんだけど、そこにやっぱり「ぞ」をつけて、最初の「ザ」と最後の「ぞ」が対応する。これは「なか騒ぐ」だけで終わったら嫌なんですか。

兜太　ぜんぜん嫌ですね。

せいこう　ぜんぜん嫌なんだ（笑）。

兜太　「騒ぐ」で終わっちゃ、韻律が整わないんです。

せいこう　「ザザザザ」って始まったものを、「騒ぐ」の「ぐ」で終わりたくない。そこに、ザ行の濁音を置いて、バランスをとるという感覚なんですか。

兜太　そうなんです。これはおそらく、最短定型に慣らされた人間の感覚なんじゃないですかね。私は子供のころから五・七・五の世界で育っていますからね。出身が秩父ですから、まず民謡の世界が、秩父音頭の世界がありまして、その後は、俳句ばかり作っていますから。

せいこう　この句の下で「なか騒ぐぞ」と言われると、上の「ザザザザ」の「ザ」がもう一度戻ってくる感じがあるんですよ。そうなると、騒いでいる何かの音も戻ってくる。まさに余韻として残り続ける効果がある。

兜太　五・七・五のリズムを長年しゃぶっていると、言葉遣いがだんだんそうなってくるんです。波平さんの句に戻ると、中七の「ガガンギギンと」なんていうのも、実にうまくリズムを生かしているんだな。この「と」なんていうのもうまいと思います。「と」を使わなくてもできるわけですからね。

せいこう　「ズズズザザンガガンギギギン風が吹く」とも言えるけど、「と」で押さえるところに、見た瞬間の作者の意識があるという感じがする。

兜太　そうです。それから、俳句特有の切字の意識というのかな、俳句を詠むときは、常に切字を意識して詠むことが大事なんですね。この句でも、切字の意識が働いているから「と」が使えるんですね。「ギギギン」とやったんじゃ切字が鈍くなる。

「切字」は俳句を支える柱である

せいこう　なるほど。それにしても、切るってどういうことなんだろう。

兜太　こんな作品がありました。

麦秋《ばくしゅう》や明日はきちんと愛告げる（愛知県・曾我部和代　第七回　高校生の部　大賞）

この「や」が典型的な切字で、それをきちんと使っていますね。そこで、「愛告げる」と口語調でやわらかく止めたんですね。文語なら「告ぐる」、あるいは「愛を告ぐ」だが、これでは少しきつくなりすぎるということですね。この「や」が文語で、止めが口語という書き方は文語口語チャンポンの現代語調ですが、これを嫌がる人もまだまだ大勢います。

歌詞忘れ終わらぬままの手毬歌《てまりうた》（静岡県・鍋田祐子　第七回　大学生・専門学校生の部　大賞）

この句の場合は、「歌詞忘れ」がかるい切れで、「終わらぬままの」は更にかるい切れ。そして「手毬歌」がきちっとした名詞切れ。したがって、かるく切りつつ一気に読み下して止める詠みですね。その音律感。

生き物がみんなムニャムニャ春の声（福岡県・阿部育子　第七回　中学生の部　大賞）

この句もそうですね。「生き物が」でかるく切れて、「みんなムニャムニャ」が更にかるい切れ、そして「春の声」の名詞切れ。こんな調子で、五・七・五の三句体の各句それぞれが、程度の差はあるが切れをもっているんですね。つまり俳句は切字のかたまりなんです。だから弾みがでて、短詩形なのに妙に長い感じが出たり、たっぷりした余韻が湧いたりするんですね。切字は俳句という韻文を支える大きな支柱と言えます。

オノマトペアは表記の面白さも大切

兜太　オノマトペアをはめ込んだ句っていうのも面白いもんでね。いくつか挙げてみましょうか。

サバなべのトーフがフタフタ笑ってる（長野県・三代澤允人　第二回　小学生・中学生の部　優秀賞）

カレンダーバリッと新月つれてくる（神奈川県・粟屋美智子　第五回　大学生の部　優秀賞）

梅雨《つゆ》晴間風にぱぱんとシャツを干す（山梨県・三井英津子　第七回　一般の部Ａ　優秀賞）

カチカチと時間も緊張するのかな（神奈川県・高橋絢香　第九回　小学生の部　優秀賞）

明治の頃なんですが、こういうものが醸し出す韻律の秀作と言うか、有名な句があるんです。「かちかちと命を刻む時計かな」という句でね。明治の頃だと時計が珍しかった。

せいこう　今聞くと、いかにもいろんな人が詠んでいそうなものだけど。

兜太　当時は珍しかったんでしょうね。ただ、無季の句なので、これは川柳だと言う俳人もいます。まあ、それはともかく、この「かちかち」なんていうのは、非常に素朴で一般的なオノマトペアなんじゃないですかね。

せいこう　「カチカチと時間も緊張するのかな」の方は、「カチカチ」と「緊張」をくっつけているところがやっぱり新しい。

兜太　うまいですね。

せいこう　カチカチするということは、作者にとっても緊張する音なんだということがわかって、可愛い句ですね。気持ちに引き込んじゃったところが、うまい。

兜太　うまくこの「カチカチ」の韻律を生かしている感じですね。それから、「梅雨《つゆ》晴間風にぱぱんとシャツを干す」という句。この「ぱぱん」という感触は、やっぱり若い女性の感触ですね。

せいこう　元気のいい音というか、字として見て面白いなと思います。

兜太　表記の面白さというのはありますね。俳句が充分に評価されるのは、韻律のよろしさに加えて、表記が面白いということだと言ってもいい。ただ、「カレンダーバリッと新月つれてくる」の「バリッと」は、私はあんまり……。

せいこう　ははは、あまり評価しない？

兜太　ちょっと乗らないところがある。

せいこう　それは、カレンダーの「バリッ」と新月の「バリッ」がくっつき過ぎているからじゃないですか。うまいようには見えるけど、「ズズズザザンガガンギギン」ほどには爆発的なものではない。意味でつなげていますから。

兜太　そういうことだな。意味でつながると、韻律感が鈍っちゃうんだ。どうもそういう傾向がありますね。

せいこう 耳で作ったのではなく、頭で作った場合にそうなりがちなんでしょうね。

兜太 そうですね。「サバなべのトーフがフタフタ笑ってる」は、まあ「フタフタ」ってのは、わりに普通に言う言い方でしょうが、これは「サバなべ」とくるから、意外に「フタフタ」が効いてますね。韻律感の面白さがある。

せいこう 豆腐が動いている感じがよくわかりますよね。それを、笑っているというふうに言っている。フタフタ笑うとは、普通言わないわけだから、そこがちょっと面白いわけで。「サバなべのトーフがゲラゲラ笑ってる」だとしたら採らないでしょう。

兜太 採らない。まったく採らんな。

せいこう ここを、「フタフタ笑う」ということの面白さですね。

俳句は「音律」と「意味律」の複合体

せいこう 話がオノマトペアから韻律の方に行っちゃいましたから例を変えますけど、今年（第十回）の句です。

木の実落つまた落つ天の不整脈（東京都・世古正秋　第十回　一般の部B　大賞）

これ、僕はかなり推したんです。「木の実落つまた落つ」の「落つ」というところのリズムに、ドクッ……ドクッという不整脈の感じがよく出ているんで、いいじゃないですかと言ったんだけれども、金子さんに「いとうさんは頭で採ってるな」と言われちゃった。

兜太　そうでしたね。

せいこう　感覚で採っていないんじゃないかと。たぶん、下五で「天の不整脈」であると言ったときに、理に落ちるというようなことを兜太さんに言われたような気がして。

兜太　そう思いますね。不整脈なんだというところにね、何か、理《ことわり》を感ずるな。それと、あなたがこれに共鳴したのは、ご自分が不整脈を気にしているからでしょう（笑）。

せいこう　いやいや（笑）。僕はこの「木の実落つまた落つ」というリズムに、不整脈感がよく出ているなと、俳句ではこういうふうにリズムを使えるんだと思ってこれを採ったんです。まず「木の実落つ」で五ですよね。「また落つ」で、意味としては切れて音の数は四になっている。そして「天の不整脈」で、三とほぼ五になっていて、つまり中七を四と三に分けたところに、「ドクッ、ドクドク」という不規則な感じが出ている――こういうテクニックなんだろうと素人としては推測したわけなんです。

兜太　ああ、そうか、わかりました。それでまたひとつ言えることがあるんですがね、音律と、それから意味を追っているリズム、それを諸先輩が「意味律」と言っているんですけど。俳句は、音を追ったリズムと意味を追っているリズムと、両方の複合体だと言うんです。この句の場合だと、奇《く》しくも今、せいこうさんが言ったように「木の実落つまた落つ」で切るでしょう。これは意味律なんです。それが、音で読みますと、「木の実落つまた落つ天の」まで行くんです。音で追うと、あくまで五・七・五なんです。音では「木の実落つまた落つ天の、不整脈」と読んで、意味を取るために「木の実落つまた落つ、天の不整脈」と読む。これは二句切れというんですがね、意味律を追うときは二句切れになると。音律をたどっていけば、三句体で読めると、こういうことですね。その、音と意味の重なりの韻律が得も言われない。

せいこう　そう。僕はその、言わばリズムがずれているところに不整脈の感じがよく出ていると思ったんですね。

兜太　なるほど、そう言われると、せいこう先生のお気持ちがわかりますね。「天」が前にくっついたり後ろにくっついたりする、これが面白いんだ。それで不整脈感がはっきりしてくるという、その面白さはありますね。ありますけど、私はこの「木の実落つまた落つ」という、このとらえ方がね、ちょっとありきたりな感じがして面白くなかったんですよ。つまり、木の実なんぞが落ちる感じから不整脈を想像していくというのが、あんまり冴えないなという感じがあったんですね。だけど、あまり俳句に慣れてない人から見ると、これがユニークなんでしょう。それはそれでいいと思いますね。私のは、俳句ずれしている人間の受け取り方ですから。

せいこう　僕が思ったのはね、木の実って、普通はドングリとか、小さいものでしょう。それがポトポト落ちているだけでは不整脈という感じじゃないんですよ。僕は勝手に、ヤシの実ぐらい大きなのが落ちているような、ドスン、ドスンという感じを抱いちゃったんですね。金子さんが「理に落ちているよ」と言ったのは、たぶん普通に森の中なんかを歩いているときには、不整脈を感じさせるような木の実はないだろうということだと思うんです。僕は勝手に、南の島でドスン、ドスンみたいなものをイメージして、なるほど不整脈だなと思っていた。

兜太　なるほどね。だったら単に「木の実」と言わずに「何とかの実」ってはっきり言った方がいいですよ。ヤシの実としてもいいし。

せいこう　枇杷《びわ》ぐらいでもいいですね。

兜太　不整脈だったら、何か大きい実でしょうね。トチの実なんかもわりあい大きいですよ。「トチの実落つまた落つ天の不整脈」なんてね。具体的にすると、せいこうさんの受け取り方がわかってきますね。もっと言えば、「木の実」というのは「謳《うた》い文句」なんですよ。つまり甘えてるところがある。「木の実」というと、いろんな木の実があるわけでしょう。だから、とかく「木の実俳句」というのは抒情的に甘い句が多いんですよ。そうなるとちょっとゆるいという感じがしてくるんですね。

せいこう　そうか。僕は外部から来た人間なので、うーん、こんなふうにリズムを置くのかと、それだけで大喜びしちゃったんですね。

兜太　それはそれでいいわけです。やっぱりそれは韻律の魅力なんですよ。韻律の魅力がいとうせいこうをして感心せしめたと。ところがプロになると、さらに一歩踏み込んで、扱っている題材をじっくり見ますからね、それがちょっと飽き足りねえということかもしれませんね。

せいこう　言われるとよくわかります、はい。反省しました。

兜太　あははは。

せいこう　確かにそうかもしれない。「トチの実落つまた落つ」と言われれば、僕の「ドスン感」もちゃんと具体的に絵になる。参りました。今年の句をもう少し採り上げてみましょうか。

「感覚的に抽象化された」句の新鮮さ

海の上白く感じて冬が来る（愛知県・加藤栄子　第十回　文部大臣賞）

せいこう　兜太さんだけでなく、プロの方は皆、これは良いと褒めていらっしゃった。これこそ新俳句だ、という話もありましたが。

兜太　そうだと思います。必ずしも新俳句っぽいという理由で評価したわけじゃないですが、言われて思うのは、中七の「白く感じて」の部分ですね。俳句に慣れている人間から見ると、海の上に何かもっと具体的なものがあって、それに冬を感じるというのが普通の手法だから。

せいこう　パターンと言ってもいいですね。

兜太　パターンですね。つまり、俳句というのは、もともとが即物的なものから出発していますね。物に即しているわけですね。そうすると、どうしても具体的な「物」をここに持ってきたい。それをこの句は「海」そのものを「白く感じる」と抽象化しているわけですね。こういうのを専門的にどう言うのか知りませんが、私なんかは「感覚的に抽象化している」と思うわけです。「準感覚化している」と言うかな、その魅力ですね。それの新鮮さ、若々しさというものがあって、それに惹かれますね。

せいこう　そうか。要するに「白く感じる」ということは、本当は白くないということでしょう。感覚の中で抽象化したとき「白く」というものが出てきたところが面白いと。

兜太　そういうことです。だから、そこには冬の寒さももちろん織り込み済みでね。実はね、かなりキャリアのある女性の俳人に、今年はこういう句が文部大臣賞になったんだという話をしたんですよ。そうしたら「白く」と「冬」じゃ「つき過ぎ」ですねと言うんです。まあ、俳人ならそう感ずるのが普通だろうけども、もう一歩踏み込むと、「白く」という、こういう感覚だけで押し切ろうとする、その押し切り方がユニークに見えませんかと、私はそう言ったんです。

せいこう　要するに、「海の上白く烟《けむ》れり冬がきて」とかいうのだったら、ありそうなんですね。

兜太　でも、それだともうだめになっちゃいますね。

せいこう　これはもう当たり前というか、誰もが言いそうなことだと。

兜太　やはり「感じて」という言い方がなかなか良いんでしょうね。

せいこう　この句は最初、なんとなく月並み感があるような気がして、僕は良く思えなかったんです。ところが、言われてみればそうなんだ、これは何も具体的に指し示していないんだということがわかった。

兜太　漠然とした、一種の宇宙の感じというか。だから「感じて」という感覚的な言い方がとても良い。今までの句作りだと、「海の上白きものあり冬が来る」とかね、そういうふうに、少なくとも具体化しようとしますよね。それを「感じて」というふうに抽象化したところが……。

せいこう　そう言われたときに感じるものの大きさがありますよね。まず、海の茫洋とした大きさがあって……。

兜太　選者を代表して意見を述べろと言われて申し上げたんだけれども、この句を見たときに思い出したのは、昭和十年代に高屋窓秋《たかやそうしゅう》という人が、「頭の中で白い夏野となつてゐる」という句を作った。それを石田波郷《はきょう》という同僚が、今の一番新しい句というのはこういう句なんだと、こう評しているんです。私もその句を読んだとき——ちょうど私の青年期でしたがね——ああなるほど、こんな世界もあるんだなと思ったのを憶えています。この句の「白い」という感じが、今の「海の上」の句とどこか通ずるんですね。どちらも非常に鮮烈な感性の高ぶりというかな、それを感ずるんです。

せいこう　たぶんこの「白」に対して、読む側が雪とか霧とかを思っちゃったときにはだめになってしまう。白そのものの、何か不思議な抽象化されたものを見たときに、この句が新鮮になる。

兜太　そう受け取れる人には新鮮なんですね。だからこれ、かなり好き嫌いが分かれる句だと思います。俳句というのは必ずそういう好き嫌いがあるものなんですよ。

せいこう　それは悪いことではないんですか。

兜太　いいことでしょうね。それぞれ個性があるからしようがないと思いますし、短い形式のもつ宿命ということでもあるんでしょうね。

「アニミズム」は生き物との交歓

兜太　ところで今回は、高校生の作品にいいものが多かったというふうに思いました。これは非常に歓迎すべきことです。今挙げた文部大臣賞の句と競《せ》り合った句がありましたね。

鶏《にわとり》よ空の高さを知ってるか（千葉県・石橋靖浩　第十回　高校生の部　大賞）

この句も私には魅力だった。鶏はそう高く飛ばないんですが、この句にはその、高く飛ばない感じというのがあるんだな。わりあいに大きな図体で、ある高さまではバタバタッと飛び上がる。鳥のそういう、生きている姿というか、生々しい姿というか、その姿からくる一種のペーソスというか哀愁というか……。それをこの句から感ずるんですね。

せいこう　この句もやっぱり新しい感覚ですか。

兜太　そう思います。今、俳句の世界では、生き物との交歓ということが盛んに言われまして、それを私の言葉では「アニミズム」と言っているんですがね。アニミズムの世界を大事にするということは、生き物を人間と同じようにとらえて対話をするわけです。この句の場合でも、鶏に対して、交歓しながらのとらえ方というのが出てきているわけです。鶏に「空の高さを知ってるか」なんていうような問いかけをして、鶏の、バタバタッと飛び上がっている姿そのもの、もっと突っ込んで言えば命そのものの姿というかな、それを感じさせるところが、今言ったような傾向の中で、もう一歩踏み込んでいるという印象を持ちますね。鶏の姿が非常に独特に、命のかたまりとして書けている。だからペーソスまである。短い詩の場合、生きている姿を書いて、ペーソスまではなかなか行かないですよね。

せいこう　つまりこの句では、鶏がバタバタと飛んでいる姿のことは具体的に示されていないにもかかわらず、違う言い方で、しかも十七音で非常に見事に言えているということでしょう。これが仮に「鶏は空にも飛ばず落ちにけり」なんて言ったら、もうだめだと。これでは文字で見ているだけで、本当の鶏の感じを見ていない。

兜太　そうです。選考会のとき、選者の一人が、鶏にはこういう句がありましたということで、昭和前期の芝不器男《しばふきお》というわりあいに有名な俳人の句「永き日のにはとり柵を越えにけり」というのを挙げてました。どちらも人間と鶏との関係の中で、人間の目で鶏の独特な姿をとらえている。「永き日のにはとり柵を越えにけり」——春の永い日に、ほかほかして静かで鬱陶しいようなときに、鶏がパタパタッと柵を越えた。「鶏よ空の高さを知ってるか」の方は、パタパタッと飛んで降りてくる鶏に向かって、おまえ、空の高さがわかるか、中空までも上がれねえじゃねえかというような感じですね。その選者も、鶏のとらえ方の独特さというようなものを感じて「永き日の」の句を例に挙げたんじゃないかと思うんです。ただ、そういう先例があるからこの句はそれほどユニークじゃないということではないと思う。不器男の句の方は、春のひと日の自分自身の愁《うれ》いとでも言いましょうか、そういう、のったりした感じを言いたかった。

せいこう　鶏はそのための、ある意味では道具だった。

兜太　そうですね。ただ、その道具の使い方が独特だったから、その句は生きたということです。それに対して「鶏よ」は、これは鶏そのものです。

せいこう　同等なものとして呼びかけていますからね。だって自分も飛べないわけで、空の高さは知らないわけだから。鶏と同じような目線にいる。

兜太　鶏の中に入っちゃっている。しかもこの句には季語がない。

せいこう　そうか、無季の句なんだ。

兜太　こういう形で無季のいい句が出てきていますね。

せいこう　こういうのを、何と言いましたっけ。

兜太　「雑《ぞう》の句」と言ったり、「無季の句」と言います。

虚子はなぜ「有季定型」を唱えたか？

せいこう 雑の句については、兜太さんはぜんぜんOK派なんでしょう。

兜太 OK派です。ただ、それは季語を否定するということではないんですよ。季語は非常に大事にする、だから無季も大事にすると、こういうことですね。

せいこう えっ？　どういうことですか。

兜太 私はね、俳句に限らず日本語の中でも季語というのは、非常に熟成した美しい言葉だと思うんです。だから、言葉を大事にする以上は季語を大事にするというのが常識だと思います。だけど、季節感でとらえられない言葉というのもたくさんあるわけだし、そういう言葉の表現力もずいぶんあるわけですから、それも大事にしたい、そういうことです。ただ、季語が表現してくれるぐらいの分量を、無季の言葉が表現してくれるかというと、それは保証されませんよね。そこが非常に難しいところで、慎重に作らなければいかんと、こう言ってるんです。

せいこう まったくの素人としての質問ですが、季語はもともと、どの時代からなくてはならないものになったんですか。もちろん平安時代の昔から、和歌には季節と恋が必ず題材として入っているわけですよね。それが連歌、俳諧と来て、明治になってからは高浜虚子が季というものをものすごく重視した。ちょっと考えると、ものすごく昔から決まっていることだと思ってしまうけど、じつは必ずしもそうではなさそうですよね。季語に対する考え方は、時代によって違っていたような気もするんですが……。

兜太　まず、季語というのは昔は「季題」と言ったんですね。今でも俳句の結社「ホトトギス」の人たちは季題と言ってますがね。この季題が出てきたのは、私の認識では連歌が——当時和歌と称した、短歌ですね、その和歌から連歌という形式が生まれたんですが、平安の終わりから中世にかけて、五・七・五と七・七が分かれて、複数で付け合うような遊びが出てきた。それが殿中から地下《じげ》に降りてきて。

せいこう　庶民と言ってもいいですね。

兜太　そう、庶民の世界に降りてきて、それで「俳諧の連歌」というものが出てきた。連歌の中に、殿中の世界とは違う趣向の世界があらわれたわけで、それを俳諧の連歌と言うんですね。その俳諧の連歌の手引書みたいなものを読むと、やはり「発句《ほっく》」——一番はじめの五・七・五——に季題を入れようじゃないかと約束しているんです。入れるべきだとは言ってないんですが、約束すると。発句というのは、これか

ら連歌を巻きますよというので、最初に句を出す人が、皆さんに向かって挨拶すると
いう気持ちを込めなければいかんというわけです。

せいこう　ああ、それが挨拶句というやつですね。

兜太　挨拶のためには、人にすぐわかってもらわなければいかん。その句を聞いて、考え込んだり、停滞したりするんじゃ、挨拶としては充分じゃないということで、わかりやすい言葉を出さなければいかんということから季題というものが設けられた。

せいこう　せいこうさんがおっしゃったように、題そのものは平安期の殿中の連中がすでに使っていますから、それを受けている。それをさらにもっと広げて、季題というのができたんですね。これは日本人の中に季節感という共通の感覚があるから、相手にも伝わりやすい。したがって挨拶の言葉として適当であるということだったようですね。

せいこう　するとそれは、殿中でやっていたこととはすでにだいぶニュアンスが違うんですか。

兜太　違ってきています。少なくも俳諧の連歌になってからははっきり「約束」になっていますね。そして、明治になって正岡子規が連歌——「俳諧の連歌」のこと——を彼は「連俳《れんぱい》」と言っていまして、さらに虚子はそいつを「連句」と言ったんですが、連俳、連句というのは、こんなものは芸術じゃないと。芸術というのは個人が作るも

のであって、幾人かで集まって作るのなんかだめだと言って、連俳、連句の発句だけを独立させて「俳句」と名付けたわけです。そのときに、子規ははっきりとは言っていませんが、「約束としての季題」が残ったんですね。ところが子規の弟子の河東碧梧桐《かわひがしへきごとう》――虚子の兄貴分の人ですが――碧梧桐本人というより、碧梧桐の傾向を汲んだ「新傾向」というのが、明治の終わりごろにずーっと広がったんですが、その新傾向の連中が、季題なんかどうでもいいというような考え方になっていったんです。その中から出てきた荻原井泉水《せいせんすい》なんていう人ね――「層雲」という雑誌を出した――その井泉水なんかもはっきりと、季題は「季題制度」とでもいうべきものであって、そんなものは信奉する必要はねえと言って蹴っ飛ばしちゃった。無季でいいと。そこへ虚子が、それはいかん、自分は季題を復活させたいというので、「有季定型」ということを言い出したんですよ。だから、あなたが言ったように、今われわれが考えている季題というのは、虚子の「有季定型」から来るんであって、それ以前のことはあんまり念頭にない。ところが、虚子が季題と言ったときに彼の頭にあったのは、中世半ばごろから江戸期にかけて、季題としてはっきり作られてきたものなんですね。その美意識を失いたくないというのが彼の考え方。ところが、その後にもいくらでも季節を背負った言葉が出てくるわけだし、外国からもいろんな花やら虫やら入って来ますよね。そいつらはそれぞれの季節にどんどん咲いたり啼《な》いたりするわけだから……。

せいこう　アメリカシロヒトリも入ってきちゃったし。

兜太　俳人たちはそういうものも取り入れて、季題と同じように扱う。そうすると、それは季題と言わず「季語」と言うんです。そう呼んだ初めの人は大須賀乙字《おおすがおつじ》という人です。だから私なんかの頭じゃ、「季題」は言わば中世から江戸期にかけて作られた約束としての言葉で、明治以降のものを「季語」と言うと、こういうふうに分けているわけです。

せいこう　そうすると、季題というのは「季節趣味」のようなものと言えばいいですか。

兜太　その通り。虚子は「季題趣味」と言っています。季題趣味を大事にせいと。ということは、要するに季題の持つ美意識を大事にせいという考え方ですね。ところがその後どんどん、季語と言われるものが出てきちゃった。季語は季題のように、長い歴史の中で培われてきた意味合いというものはないわけです。

せいこう　近代になって、暦までが変わったわけですからね、例えば「皐月《さつき》」という言葉ひとつ採っても違うわけだから、従来の季節趣味は通用しなくなっている。もちろん汲むべき泉としては残るだろうけど、そこにだけ留まっていると、今の生活が詠めませんよね。

兜太　その、季題がもともと持っている本来の意味のことを「季題の本意」と言うんです。虚子の言い方では、本意を大事にせいと言うんですが、その本意が今は変わってきているものね。だから私は、その本意を大事にしながらも、今のわれわれの感覚とか思いを付け加えて、捉え返していいんじゃないかという考え方なんですね。

季語を大事に、無季語も大事に

せいこう　大きく言えば、その方が季節に対する感覚を大事にしているということになるわけだ。で、その場合「無季」はどうなるんですか。

兜太　今言ったように、季題は中世から江戸期にできたもので、その後にどんどん言葉が広がって、それを季語として季題並みに扱うようになった。ところが、そうやって出てきた季語は、全部が全部、季題と対応していたわけではないんです。季節と対応しない言葉というのがどんどん日常生活の中に広がってきている。それをどうしようかという問題ですね。これには議論がありましてね、季題趣味を信奉する連中の意見としては、あらゆる言葉に季節があると言うんです。「株式会社」という言葉にも、「ドラム缶」という言葉にも季節があると言うんですね。彼らがそう言うのは、芭蕉《ばしょう》が弟子に、ここに煙管《きせる》がある、この煙管も季題にしたいと言っている、そのぐらいに芭蕉は季題というものを意識していると。だったら、ここにドラム缶がある、このドラム缶は無季だと簡単に言っちまわねえで、これは冬の季語であるとか、俳句を作る以上はそうする方がいいんだという意見があって、もちろんその反対もあって、割れているんですよ。そこで私は、季節のない言葉というのがあってもいいと。だけども、季語で作られた句に負けないぐらいの句が出てこなければだめなんだと言うんです。

せいこう　それはそうですね。出来がよくなければ、主張ができない。

兜太　ある言葉がひとつ定着するためには、その言葉を用いた優れた作品が出てくる必要がある。既成の季語が定着してきたのもそういう句が作られたからです。季題の場合は約束として強いられた面もありますが、明治以降の季語については、いい句ができたから季語になったという例がずいぶんあるんです。例えば「万緑《ばんりょく》の中や吾子《あこ》の歯生《そ》え初むる」という中村草田男《くさたお》の句。あれで「万緑」という中国の言葉が季語になった。そういうふうにいい句が出れば、その言葉が定着する。だから無季であっても、いい句ができればそれが定着すると、こうなるわけです。

せいこう　「ドラム缶」という言葉を使ってものすごくいい冬の句ができれば、以後、ドラム缶は冬の中に入れられちゃうということですか。

兜太　そうも言える。しかしその場合、「無季語」として定着する可能性もあるわけです。

せいこう　ということは、季節を象徴するというよりは、ある風景をシンボライズするものとして使われるようになるということですね。

兜太　風景とか、心象とかね。そういうものを表わす言葉として使う。例えば、昭和十年代に渡辺白泉《はくせん》という人がいまして、「戦争が廊下の奥に立つてゐた」という句があるんですよ。「新興俳句」と言われたものの代表句のひとつです。作者が、憲兵だかが立っているのを見て作ったという話ですが、これは無季の句でしょう、戦争はべつに季節を表わしませんから。それでもこれは名句ですよね。なんとなく不気味でね。だからこの句が出たんで「戦争」という無季語が定着したと見ていいと、そういうものだと思うんです。これは、季語を使わなくても俳句ができるという保証ができたということでもあります。虚子が言ったのは、季題を大事にして定型を大事にするということで、それを「有季定型」という言い方で言った。ところがいつの間にかそれを信奉する連中が、俳句には季語がなければならないという考え方になってきたわけですね。それに対して、言葉はどんどん広がっているんだから、季節のない言葉だっていいじゃないかということなんです。例えば今はワープロだのパソコンだのペソコンだのっていうのがあるでしょう（笑）。みんなそれを俳句にしたいわけです。それを、季語でなければいけないと言われたら句ができなくなっちゃう。少なくも、パソコンという言葉を使うときに……。

せいこう　どこか他の場所で季語を使わなければならなくなってしまう。

兜太　そう、季語と配合せないかん。でも、そんなこと煩わしくてできない、もっと実感として出したいことがあるという場合があるわけです。

せいこう　十七文字という短い中に、両方を持ってくるのは無駄だと。「亀鳴けり」なんて言っても、パソコンとくっつかなきゃどうしようもない。要するに、パソコンの中に必ず季節感を感じなければいけないということになると、これは不自由だ。パソコンの中にある何か——もっと他の鮮烈なものを言いたいときに、それを捉えられた方が良いと。

「季節感」と「物象感」

兜太　そうです。それじゃその季節感に代わるものはなんだと、こういうふうになりますわね。私はそれを「物象感」と言っているんです。ものの本質感。詩人の安東次《つぐ》男《お》はそれを「自然の質」というような言い方をしていた。自然の、そのものの質を捉えると。それが捉えられれば、季節感がなくたって、充分にいろんなものを表現できるということです。さっきの「戦争が」の句がそうでしたね。戦争というものの持つ質感を捉えているから句が成立していると、そういうことになるんじゃないでしょうか。

せいこう　しかし、有季定型派の方々は、たとえものの本質を捉えたとしても、そうなっちゃったら俳句じゃないんだと言うわけでしょう。

兜太　彼らに言わせれば、それは大したことはねえって言うんですよ。

せいこう　えっ、何が？

兜太　いくら物象感だの蜂のアタマだのと言って季節を排除して捉えてみても、季節を入れたものにはとてもかなわんと言うんです。水掛け論ですね。やっぱり基本の俳句観というかな、その違いが大きいんですね。その基本になる俳句観を作ったのが虚子ということで、やっぱり虚子というのは大したものです。

せいこう　それは声を大にして何度も言っておかないといけないんじゃないでしょう

か。俳句を知らない者にとっては、ものすごく古くから、ずーっと太い柱のように季語という約束があったんだと思ってしまうんですが、実はそれは明治期に虚子の運動によって確立したものなんだと。今あるような形の季語というのは、そんなに長い歴史のものではないということですね。

兜太　そうですね。その証拠に、発句を俳句にした子規その人が、季題がなければならないなんていうことはひと言も言ってないですから。だから、虚子なんですよ。虚子が、なければいかんと言った。その理由は、今言ったように、兄弟子の碧梧桐なんかがうんと走っちゃったから。

せいこう　歯止めをかけるというようなことだったんでしょうね。ところで、中世から江戸の頃には、雑の句はいっぱいあったんでしょう。

兜太　芭蕉の句にもありますからね。芭蕉が弟子に向かって、例えば地名の、「歌《うた》枕《まくら》」というものがありますね、俳句では「俳枕《はいまくら》」。その歌枕でいいものがあれば、季題がなくてもよかろうという言い方をしています。いい地名があれば、季題に代わると。

せいこう　季節と土地だったわけですね、言ってみれば。

兜太　歌枕の伝統も平安以来なわけで、その頃から題と言って、季節のものが詠み込まれてきて、それを季題と言い換えたわけだから、同じように古いですね。そういう意味で芭蕉は、季題に匹敵するものとしては地名がある、歌枕があるという言い方をしたんじゃないでしょうかね。

せいこう　そのとき、和歌の伝統としてあった恋の句というのは、はずれてしまったんですか。

兜太　芭蕉は恋ということは言っていませんね。ただし、芭蕉はいわゆる「俳諧の連歌」の中の「歌仙《かせん》」という形式を作ったわけですが、その中で恋の付句があるのはご承知の通りですね。

せいこう　何句目かに必ず詠まなければならない。

兜太　そう、その恋の付句が一番上手だったのが芭蕉なんですね。他のことでは、例えば宝井其角《たからいきかく》のような、人気もあるし、芭蕉よりも優秀だと思われているような弟子がいたわけです。ところが恋の付句だけは、芭蕉がうまかった。付け合っていく中で、発句以外は「平句《ひらく》」と言うんですが、恋の句は、平句の中でやるわけです。発句に恋だけを単独では出さない。これからみんなで詠みますよというときに、いきなり恋の句なんか出したら失礼なんですよ。

せいこう　俺は恋なんかしてねえなんて言われて、それじゃ挨拶にならない。いきなり個人的なことを言われても困るみたいなことですね。

兜太　そう、だからそれは平句でやろうということで。

せいこう　そうか。では、後に俳句になる流れでは、やはり地名と季節が大事だったんですね。

兜太　芭蕉はそう言っています。そのくせ芭蕉も蕪村《ぶそん》も一茶も、みんな無季の句を作っています。あの頃は発句として句を出す場合と、単独で作る場合と、二つの作り方をしていましたからね。単独でやる場合なんか平気で無季の句を作っていますよ。芭蕉が新潟で作ったといわれている句で、「海に降る雨や恋しき浮身宿《うきみやど》」という句があります。これは無季の句ですが、浮身宿というのが季題に代わる力があると見られるわけです。浮身宿というのは何かと言うと、江戸あたりの商人が、夏場に日本海の方へ行商しますね。そのときに女性を囲うわけです。そこで寝泊まりをして、秋になるとまた江戸へ帰っていく。そうすると女性が一人残される。たぶん、ちょうどそんな時期に芭蕉があそこを通っていますから、そういう女性が格子窓からでも日本海を見てたんじゃないかな。

せいこう　この句の場合は「浮身宿」が、ある季節を想起させるからOKだというわけですね。

兜太　穿《うが》って言えば、亭主がいなくなった後の女だから秋の海だろうと、こういうふうに季節が出てきますよね。でも、この句の場合は季節感が大事というよりも、浮身宿というものの持つ風俗的な厚みというようなものが季題に代わる内容を持っている、そういう考え方です。

「パソコン」「インターネット」は句になるか？

せいこう　今の時代では、その浮身宿に代わるものをパソコンにしたいときには、パソコンという言葉に相応の厚みを持たせなければいけないことになる。このパソコンという四文字が十七字の中にうまく入り得るには、詠み込んだ句の数が必要なのではなく、パソコンと言われたらこの代表句があるよという一句が出さえすれば、それが厚みを持つ。

兜太　そうですね。ただ、パソコンを季題並みに受け取らせるほどの句というのはなかなか出にくいでしょうね。これは、パソコンというものの生活感が相当に深くなっていかないと出ないでしょう。体験と経験を別の意味に使って、体験というのはナマの行為で、それを内面的に消化したやつが経験だとすると、必要なのは経験の深さでしょうね。それがないと書けない。

せいこう　以前に兜太さんは、外来語は俳句の中に詠まれていい句が出てきたときに初めて、一般の世界にも定着するんだっておっしゃっていたことがありましたね。それも今のお話に絡んできますね。

兜太　やっぱり五・七・五というのは、相当に厳しい形式なんですね。だからよほど洗練されて、熟成した言葉でないと、弾き出される。外来語は特にそうです。インターネットなんて言葉も、いずれは句に入るんでしょうけど、これもパソコンと同じで、インターネットが日本人の生活の中で相当深いかかわりを持つようにならないと、句にはならないと思いますね。だから、言葉の上では無季は可能だと言うんですが、実際はなかなか難しいです。「鶏よ」の句に戻ると、これは無季の句だけれど、鶏なんてのは人間の生活に非常になじみ深いものになっているから、生きた姿でユニークに捉えることができる。読んだ方もそれに思いを馳せることができるということじゃないでしょうか。だけどこの句は、絶対に季節を入れて作れという人に言わせると、「空」のところに「春の空」とか「秋の空」とか、季節を入れろって言われますよ。

せいこう　いつの空なんだって言ってくる。

兜太　「空」だけではだめだと。そらぁだめだと（笑）。そういう厳しさもあるわけです。そういう点じゃ、この句は有季論者に向かって堂々と主張できるかどうか、ぎりぎりのところです。つまり、この句をもって「鶏」という言葉を使った代表例だと言い切れるかどうかは難しい。逆に言えば、日本人の季節感というのは、それほどに複雑で豊富なんだと思います。季節が強烈に生活と一緒になっているから、季節抜きの生活感というのがなかなかつかめないという面があるんじゃないでしょうか。

トマトは無季だ、と考えてみる

せいこう　だけど、今どきはスーパーマーケットに葱《ねぎ》でもトマトでも一年中あるというふうになってくると、俳句にも季節感というのが本当に必要なんだろうかというぐらいに思ってしまうんですけど、でも、例えば葱だったら季節によって細くなったり値段も高くなったりするから、いかに一年中あるよって言っても、やっぱり違うんですね。

兜太　これは安東次男君が言っていたことですがね、今は葱とかトマトとか、一年中作れる。だからこれは季語じゃない、季節感はないんだという言い方ももちろんできる。でも逆に、だからこそそういうものに季節感を探るということも必要なんじゃないだろうかと。例えば、いとうせいこうにとってはトマトは春のものであるという、そういう季節感の感じ方も大事なんじゃないかという言い方ですね。

せいこう　それは、詠む個人が感じていくこと。

兜太　そうなんですが、さらに言えば、日本人である以上、季節については一種の共通体験の累積があるわけです。そうすると、いとうさんがトマトは春だと感じたときに、かなりの人が同じように感じる可能性がある。まあ、トマトの例はあまりふさわしくないかもしれませんが、ある物事について、日本人の身体にしみ込んでいる季節感というのがあるはずで、それを掘り起こすのがむしろ俳句を作る人間の務めじゃないかと。

せいこう　つまり、トマトは一年中あるものだから、もうトマトは詠まないというのではなくて、文学なんだから、そのトマトの中に何かを象徴させていこうじゃないかというふうに考えて、トマトという三文字を深くしようじゃないかということですね。

兜太　そうして探っていくと、ああ、やっぱりトマトには夏の季節感が一番似合うなというような、そういうところに行くんじゃないかと。一年中作られるんだから、もう季節感はねえんだというのは非常に単純だというわけだ。

せいこう　つまり、トマトが人間の生活の中で一番輝いているのはいつなんだと。

兜太　そういう共通認識が日本人ならまだあるはずだということです。

せいこう　逆に、その共通認識に寄りかかりすぎてもだめですよね。

兜太　それはもちろん。今でもそれが多いわけですから。

せいこう　トマトの質を記号化してしまったら、生活とのかかわりというものは消えてしまいますね。表現としても、「置きにいった球」になってしまう。そうなると、今度はトマトを季語にする必要はないじゃないかという気持ちになりますね。

兜太　今度は逆にトマトは無季だと、あれは季節はないんだということもひとつの認識じゃないかと、そういうことによってかえってトマトそのものを見直す機会になるんじゃないかという言い方もできるでしょう。

せいこう　あるいは、トマトという言葉を時には季語の方に入れたり、時には無季にしたりと、常に運動させていることが大事なのかもしれない。出したり入れたりして、その都度、言葉の感触を確かめて……。その運動がなくなったとき、俳句の醍醐味もなくなってしまう。

兜太　ところが、あらかたの俳人は決められた夏の季語ということでトマトを扱いたがるんです。だから、詩としての、言葉としての展開がないんですね。

せいこう　誰かがトマトは冬なんだと言って、すごい句を作っちゃったら面白いですね。

兜太　そういうふうにフレキシブルに考えた方がいいと思っているんですけどね。

せいこう　兜太さんに食ってかからなきゃいけない役割なのに、納得することばかりだな（笑）。

無季の句は「季節感」にとらわれず鑑賞する

兜太　それで、せいこうさんね、今回（第十回）の小学生から大学生までの大賞の作品が、みんな無季の句なんですよ。

ゆうぐれがどんどん山へ帰ってく（福島県・樋口高太　第十回　小学生の部　大賞）

授業中山の向こうを想像する（埼玉県・桑原可南子　第十回　中学生の部　大賞）

愛されずわたし観葉植物派《かんよう》（東京都・笠原奈穂子　第十回　大学生・専門学校生の部　大賞）

あとは「鶏よ空の高さを知ってるか」が高校生の部の大賞ですね。全部無季の句なんです。

せいこう　それぞれに、無季としてのゾーンが違っていて、「ゆうぐれが……」は、どこか、夏か秋を感じたりするるんですけど。

兜太　やっぱり季節を感じますか。

せいこう　浮かんでくる絵がありますね。ところが「授業中山の向こうを想像する」と「愛されずわたし観葉植物派」に関しては、非常にクリーンに無季ですね。

兜太　「授業中山の向こう……」の句は、有季論者なら「山」のあたりに季節感を要求するかもしれませんね。彼らに言わせると、授業中に山の向こうを想像しているというだけじゃ飽き足りない。「山」が春の山であるとか秋の山であれば彩りが添えられるし、厚みが出るんじゃないかという言い方をすると思います。

せいこう　兜太さんはこの句を強く推していらっしゃいましたよね。なぜですか。

兜太　「想像する」という、この単刀直入な言い方が気に入ったということかな。季節感を探るのとは別に、授業中に山の向こうを想像して、あれやこれやと考えている中学生がいるということに興味を持ったというか、惹かれたということかな。

せいこう　下五が良かったわけだ。僕はこれは最初、すんなりしすぎていて、あれ、どこがいいんだろうと思った句なんです。「想像する」というのは、あまり使わない言葉ですしね。

兜太　俳句の中では、こういう硬い言葉はあまり使わないですね。ただし、昭和十年代から「新興俳句」という言い方で広がってきた、戦後は「戦後俳句」と言われた流れの中で、こういう硬い言葉もずいぶん使われるようになってきてはいます。ですが、一般的にはなるべく柔らかく書きたいというのが普通ですね。

せいこう　普通だと「授業中山の向こうを思いけり」みたいになるでしょう。

兜太　「思い見る」とかね。

せいこう　そうすると月並みになっちゃうということなんですか。

兜太　その程度だとだめでしょうね。

せいこう　「想像する」の方が、俳句としては新鮮。

兜太　……と私は取りますね。「授業中」との兼ね合いもあるでしょう。授業中に想像するという。そこに新鮮なものを感じますね。

せいこう　「愛されずわたし観葉植物派」の場合はいかがでしょう。

兜太　私はこれ、観葉植物が実に鮮明に見えてくるんです、緑の葉っぱの感じが。そう言うと、おそらく有季派は、緑の葉っぱが見えるんなら、これは夏でいいじゃないかと。観葉植物は夏の季語にしようとか言うに決まってる。でも、そんなこと言われなくたって、観葉植物と言われれば、やっぱり緑の葉っぱが見えてくるでしょう。それで、「わたし」がその一派であると言われてみると、その詠んだ人の姿まで感じられてくる。それはやっぱり季節感を超えると思いますね。

せいこう　僕はこれ、季節で言うなら冬だって思ってたんです。観葉植物って部屋の中に置いておくものだから、この愛されない感じはやっぱり寒いときの感じかなと。繋ってはいるけど外には出ない、風には当たらないということが「わたし」と「観葉植物」をつないでいる共通項だろうと。だからこれは寂しい自分が観葉植物を寂しく見たときの季節に合う句でしょう。

兜太　「派」がいいですね。これ、「派」でなきゃだめでしょう。「わたし観葉植物」じゃあ、つまらない。

せいこう　観葉植物と自分が一体になり過ぎますよね。さらに「愛されずわたし観葉植物のよう」じゃ、観葉植物を対象物として引き離しているから、理に落ちてくるということですね。

兜太　微妙なところですね。仮に観葉植物を夏の季語だと言う人がいれば、「愛されずわたし観葉植物です」でも、そこはかとなく夏の気分でわかるわけだ。それはそれでいいんでしょうけども。この句に比べりゃ次元が低いやね。浅瀬の句だよね。
せいこう　深くない。「派」と来たところが深いわけですか。
兜太　「です」と言って、仮に夏の季語だとすると、季節感に溺れているというか。
せいこう　ほおー、わかりました。つまり季節感の方が前に来ちゃって、観葉植物は後ろへ下がっている。
兜太　そうです。
せいこう　「わたしの夏の思い」というものが前に出ちゃったら、次元が低いわけですね。でも、「愛されず」だとすると、この観葉植物、枯れているかもしれませんね。冬かもしれない。
兜太　それから、なんとか季語にしちまえという人に言わせれば、じゃあ観葉植物は冬の季語にしましょうって言うかもしれない。そういう点が非常に難しいところですね。季節感というのは日本人にしみついてますからね、都会にいるからどうという問題じゃないような気がするんだ。

「四季主義」のおそるべき支配力

せいこう　僕はもともと、ぜんぜん季節感を感じない人間だったんですけど、ベランダや部屋に鉢植を置いて、面倒見たりしているうちに、こんなもの季節に関係ないだろうと思っていると、部屋に置いたやつもベランダで風に当たっているやつも一斉に芽吹いたりするんです。そうすると、植物にとって春とはいったい何なのかということを考えさせられるわけですよ。部屋の中とベランダじゃ温度とかの条件が相当違うはずなのに、ある日突然、同時に芽が出る。そういうふうに具体的な物を見ていると、自分を超えた何かが動いているということがわかってきますよね。だから簡単に現代は生活感がなくなったと言うけど、細かく見ていくと生物はちゃんと季節で動いているということがわかってくるんですね。

兜太　やっぱり季節というのは怖いものだと思うでしょう。

せいこう　怖い……というのはどういうことですか。

兜太　どうも、そこが落とし穴みたいに思える。

せいこう　俳句にとって、ということですか。

兜太　俳句ばかりじゃなくて、日本人にとって。特に俳句を作っていると、季語になじんでいると、そこが落とし穴みたいに、最後はそこにみんな入っていっちゃうような感じがある。

せいこう　吟味なくという意味ですか。

兜太　吟味すればするほどと言ってもいいかな。だから今、無季の句を見てきましたが、話し合っているうちにも、季節感っていうやつが、そんなに無理なく入ることも可能だっていう感じがしてくるでしょう。そのへんの、日本人の体質というか。

せいこう　風土と言葉のつながりということですかね。

兜太　今見てきた青少年の句は四句とも無季ですが、子供たちの作ったいい句がなぜ無季なのかと考えると、子供は自分の生活感で周辺のものをつかんでいくわけでしょう。つまり季節感というものは大人にならないと、自分の表現の中になかなか入りにくいんじゃないかと思ったんです。例えば観葉植物に季節感を感ずるためには、一定の経験が必要なんじゃないでしょうかね。

せいこう　つまり、子供はまだ、季節を重ねて生きていない。

兜太　言わば裸の生活というもので、その中でものをつかんでいるわけでしょう。だからどんどん無季の句ができて、それがある程度の説得力を持つわけだ。だけど、ある程度大人になってくると、季節の色を付けたくなってくるんじゃないかという気がするんですね。それでもなおかつ季節が付けられないような確固とした句であれば、これは立派な無季の句だと思うんですけど、そういう点で私のような無季論者でも、この四句はまだ無季の決定打とは言えない気がする。

せいこう　季節感というものを充分知った上で、なおかつこれが書けるかと。

兜太　そういうことです。季節感というものの魔力を知ったときに、これが書けるかという思いはありますね。

せいこう　それで季節が怖いとおっしゃるんですね。

兜太　虚子の言った「有季定型」が、これほどの広がりになっている。今でも句作りをする人のあらかたが有季定型から出発するわけですからね。虚子がそれを初めて言ったのが大正二年か三年ですよ。それから現在まで、九十年近いわけでしょう。ひとつの文学論がこれほど支配力を持つなんていうジャンルが他にありますか。

せいこう　自然主義でもヌーヴォー・ロマンでも、これほどではなかった。

兜太　せいぜい三十年ですよ。それが有季定型論になると、九十年近く支配力を持って、ますます力を強めている感じすらある。ということは、虚子が偉いというよりも、文学の中に取り込まれた「季節感」が強いということですよ。それを正面に据えたからだと思う。そいつは日本人にとっちゃ一種のアキレス腱というか、非常に大事なところで、これをやられるとどうにも逆らえないところがあるんじゃないですか。

せいこう　そうか、そうか。なるほどよくわかりました。文学でそれこそロマン主義、自然主義、いろいろある中で、言ってみれば「四季主義」とでもいうものを置いたということですね。そういうものとして季語を見ると、新しい文学論として見られますね。よその国に四季主義という文学観があるかと言ったら、ないですもんね。

兜太　たぶん日本人にしか通用しないんじゃないでしょうか。さらに言えば、俳句がこんなに短い形式だからということもあります。長い形式だと……。

せいこう　時間の感覚が流れちゃう。一瞬でそれを食い止められないでしょう。長く書くと、例えば冬から春に流れて行く。これは叙事詩でも散文でも同じですね。

兜太　抽象的にどんどん書けるしね。だから短いということも大事なんだ。だけど、やっぱり基本は季節だと思いますよ。考えてみると、なるほど中世からそういうふうにやっているものね。「季節」は、日本人の体にしみついちゃっているわけですよ。

せいこう　だから「アキレス腱」だというのはよくわかりますね。僕なども散文を書いていて、「季節」を書くというのは制度の中に入ってしまうことだから気をつけなければいけないって思うんです。

兜太　季題というのは、「季題制度」というものだから俺たちは賛成しねえと言ったのが、荻原井泉水――自由律の一派なんですよ。彼らは碧梧桐から出てきているわけですが、碧梧桐は子規から来ている。つまり、子規の流れの中でもそういう一派があるんです。彼らは制度だからいやだと言ったんですが、実はもっと本質的な、感性的な部分で抜けられないものがあるんじゃないかということですね。

せいこう　うん。今、話のレベルが深くなりましたね。制度であるから反発するというのではなくて、普通言う意味での感覚のさらに奥にあるような感覚で、果たしてお前は「四季」というものから抜けられるのか。これから抜け出てすごかったら、それは本当にすごいということになる。お話を伺っていて思いましたけど、小説を書くときにも、これは少し厳しい感じのシーンにしようと思ったら、ついつい「冬」を持ってきてしまう。例えば窓ガラスが曇っているところから小説のシーンを始めてみるとか。それは冬の厳しさという、まさに制度からスタートして書いてしまっているわけで、そのあたりを一流の俳人のようにきちんと吟味せずに書きがちなのは、まったく反省すべき点ですね。逆にこれは制度なんだから四季のことは一切触れずにものを書こうといっても、それはすでに頭で反発しているわけだから、実際に書いているときには、どこかで秋の風を感じて書いちゃったりしている。そこを抜けられるかどうかがポイントのような気がして、むしろ俳句の方がよく考えざるを得ない。形式があるゆえに意識的になる。

兜太　俳句にも「口語俳句」という一派があるんです。今おっしゃるように、季語・季題というものは制度だから反対だと。一億総白痴化の原因は季題なんていうものに支えられて俳句を作ったためだから、こんなものは良くねえって言って、彼らは戦後早々に口語俳句というのを始めたわけですよ。今になってその人たちに、あなた方は季題を放擲《ほうてき》して、いったい何を頼りに作っているんだと聞いたら、時事問題だと言うんです。コソボ問題とか住専だとか、時事問題で作っている。金子さん、あなたももっと時事問題に関心持ってくれ、なんてお説教されたけどね。戦後しばらくのある時期は、社会問題が重要なテーマだったんです。

せいこう　いわゆる社会派ですね。

兜太　社会問題に自分のハッスルする根拠を求めざるを得ないということになっちゃっている。だからその人たちに言わせると「季題」は制度だからけしからんということになるわけです。だけども、それは問題がちょっと違うんじゃないか。時事問題を季節感と密着させて書くことだって可能じゃないかと思うんです。せいこうさんの言うように、社会的に厳しい時期には冬という季節を設定することもできるじゃないかと。そう言うんですけど、彼らはそこを切り離すんです。でもね、そこはどうも、日本人の考えとしては無理があるような気がする。

日本人はなぜ「季節感」にとらわれるのか？

せいこう　それは何なんですか。四季がある国は日本だけじゃないでしょう。

兜太　アメリカには、ネイチャー・ペインティングというひとつの流派があって、その人たちは「自然を描く」ということを意識的にやっている。だけど、彼らは少数派です。その人たちの間で俳句が喜ばれていて、それは俳句もやはり自然を描くからなんですがね、なぜ少数派なんだろうと思ったら、やっぱり彼らの世界では、表現というのはもともと社会や人間を描くことなんですね。自然というのは付け足しなんです。だから、今あなたが厳しい状況を書くときに冬という季節を設定するということは、ある意味じゃ欧米的な発想です。

せいこう　背景に置きにいっている。

兜太　どうも欧米では人間が先にあって、背景にある季節はそれほど念頭にないという感じがありませんかね。逆に日本の場合だと季節感が常にまつわりついていて、先に来やすい。

せいこう　それは、日本の文学形式がもともと和歌から始まって、天皇や貴族が庶民的な感情とは無縁なところで、雲の上で詠んでいた。そういう中に地名なり季節があって、それを踏襲してきたからそうなったという見方と、もうひとつは、もともとの文化的感性としてあったんだという見方があると思うんですけど、兜太さんは、どっちだと思われますか。

兜太　僕は、どうも風土的に、基本的なものとしてあったんだと思いますね。ただ、これは思想家の加藤周一さんも言っているんだけど、自然美というのは歴史的なものだと。これは私も賛成で、だからその見方、自然の美に対する感じ方はずいぶん変わってきている。例えば中世にできた「時雨《しぐれ》」という季題を現代人の私たちが扱うときには、中世において「時雨」という言葉の持っていた本意をそのまま受け取ることはできない、そういう変化はありますね。あるけれども、どうも日本の場合、自然がいつも生活の基本にあって、日本人の生活は、自然が織りなす風土の中にあったと、そう思わざるを得ないですね。

せいこう　それはアニミズムみたいなものと関係があると思いますか。

兜太　あると思います。日本が農耕社会を基本にしてきたということもそれに重なっていますが、やはりアニミズムというのは日本人の基本だと思います。そいつを言うと、じゃ、なんで日本人は明治以降、こんなに田畑を荒らしちゃったんだと、農薬まで使って平気で虫を殺してきた、おかしいじゃないか、アニミズムなら虫を大事にするはずじゃないかとか、そういうことを言う人もいるけれども、それはどうも別の問題なんじゃないか。

せいこう　それは貧困の問題だと。

兜太　生きるか死ぬかの問題だからそうなった。だけど、基本ではアニミズムを失ってはいない。私が好きな小林一茶を見ていても、あれ、農家の出でしょう。一茶には基本にアニミズムがあると思うんです。ところが、江戸の終わり頃の庶民の生活は大変だから、非常に冷酷な面とか合理的な面というのも身につけています。にもかかわらず彼の俳句は、アニミズムを基本にしている。特に晩年になって少し落ちついたところで、もろに出てきますね。日本人の場合、そういうことがあるんで、田畑を荒らしたというのは一時的な現象であって、また元に戻るというか。

せいこう　田畑のことだって、言ってみれば農業というのは反自然なわけだから、そこから稲をどう収穫するかということ自体は科学的なプロセスだったりする。しかしそれをやりすぎないというか、科学とアニミズムを結びつけたりしている。田の神様を祀《まつ》ったりするわけですから。

兜太　そういう思いとか行事が絶えず結びついているということですね。

せいこう　じゃあ、そのアニミズムも知った上で、さらにそれを超えるようなものが出てきたら、それはそれで面白いんですか。それともアニミズムの中に没入していた方がいいんですか。

「アニミズム」を俳句にどう活かす?

兜太　没入はしないで、アニミズムを土台として、それに付け加えていく。例えば現代生活の多様さを付け加えて書くということができてくるといいと思いますね。私も、季語か無季語かという問題になれば無季語の可能性は口にしますけど、基本には、日本人は季節感の中で育ってきたということを根底に置いて無季語というのを考えなければ危ないと、そういうことですね。

せいこう　そこは僕、微妙に違うんですが、おそらく日本列島にいた人たちは、季節を言葉にするということに執着してきた人たちなんじゃないかと思うんです。そして、季節の変わり目変わり目を言葉で確かめるということをしてきた人たちなんじゃないかという気がするんです。それが積み重なって、ある言葉を言われたときにそこに季節が感じられるようになった。僕は言葉の方が常に先にあったように思う。むしろ西洋は自然を自然として考えるからこそ征服もし、無視もする。日本では、自然は直接的に文化としてあって、だからいつでも言葉で確かめる。変換する。自然イコール文化なんです。行事でも、あるいは夏になったらこの半衿にこれを合わせるなんてやってきたこともそうですね。常に言語化して確認することが好きだったんじゃないか。

兜太　だけど、それを言葉にするのはなぜか。それはやはり、うんと季節に傾斜した風土に暮らしてきたからじゃないのか。『歳時記』を見ても、基本はやはり稲作なんですよ。稲作は四季を認識しなければできませんね。生産様式から言っても、四季から逃れられないというか、四季を土台にせざるを得なかったんじゃないでしょうか。

せいこう　歴史学者の網野善彦さんなどがよくおっしゃっていますが、実は農民というのは、今まで言われてきたほど数多くはなかったんだという話があって。職人や狩りをする人たち、芸能をする人たち、そういう人たちが非常に多い。つまり、百姓はまさに百の姓《かばね》で、決して農民だけを指す言葉ではなかった。農民を国の主体としておきたいお上が、言葉の意味をせばめた、と。

兜太　でもね、なんと言ったって基本は農耕社会じゃないですか。芸人だって農村を回って歩いて、自分の芸を成り立たせていたわけでしょう。だから農耕社会がなければ芸人も生きていけなかったと思いますね。ただ、そういうことを別にしても、日本人の場合は何か、自然の変化への傾斜の仕方が違うような気がするな。

せいこう　アニミズムということで言えば、多神教なのでということでしょうか。

兜太　そうですね、キリスト教やイスラムは一神教ですね。その点も大きいと思います。自然と人間との関係を見ても、欧米の場合は自然が人間と敵対していた、日本の場合は、人間が自然の中に包まれている、自然に即している。あなたはそれを四季主義ってうまいこと言ったけど、私のようにこれほど口を酸っぱくして「無季」の可能性を言っている男にしても、言い切れないところがあるんですね。

せいこう　兜太さんの場合は、季節を大事にするがゆえに離れてみせている、季節を常に新鮮に受け取るために離れていなければならないということではないですか。

兜太　そう、だから、この子供たちが作った四句なんかを、そういう目で見るわけです。そうすると、少年期は生活の中の事実だけに執着するんだなと、こう考えたりする。

せいこう　それはそう思います。年齢を重ねないと、いろんなものを見て、ああ春だなって感じることはない。僕は今、三十八歳ですけど、このぐらいの歳になってようやく、今年はどうも夏が遅いみたいだとか感じるようになりました。同時に、俺にはあと何回、夏があるんだろうって考えるときもあるんですよ。これはもっと若い頃にはまったくなかったことで、不思議なものですね。子供の頃は目の前のカミキリムシとか、そういうものに集中していて、それがどういう文脈で存在しているかなんて、考えないですもんね。ただ、ひとつだけよく憶えていることがあるんです。小学生の頃、近くに小さな原っぱがあって、そこに友達と一緒に寝っころがっていたら、夏の匂いのする風が一瞬、ぶわーっと吹いてきたんですよ。それに乗ってトンボがすーっと飛んで来た。それは今でも忘れませんね。夏の風というのは匂いがあって、それに乗ってトンボという夏の虫が来るんだと思って。それを四季の問題と絡めて考えたわけではないですけど、そういう、何か宇宙の潮みたいなものがあるんだということは感じた。

兜太　季節と共に生きていることはわかるけど、それを季節感として感受するということとは同じではない。子供の頃は、ただ生きている、生活するというだけの感受力ですね。

せいこう　子供は一ヵ月後のことなんて、あんまり考えないですからね。時間をアナログ的には考えないというか。ああ、春が終わって、そこにうっすらと夏が重なっているんだ、なんていうふうには思わない。明日の宿題のこととか、明日は何して遊ぼうということは考えますけど。

兜太 そうだね。だから季節感というのはやっぱり大人の問題なんでしょうね。

俵万智(一九六二〜)◎大阪生まれ。歌人。佐佐木幸綱に師事。『サラダ記念日』がベストセラーに。「『嫁さんになれよ』だなんてカンチューハイ二本で言ってしまっていいの」

正岡子規(一八六七〜一九〇二)◎伊予松山生まれ。俳人・歌人。竹の里人。俳句・短歌など近代文芸の革新者。「ホトトギス」主宰。「糸瓜《へちま》咲いて痰《たん》のつまりし仏かな」

尾崎放哉(一八八五〜一九二六)◎鳥取生まれ。俳人。因幡《いなば》池田藩士の家柄。「層雲」に投句。自由律俳句の代表者。小豆島《しょうどしま》にて孤死。「せきをしてもひとり」

種田山頭火(一八八二〜一九四〇)◎山口生まれ。俳人。荻原井泉水に師事。自由律俳句の代表者。放浪の生涯。松山一草庵にて死す。「分け入つても分け入つても青い山」

小林一茶(一七六三〜一八二七)◎信濃柏原生まれ。文化・文政期を代表する俳人。「是《これ》がまあつひの栖《すみか》か雪五尺」

高屋窓秋（一九一〇～一九九九）◎愛知生まれ。俳人。新興俳句運動の旗手。戦後は「天狼」に拠る。「ちるさくら海あをければ海へちる」

石田波郷（一九一三～一九六九）◎愛媛生まれ。俳人。「鶴」主宰。中村草田男・加藤楸《しゅう》邨《そん》らと共に人間探求派と称せらる。「今生《こんじょう》は病む生なりき烏頭《とりかぶと》」

芝不器男（一九〇三～一九三〇）◎愛媛生まれ。俳人。昭和初年、短命ながら珠玉の句を遺した。「あなたなる夜雨の葛のあなたかな」

高浜虚子（一八七四～一九五九）◎愛媛生まれ。俳人。子規のあと「ホトトギス」主宰。有季定型俳句の推進者。「白牡丹といふといへども紅ほのか」

河東碧梧桐（一八七三～一九三七）◎愛媛生まれ。俳人。子規の弟子。明治・大正にかけての新傾向俳句の代表者。「泣きやまぬ子に灯《ひ》ともすや秋の暮」

荻原井泉水（一八八四～一九七六）◎東京生まれ。俳人。自由律俳句の代表者。放哉、山頭火の師。「層雲」主宰。「蜻蛉《とんぼ》すいすい夕焼流る水流る」

大須賀乙字（一八八一～一九二〇）◎福島生まれ。俳人。新傾向俳句の代表者。「高山に大声放つ秋の空」

松尾芭蕉（一六四四～一六九四）◎伊賀上野生まれ。江戸前期の俳人。俳諧に高い文芸性を賦与した蕉風俳諧の祖。門人多数。「荒海や佐渡によこたふ天河《あまのがは》」

中村草田男（一九〇一～一九八三）◎清国福建省生まれ。俳人。「万緑」主宰。加藤楸邨・石田波郷らと共に人間探求派と称せらる。「降る雪や明治は遠くなりにけり」

渡辺白泉（一九一三～一九六九）◎東京生まれ。俳人。新傾向俳句の旗手。「戦争が廊下の奥に立つてゐた」

安東次男（一九一九～二〇〇二）◎岡山生まれ。詩人・評論家・俳人。号、流火。加藤楸邨に師事。「蜩《ひぐらし》といふ名の裏山をいつも持つ」

宝井其角（一六六一～一七〇七）◎江戸堀江町生まれ。榎本氏、のち宝井氏。蕉門十哲の一人。天和・元禄期の俳諧を代表する俳人。江戸俳壇の祖。

与謝蕪村（一七一六〜一七八三）◎摂津毛馬《けま》生まれ。画家。安永・天明期の中興俳諧を代表する俳人。「鮎くれてよらで過ぎゆく夜半の門」

二‥定型は「スピードを得るための仕組み」なり

平成11年9月、東京都台東区・駒形にて

俳句をどう表記すればよいか？

せいこう　今回はまず素人の疑問として、表記について伺いたいんです。俳句を表記するときに、五・七・五のそれぞれで行を変えて三行で書く場合もあれば、すべてを一行で書く場合もある。一行で書くときも、五・七・五の間にそれぞれ一文字分空《あ》けて書く表記もあれば、全部を続けてずらずらっと書く表記もある。これは統一されてはいないんでしょうか。

兜太　一行を三つに分けて書くのは、俳句の世界では「分《わ》かち書き」と言ってるんですがね、分かち書きをきっぱりと、方針としてやっているのは、めぼしい雑誌としては一誌だけです。「青玄《せいげん》」という雑誌で、今は伊丹三樹彦《みきひこ》という人が主宰していますね。「青玄」は日野草城《そうじょう》という人が始めた雑誌ですが、日野草城亡き後、伊丹三樹彦君が跡を継ぎまして、それで分かち書きということを言い出したんです。ところが、分かち書きに伴う、現代調というかモダニズムというか、そんな傾向が滲んできたのを嫌って、有力な同人だった桂信子という人は「青玄」を出て、「草苑」という雑誌を主宰している——そんな動きもあったんですが、「青玄」は頑として分かち書きです。それ以外の雑誌では、分かち書きはまずないと見ていいと思います。それから、私と同世代で高柳重信というのがいました。一九五〇年代から六〇年代、この時代に俳句の前衛ということが言われた中で、私は社会派と言われていて、高柳は芸術派と言われていたんです。その高柳は、ほとんど戦後の初めからと言ってもいいんじゃないかな、多行形式といって、分かち書きというよりも、行を自在に分けて書いていた。

せいこう　言ってみれば現代詩の書き方みたいなものですね。

兜太　そうそう。明治の頃の『海潮音』とか、ああいうものの影響を多分に吸収していた男でしてね。だから、彼の俳句を見ると、四行ぐらいに分けているのが多いですね。

せいこう　四行！　そんな書き方もあったんですか。面白いな、それは。

兜太　私は高柳に理由を訊いたことがあるんですよ。そうしたら、俳句のリズムのままに書いていくと、だいたい三行以上に落ちつくと。

せいこう　それが自然なんだ、と。

兜太　そうなんです。だからしまいには六行ぐらいに分けたものまであります。ところが「青玄」の伊丹に訊くと、戦後の教科書に載っている俳句というのが、一行で書いて、中できちっと三つに分けて書いてあるので、それに従ってやっているんだと、この方が将来性があるんだという言い方をしていました。

せいこう　しかし、分かち書きということで言えば、書の世界では大昔からあるわけで、それが逆にモダンに見えたということは、俳句は最初から分かち書きをせずに一行で書き続けていたということなんですか。

兜太　まあ、そうですね。原則として分かち書きをしないという暗黙の了解がありますね。

せいこう　それは何故でしょうね。和歌に対する何かかなあ。でも、和歌でも一行で書くこともありますよね。

兜太　ただ、和歌は長いから、短冊に書くときは二行にしたりするね。俳句でも色紙に書くときは、小さな色紙の場合なら三行ぐらいに分けます。

せいこう　そうか。じゃあ、絵的なものとして表わす場合と、文学として印刷媒体などに刷られる場合とが、近代になって分裂したのかもしれないですね。

兜太　それは言えるね。だから俳句でも、色紙などに見た目に美しくというときには分けて書く。一行で書くとごちゃごちゃしちゃいますから。でも、短冊だと一行で書くんですよ。それだとやっぱりごちゃごちゃごちゃした感じがあって、人によっちゃ、おしまいの五文字ぐらいで改行しますがね。

せいこう　そうすると、前章で意味律と音律の話が出ましたけれども、ある意味ではそれを作者の側から指定してしまうということにもなるわけですね。

兜太　うーん。分けるとね、確かにそうなるんですよ。

せいこう　これはたまたまの例ですけど、

春の嵐は異形《いぎょう》となりて街を撃てり（茨城県・外崎花牛　第四回　一般の部　大賞）

こういうのは、例えば「春の嵐は異形となりて・街を撃てり」と読んだときと、「春の嵐は・異形となりて街を撃てり」と読んだときでは、ちょっとずつ印象が変わる。リズムと意味がせめぎあっているので、読む側が自在に、ああ切ってみようか、こう切ってみようかという試みを、自分のリズム感覚を遊ぶみたいにして楽しめると思うんですけど、それを分かち書きしてしまうと、わりとひとつに決めてしまうことになる。

兜太　分かち書きに反対する連中の重要な根拠がそれですね。やっぱり一行で書いて読み下して、さまざまな韻律上のニュアンスを味わう。これは非常に大事な味わい方だと思う。「古池や蛙《かはづ》飛びこむ水の音」という句を、例えば切字の「や」のない「古池蛙飛びこむ水の音」というふうに変えたとしますね。これを短冊に書くときには、「古池」の後をわざと空けて「古池　蛙飛びこむ水の音」と書いたりすることがあるわけです。その場合は空けたところで切ってくれと言っているわけですね。だけど、そういうのは逆に野暮だと、そんなことよりも、すーっと続けて、いろんな味わい方をさせるほうがいいというので、空きを作らないという人が多いですよ。かく言う私なんかも一行論者ですから。読んで韻律を味わうべしと。

せいこう　探ってみるべしということですね。

兜太　そうです。

「目で見る」俳句と「読み・聴く」俳句

せいこう　それは結局、筆の文化というものと関係がありそうですね。筆だと、文字を絵のように表わすということがあって、分かち書きして全体のバランスを見たくなってしまうというようなことが……。

兜太　ありますね。だから昔の和歌なんかでも、何行にも分けて、しなしな書きますよね。あれは目で見た効果、絵画的な効果を狙っているんでしょうね。ところが、聴覚効果というかな、読みと韻律の効果を狙うと、さっき言ったようなことで、やっぱり一行でないと充分じゃないという、その違いがあるんじゃないでしょうか。墨書して目で味わうというときの感じ方と、黙読して、耳に聴き、口ずさみながら味わうときと、その感じ方の違いですね。

せいこう　なるほど、かってはむしろ視覚の中にすべてがあったのが、近代になって、文学として独立しなきゃいけないということになったときに、複製技術としての印刷というようなものとも結びついてきて、そのもがきで曖昧になっているのではないか、そのもがきは自律的ではないのではという話にしようと思ったんですが、金子さんは、目じゃなくて耳なんだという点を導入してくるわけですね。

兜太　そう、韻律ですからね。心の耳というとキザになるけど、耳で聴く感じというのは、一行書きでは大事な要素でしょうね。

せいこう　で、もうひとつ、どこかをわざと片仮名にしたりして書く場合があるそうですが。

兜太　あります。

せいこう　そういう視覚効果を狙う人も、また別な筋からいるわけですね。

兜太　いるわけです。

せいこう　それはそれで別の問題ですものね。

兜太　ええ。漢字の使い方なども、意外に難しいんです。一行で書く場合でも、漢字がうまく使ってあると、絵画的な美しさが出ますよね。ましてや行を分けていく場合には、よけいに気を遣います。一行書きのときは漢字を使っている人が、色紙なんかで多行で書くときには、それをわざわざ平仮名にしたりするような人がいるわけですよ。

せいこう　それでも作品としては同じだという考え方なんですかね。

兜太　同じですね。同じだと受け取らせちゃうんですね。

せいこう　現代的な考え方でいくと、表記まで全部決めたものがひとつの作品で、変えるべきではないというような発想になるわけだけど、そこは自在なんですか。

兜太　ええ。そこはやっぱり、今言ったような絵画性を重んじて、目で見た効果を大事にするというふうに考えるわけだけれども、作品そのものは同じだというわけです。

せいこう　うーん、なかなか面白いですね。前近代的なゆるやかさと取る人もいるだろうけど、むしろ近代のこわばりから自由だと考えておきたい。

兜太　短詩形というのは一種の遊びとも言えるわけで、厳格な詩人みたいな人から見れば、無責任に見える面もあるんじゃないでしょうかね。効用によって——絵画的な効用を狙った場合と聴覚的な効用を狙った場合とで、使い分けるわけですから。

切字には「ニュアンスの係り結び」がある

せいこう　ある意味ではすごく自由ですよね。それから、日本語の形式的な骨格ってなんだろうと考えると、文法より以前に、漢字仮名混じり文だということがあると思うんです。だとすると、日本語で詩をやる以上は、助詞の「の」とか「に」というところと、その上の漢字のせめぎあいみたいなものになってくると思うんですけど、どういう混ざり方がいいというようなことはあるんでしょうか。

兜太　それはね、まずひとつは、切字というやつね。

せいこう　やっぱりそれが出てくるわけだ。

兜太　出てくるんです。韻律を中心に読む場合にせよ、表記を見ながら読む場合にせよ、いずれにしても切字の助詞の使い方というのは、非常に大事ですね。それと、終わりを、切字ではない普通の助詞で止めるやり方もある。「……で」とか、「……を」

とかね。それから、動詞や助動詞の、終止形じゃなくて、連用形で止める場合もありますね、「……をり」というようなふうに。

せいこう　「……きてをり」みたいな。

兜太　「……きてをる」と言わずにね。ああいう連用止めなんていうのは、感じが軽くなるんですね。助詞止め、連用止めというのは軽くなる。わざわざ軽い感じを狙って書く場合があるわけです。そういうふうにわれわれは、助詞というのをいろいろと工夫しますね。

せいこう　今でも短歌、俳句の中にだけは「……けり」とか「……をり」とか「……たる」とか、そういう古い言葉が残っていますよね。これを残し続ける必要性というか、ニュアンスというのはどのあたりにあるんでしょうか。これもたまたまの例ですが、

赤とんぼ石の微熱を摑みをり　（神奈川県・芳賀秋良　第三回　一般の部　優秀賞）

この「摑みをり」の効果というのを僕なりに考えると、「をり」とか「けり」とかには、近代になって日本語が「標準語」になったときに消えてしまったニュアンスが

残っているように思うんです。「摑んでいた」と言うのと、「摑みけり」や「摑みをり」ではやっぱり違う。実際、助動詞に関しては、今の日本語はニュアンスが単一になってしまって、貧しくなっているという感じがします。ところが俳句や短歌では「をり」や「けり」にこだわっていますよね。

兜太　うんとこだわっています。この句の場合は、上五の「赤とんぼ」——これ、私たちは「名詞切れ」と言っていますが、これは、「や」という切字の働きよりはやや弱めだけど、やっぱり一種の切れの働きをするんです。そうすると、こういうふうに切れているときには、結びの切れを「をる」という口語の終止形にはしないんですね。

せいこう　おお、なるほど。

兜太　「をる」だと、重くなりすぎるんですよ。それで「をり」と連用にするんです。ここでちょっと空《す》かすというか、気を抜くというか、それはよくやるんです。

せいこう　なるほど。言ってみれば「ニュアンスにおける係り結び」みたいなものがあるわけですね、ニュアンスの濃淡における係り結びと言うか。

兜太　そう、濃淡なんです。それには非常に気を遣います。

せいこう　ふーむ、口で転がすとわかるんですけど、文の規則として見ると難しいですね。

兜太　この句で言えば、一番典型的な例では「赤とんぼや」と、仮に上五で切字を使うとしますね。そのときに「摑むかな」と終える。「や」―「かな」という重ねた使い方をする。こんなぐあいに二つの切字を使ってしまうと……。

せいこう　ああ、重くなる。

兜太　一方が切れているときに、もう一方もきつく切るのはね、重くなりすぎる。ただし、内容がうんと重い句はいい。重いのに耐えられる内容ならいいけど、内容が普通のときにそれをやると重くなりすぎるって、これはしばしば言われますね。

せいこう　それで、内容によって少しずつニュアンスを変えていく。俳句の上手な人はおそらく、それを意識的にも無意識にもできるんでしょうね。何かがこうなると収まりが違うと。

兜太　その通り。それから、作者の個性もありますね。言葉遣いを荘重にしたいっていう人は、こういうところをいたずらに重くしますな。

せいこう　土台はきちんとあるけれど、そこに立った上で色をつけていくのは人それぞれだと。

兜太　……ということですけど、原則は、今言ったようなことですね。

せいこう　今は上と下の係り結びでしたが、じゃあ、中七にもいろいろあるわけですね。

兜太　ありますね。例えば、中七で切るというようなやり方はね、これは一種のタブーみたいにみんな思っています。

せいこう　例えば「赤とんぼ　石の微熱や……」ということですか。

兜太　そうです。「赤とんぼ　石の微熱や　摑みをり」。こうすると、この「や」は切字というよりも、やや感動詞的な役割をしますから、それほど変じゃないけども、これを切字の感触で受け取る人から見ると、やはりタブーですね。「赤とんぼ」で切っといて、また「微熱や」で切って、しかも最後を「をり」などとしたら、これは重くなりすぎてしようがない。

せいこう　重たい石を三つ投げつけられちゃったような。

兜太　そういうことです。

せいこう　それぞれの石のつながりがないまま放り出されているのが嫌なんでしょうね。

兜太　しかも内容が、重たいものを三つ受けるほどのものじゃないですから。やっぱり中七というのは原則的には切らないですね。

せいこう すぐ上が重くなっちゃうと、それを下五で受けきれなくなるからなんでしょうね。

兜太 例えば「赤とんぼの」というふうに切字を和らげまして、それで「赤とんぼの石の微熱や摑みをり」であるならいいんです。この場合の「をり」なら、重くなりすぎることはない。それはやりますが、ブツン、ブツンと切字が続くということはまずないですね。

「切れ」は俳句の命である

せいこう なるほど。結局、「切れ」というのは、俳句の中でどういう概念なんですか。今までもたびたび出てきましたけど、そんなに大事な概念なんですか。

兜太 すごく大事な概念でね。これは、もう定説と見ていいと思うんですが、要するに、俳句というのは切れのかたまりなんです。俳句の命は「切れ」だと。これはまず定説と見ていいと思いますね。英文学者の土居光知さんなどの考え方で「音歩説」なんていうのがありましてね、二言で一音歩とする考え方。そうすると、「赤」というと、これで一音歩なんですね。それから「とん」で一音。それから「ぼ」でもう一音

――「ぼ」って言ったときに、この後にひとつ停音――無言の音が入るんですね。それで上五は三音歩と、こういう考え方ですね。そういうふうに音歩として考えるやり方があってね、今のように、「ぼ＋停音」のところはこれ、切字なんですよ。

せいこう　ということは、意味というよりは、まずリズムというものにおいて切れが大事だと。

兜太　まったくそうです。等時拍って言い方があるでしょう。日本語というやつは、太鼓を叩くみたいに、トントン、トントンとね、間隔は同じで、音程の強弱もないという、あの等時拍という考え方が基本にあるんですね。だから、リズムを作っていく必要がある。これはいとうさんの専門だけど、リズムを作るためには、かたまりと切れが大事だという考え方ですね。

せいこう　土居さんの考え方は、日本語において、二という単位がひとかたまりになるという原則ですよね。それで、五・七・五の間というのは、原則として必ず空白があって、そこに聞き手の「掛け声」や「気持ちの合いの手」が入っていたんじゃないだろうかというのが僕の勝手な説なんです。「赤とんぼ」と言えば、無音のところに「うん、なるほど」と、こう返ってくる。基本的に詩歌の形式である以上、コール・アンド・レスポンスがある。言った、返ってきた、さあ、どうしましょう、というようなリズムです。なぜ五・七・五かと言われたときに、詩形というのはひとりで詠むのではなくて、人前で声に出して詠むということの方が本質的であって、要するに俳句の会はだいたいそうやって成り立っているわけですよね。連歌ならそれに次の人が付けていく。そういう意味でも、僕もリズムの切れはとても気になっているんです。今のところは「切れ」の箇所に「他者が聴く」ということを前提としたものが入っているんじゃないかと思っているんですが。

蟻不意にあと戻りする物忘れ（埼玉県・石田つや子　第三回　一般の部　優秀賞）

面白いのは、こういう句で「蟻不意に・ウン・あと戻りする・ン・物忘れ」という感じに、中七の後ろの方がちょっと、半拍だけ短いように思うんですよ。このリズムは何でしょうね。上と中は五と七で同じ奇数だから、同じように「蟻不意に・ウン・あと戻りする・ウン・物忘れ」と読んでもよさそうなものなのに、これじゃだめなんですよ。「蟻不意に・ウン・あと戻りする・ン・物忘れ」と、中七の無音部分の方が上五の無音部分の半分のリズムにならなきゃいけなくて、しかもなぜ自分がこう読んでしまうのかがわからない。ずっと考えてるんですけどね。五音だと長めに「ウン」

と言えるのに、七音だとあまり休まずに一気に進みたくなるような、要するにそういうリズムを幼少期から、俳句を読むときのリズムとして教えられているということもあるんでしょうけど。この「ウン」や「ン」という空白については、俳人はどう考えていらっしゃるんでしょう？

兜太　さっき話した音歩説から出てきた「四拍子説」というのが通説化していて、これがリズムの強弱を理解するのに役立つんじゃないかという見方がされていますが、そういう今の主流の考え方に俳人で評論家の松林尚志という人が反対して、リズムの強弱からくる俳句や短歌の緊張感には、五七調と七五調の「長短構造」が大事だと言っています。五音はさらに二・三あるいは三・二の短長、長短となるし、七音もまた三・四あるいは四・三になる。それを松林さんは「長短入れ子構造」と言うのですが、それが基本だというんです。あなたの今の話を聞いていると、やっぱり四拍子説だけでは解き切れないものがあるようだね。あなたみたいな音楽の専門家だと、強弱というのは非常に大事なんじゃないですか。だからね、松林さんは今の話を聞くと喜ぶと思います。

ビビビビビッと響かせる技術

せいこう　五と七では違うということですか。

兜太　そうです。ひとつ、句を出しましょうか。

天井に風船のあり夜の地震《ない》（愛媛県・大塚菜穂子　第三回　一般の部　優秀賞）

　この句で言うと、「てん・じょうに」と、五音を二・三に区切って読むときに、「てん」に力を入れて「じょうに」は流して読む。そういう強弱の関係ですね。こっちの方が拍子より働いていると。私もその意見はよくわかるんです。そうすると切れが強く働きますからね。

せいこう　強弱があることによって、無音のところが強調されるということですね。

兜太　そういうことです。長短あるいは短長になることで、一音、二音と余ったり、足りなくなったりする。休止や余韻、緩急や強弱が生まれる、というわけです。逆にこれが「てん・じょう・に」と音歩に分けて言って、「ウーン」とこう黙ってるとする。これじゃ調子だけは取れるけど、切れの効果はまだあんまりないんだね。その説よりは、松林説のほうが強いように思いますね。

せいこう　強弱という考えを入れると、初めて音と意味がつながってくるという感じがしますね。それは調子ということになるわけですけれども。それなら少しわかるなあ。

兜太　それから、これ、五音と七音の関係もあるんです。「天井に　風船のあり」の強弱ですね。「天井に」と軽く来て、「風船のあり」って力をこめて言うか、あるいは「天井に」をグッと読んで「風船のあり」を和らげて言うかっていう。たぶん最初の方でしょうね。「風船のあり」が大事なんだから。

せいこう　受けている中七の方が少し長めで強い。強いからそこで終わってしまってもいいような状態で、そこにもうひとつ「夜の地震《ない》」という下五が付いてくる。弱・強・弱と言ってもいいかもしれない。となると、こういう考え方はできませんか。もし弱・強・弱だとすると、この後で読まれなかった……五・七・五だからその後はないのだけれども、あるはずのないその後にも何かリズムの拍が、よく見るとある。下五のさらに後ろには、聞いている者や読んだ者の最終的な詠嘆がある。順番から行くと強になる四ブロック目を詩の外部にゆだねるというか。それはとても日本的なことかもしれないけれど、そういう理由で全体が、五・七・五と三つの奇数のブロックになっている可能性はある。言うことと言わないことのあいだを縫ってるんですね。やっぱり詩だから、全部を言って埋めてしまってはだめだ。だからこそ「切れ」が大事なんだと、そういうことにもなるのかもしれない。

兜太　そうそう。だから今の話の背景というか基本には、切れの形式というやつが働いてますよね。ある意味では、切れが各所にあるから、いろんな議論ができるし、読み方ができる。例えばこの句だって、「天井に」を柔らかく読んでおいて、それで「風船のあり夜の地震」と、こっちへうんと力をかけて読むことだって可能なわけですからね。そうすると余計に、あなたのおっしゃるように「地震」の後が、ビビビビッと響きますよ。ビビビビビッと。

せいこう　なるほどね。ビビビビビッと響くというのは、まさにここに空白があるからなんですね。それが日本の「間の美学」なんだなんて言われると、何を言ってるんだっていう気になるけど、ビビビビビッと響かせるための技術なんだと考える。要するに自分と、聞いている他人がいるからこそ、過剰には言わないでおいてビビビビッと響かせる。「夜の地震」と言っておいて、相手の目を見るとかね。どうだ！　っていう感じで見る、そんなコミュニケーションが入っていると考えると、技術的にとても正しいし、もうひとつは、もともと非常に芸能に近いところから始まっているという部分をいまだに持っているんだなということがよくわかりますね。

俳句は「挨拶」の心構えで作る

兜太　でね、そのことを別な角度から言うと、今日あるような俳句の一句一句、これはもともと正岡子規が、歌仙形式――後から虚子が連句って言ってますけど、連句の発句を独立させたんですね。それを俳句と呼んだんですけど。連句の発句というのは言うまでもなく、その後に七・七の付けを予定しているわけですよ。

せいこう　必ず付句がある。

兜太　だから当然、そのニュアンスは今でも残っているわけですよ。残影なんていうものじゃなくて、基礎的なものとして残っていると思います。俳句を作るときに、誰かに呼びかけて作っているとか、次の付けを想定して作っている。これを私は「挨拶」と言ってるんですが。挨拶の心構えで作るというのは大事なことだと思うんです。そうするといい句ができると、迷信みたいに思っていますけどね。とにかく俳句はそもそも挨拶を前提として作られていたんだと、これが大事でしょう。

せいこう　ああ、素晴らしい。僕が素晴らしいなんて言う権利もなにもないですけど。それはすごいですね。

兜太　それによって、今あなたのおっしゃっていることが裏付けられますよね。

せいこう　四ブロック目は明確に相手にゆだねているんですもんね。だからこそ、連句においての発句は、挨拶句でなければならない。さあ、お付け下さいというにこやかな沈黙がある。

兜太　その態度がなければだめだと。

せいこう　決まりだからそうだというのではなくて、それを発端に連句を巻くわけだから、当然挨拶をする気持ちになるということですね。それを「俳句」として独立した今でも忘れずに、内向的になっちゃわないで呼びかければ、ビビビビッと響くところで、ひょっとしたら相手も何かを詠み返してくるかもしれない、そういう、歌垣《うたがき》みたいなところまで遡るぐらいの気持ちがあった方がいいということになりませんか？

兜太　そう思いますね。それは非常に大事なことで、切字というものの働きも、それを前提において考えないといけないでしょうね。

せいこう　意味がすぱっと切れる気持ち良さもあるかもしれないけど、相手をぐっと乗り出させて、つけ入らせる隙を作るという機能もあるのかもしれない。ちょっとでも間があれば、ウン、ってやっぱり相槌を打ちたくなりますものね、「どうなんだい」って。そういうコミュニケーションが挨拶にはやっぱり……。

兜太　あると思いますね。

芭蕉が起こしたルネサンス

兜太　芭蕉さんの話で、俳人仲間じゃ有名な話なんですけど、例の『奥の細道』の旅で、最上《もがみ》川を見て、土地の人たちと歌仙を巻いたときに、芭蕉は発句として「五月雨《さみだれ》をあつめて涼し最上川」とやったんですね。その後へすぐ、土地の人が付けてるわけです。ところが芭蕉さんがそいつを『奥の細道』に書きとめるときには、発句を独立させて書くわけですから、「あつめて早し」と直した。「涼し」と言ったときは、挨拶を含んでいるんです。そして相手の応《こた》えを待っている。「早し」と言ったときは、自分の思いだけで作ればいい、相手を待たずに作ってもいいんだという違いです。だけどやっぱりその中には、なんとはなしの挨拶の気持ちは含まれているから、だから「早し」が生きてくる。流れというものの中に人の顔が見えてくるから、他人を遮断してないから良いんだというふうになっているんです。

せいこう　ほおー。

兜太　要するに、本来は「あつめて涼し最上川」でなければならなかったのが、ひとりになったときに「早し」にしてしまったわけですが、そのへんの違いを、芭蕉は非常に心得ていたというふうな話ですけどね。

せいこう　言ってみれば、芭蕉が俳句を、歌仙のような形で巻いているコミュニケーションから、独立した文芸にしたというわけですね、そのときに「早し」と書き換えるような意識があった。

兜太　その通りです。

せいこう　芭蕉以前にはそういう人はいなかったわけですか。

兜太　芭蕉以前にも飯尾宗祇《そうぎ》とか、発句を扱っている人はたくさんいますけれども、連歌のときの発句と、それを独立させて作るときとは心構えが違うというふうにはっきり認識したのは芭蕉でしょうね。

せいこう　それがルネサンスであったわけだ。

兜太　そう、それがあったから、子規が俳句という文芸として独立させることができたと、そう言ってもいいぐらいですよ。芭蕉のところで基礎ができていた。だけどやはり、挨拶の態度が含まれていないと、句の韻律がどうしてもきつくなりすぎて非常に孤独になってしまう。そのへんに微妙さがあるんです。

せいこう　その金子さんの読みが面白いですね。ルネサンスが起きて独立したとはいえ、そこにはなお「呼びかけ」を残すんだという考え方ですね。

兜太　その複雑性ですね。微妙さ。ひとりのものとふたりのものという、その二面性がむしろ面白いんだ、短詩形の面白さなんだというふうに思いますね。それはいとうさんの言われる、韻律から切れの問題にかかわってくるんです。「あつめて早し」というのには孤独を感じる反面、どこか人恋しいものもあるでしょう。完全な孤独の韻律じゃない。孤独の切れでもない。「涼し」はもう、完全に人を呼んでいますけどね。

せいこう　きょうは涼しいですね、涼しくなるといいですねとか、そういう気持ちがあるんでしょうね。

兜太　「早し」の方が韻律はきつくなっていますけれども、それでもやはり、そこに挨拶という、自分だけじゃない世界を残していると思うんだな。

「ひとりごころ」と「ふたりごころ」

せいこう　そうすると、挨拶というもの自体の概念をちょっと訊いてみたくなるんですけど。僕はなんとなく、これから始めるので、寿《ことほ》いでみたり、ちょっとだけ微笑ませてみたりして、さあ始めましょうという感じが挨拶句なのかなと思ったんですけど、人恋しさも挨拶につながっているとなると、挨拶の気持ちというのはつまりどういう気持ちなんですか。

兜太 人恋しさというのはちょっと言葉が甘かったんですが、呼びかける気持ちというか、相手を意識している気持ちというか。完全に孤独の、ひとりきりの状態の思索ではないということですかな。

せいこう 他人の存在を前提とする。

兜太 他人を意識している。

せいこう 遠くにいるのかもしれないけども、存在はどこかで感じている。

兜太 そうですね。これは私の勝手な言い方ですが、「ひとりごころ」と「ふたりごころ」ということをよく言うんです。自分ひとりにこもっている心の状態を「ひとりごころ」、相手を意識している、さらには相手に積極的に働きかけようとする、それぐらいにまで行っている状態を「ふたりごころ」と言っているんです。実はこれは『万葉集』ですでに書き分けられているんですね。「こころ」と言って「心」という字を書いたときは、これは自分の中に閉じていく「こころ」。それに対して、恋人とかに向かって歌いかけているときは「情」の字を書くんです。これも「こころ」なんですよ。これは私の独断じゃなくて、佐佐木幸綱がちゃんと『万葉集』の歌から例を挙げて書いています。古い時代の連中がすでにそういう書き分けをちゃんとしていて、そう思って見ると、芭蕉や一茶なんかでも情という字を書いて「こころ」と読ませていることが多いです。絶えず相手を意識している。だから今の句の例で言うと、「ふたりごころ」——情という言葉があてはまると思うんです。どうも俳句の場合はそれが基本になっている。つまり発句というものがそもそもそういうものであって、それが独立した俳句でも、もちろん「心」の方にうんと傾いているんだけど、同時に「情」を用意しないと充足できない、そういうことが言えるように思いますね。「心情」で作る、ということかな。

せいこう　どちらかがゼロになっちゃいけないということですね。

兜太　だめだと思いますね。芭蕉の句で言うと、「涼し」から「早し」までは来るけど、「早し」よりもさらに「心」に——「ひとりごころ」に傾いた言葉は出てこないんじゃないか。出たら、それは悪作になるというか、俳句としてはだめになるという意識が芭蕉の中にあったんだと、これは私の勝手な読みかもしれませんけど。

せいこう　いや、でもそれは面白いですね。

兜太　切字の使い方にも、そのことが影響していると思います。だから、そのあたりはいい意味での妥協をしていると思えます。

川柳は乾いた「ふたりごころ」の世界

せいこう　もうひとつ、俳句の中に軽いおかしみを狙ったりする傾向というか、ユーモア感覚みたいなのがあるでしょう。やっぱりそれも働きかけということから出てくるんですかね。

兜太　そうでしょうね。

せいこう　自分のことを自分で笑う場合には、内向して「ひとりごころ」のように思えるんだけど、ユーモアって自分がふたりに分裂したようなときに起こったりするじゃないですか。ひどいドジをやったときに、まいったなこりゃやって言ってる自分と、ほんとうに困っている自分がいて、そういうときは自分で自分に呼びかけたりしますよね。だから「ひとりごころ」の中でも、そういう場合は自分の中に「ふたりごころ」が働いているのかもしれない。そういうものが、自分にだけ書けるおかしみだったりすることもあるのかもしれない。他人を笑わせようとする場合はもちろん「ふたりごころ」なんですけどね。それが強くなると、川柳に近づいていく場合もあるわけですね。読めばすぐわかるのかな、ああ、これは川柳だって。

兜太　難しいんですよ。私なんか最近、俳句と川柳の違いがわからなくなっちゃってね。ただ、川柳は明らかに「ふたりごころ」の世界ですね。どんなに皮肉を言っていてもね。皮肉ということ自体が、相手がいるものでしょう。それから、警喩《けいゆ》。川柳の中心は警喩だと言われていますが、それだって、やっぱり相手に向かって言うわけでしょう。だからね、川柳は本来「ふたりごころ」の世界ですよ。

せいこう　それが非常にはっきりしているのが川柳ということですね。

兜太　相手に向かっているときに、「情」というかたちのこころじゃなくて、相手に対してあてこするみたいなこころの状態というのは、また違いますよね。そういう、もっと乾いた「ふたりごころ」だと……。

せいこう　切れた人間関係として、俳句より広い不特定多数を相手に皮肉を言う。

兜太　そういうものだと思ってきたんですけどね。でも、このところの川柳作家、例えば時実新子《ときざねしんこ》さんなんかの川柳を読むと、「情」がずいぶん働いている川柳が多いですね。

せいこう　伊藤園の「新俳句大賞」で選んできた中でも、これは川柳なんじゃないかというのが、実は幾つかあった。

兜太　ありましたね。それには不思議に「情」というかたちの「ふたりごころ」が働いていますね。私はそう思ってるんですよ。

せいこう　これは川柳だとは思わなかったけれども、前章でも紹介した今回（第十回）の、

愛されずわたし観葉《かんよう》植物派

これなどは、どこか川柳味を帯びていますよね。「わたし」と一人称で語らないで、愛されない女性全体について語り始めたら、完全に川柳になっちゃうんじゃないですか。観葉植物みたいに愛されない女たちを自虐するということで「愛されずわたしたち観葉植物派」としたら、川柳になると思うんです。今は「わたし」というものに関する内面があるように見えているので、俳句になっているというふうに思えるんですよね。

兜太　「愛されずあなた観葉植物派」なんて言ったら、完全に皮肉になりますから、それは川柳だよね。それが「わたし」だから……。

せいこう　俳句の側に入った。

兜太　それは「ふたりごころ」――情の方が働いていて、それほど相手に向かって面当てに言うわけではなく、多少ひっこんで、ゆるめて言ってみせているという、そのへんのところで俳句にかろうじて留《とど》まったと、そういう見方をしてきたんですけどね。でも、あんまり自信がなくなってきましたね。俳句と川柳、両方がまぎれてきちゃった。

せいこう　それは形式の問題というよりは、作品の問題ですかね。

兜太　そうでござんす。

俳句と川柳を分けるものは？

せいこう　これはどう見ても俳句になっている、これは川柳だというような、個々の作品の問題ということですね。

兜太　作品の問題です。それ以外で俳句と川柳を分けるものは何かということを最近いろいろ考えるんですけどね。非常に図式的な意見としては、季語が入ってるのが俳句で、入ってないのが川柳だと。これはもうまったくの形式論で、あんまり意味はないということははっきりしている。それからいまひとつは、さっきあなたが言われたように、句の止め方の問題で、ぴしゃっと終止形で止めたり、韻字止めといって漢字でぴしゃっと止める形ね、そういうぴしゃっと止めるやつが発句の止め方で、つまりは俳句だと。俳句は発句から来ているわけですからね。それから、川柳のようなものは、ややゆるい止め。助詞で止めたり、連用形で止めたり……。これは、川柳止めというか、連句の中の「平句」と言いまして、発句以外の、付け合いの中で出てくる句。この平句の作り方が、ゆるい止めでいいわけです。そういう平句止めのやつが川柳で、発句止めが俳句と、こういう区別を立てる人もいます。ところが、この頃の伊藤園の新俳句なんかを見ていると、ほとんどが平句止めですよ。でも、だからといってそれは俳句じゃなくて川柳だっていう言い方はできません。そうすると、やっぱり中身が議論になる。中身が議論になると、さっきのようなことになって、判定が難しくなりますね。

せいこう　面白いですね。

兜太　面白いけど、ちょっと困りますね。ちなみに申し上げますと、私が最近体験した国際俳句シンポジウムでの話なんですが、ついこの前、八月の終わりに、ベルリンでやった俳句大会に参加してきたんです。そこで私とイギリスの俳句協会長さんとふたりで軽いディスカッションをした。そのとき、彼が強く言ったことは、俳句と川柳は同じ領域のものだと。俺は、そうだそうだと賛成したんじゃだめだから（笑）、無理して違うんだって頑張ったんですけどね。違うということになってくると、やっぱり今のように、マインドの、こころの問題しかないんですよ。そうするとその違いは非常に希薄なんじゃないかというふうに突っ込まれるとつらいですね。

せいこう　同じ領域で書いているものが出てるんじゃないかという、海外の人のそういうすぱっとした指摘はとても有益なのかもしれませんね。

兜太　どうも、欧米の人は皆、そう思いつつあるんじゃないでしょうか。区別するのがおかしいんじゃないかと。

せいこう　それから、川柳独特の、例えば「雷をまねて腹掛けやっとさせ」の、この最後の「させ」という連用止めみたいな、独特の詠み方がありますよね。それは英語にしたときにはたぶん消えるんだと思う。ですから英語ではよけいに、詩としてほとんど差のないものに見えるのかもしれない。

兜太　そうですね。「や」とか「かな」なんて、訳せませんからね。

せいこう　だから日本語の問題としては「や」とか「かな」って何なんだというところに戻ってきますね。

兜太　切字を使うということは、それにかかわってくるような気がするんですね。

せいこう　というよりも、切字があるかないかで、俳句と川柳を分けるんだと言ってもいいのかもしれない。

兜太　そうそう。だから「平句書きは川柳」という言い方が意外に正当性を持つ。それはただレトリックだけの問題として言われてきたけれども、そうじゃなくて、心的態度というか、制作態度というか、そういう意味も入っている。これは今話しながら気づいたことですから思いつきの段階を出ませんけど、どうもそう思いますね。

せいこう　面白いな。切字があるのが俳句なんだ。

兜太　切字を使わない平句書きのものというのは、俺の田舎の言葉で言うと、どこか「そそらっぺえ」なんだよね。

せいこう　「そそらっぺえ」って、どういうことですか（笑）。

兜太　どこかふざけてとぼけてる感じなんだ。だからもっと大きく括《くく》れば韻律の問題になるんじゃないですか。韻律の重さとか厳しさとか深さとか、そこに来るんじゃないでしょうかね。

せいこう　ああ、なるほどね。

兜太　川柳の場合はそういうことはあまり意識しないというか。

せいこう　そう言えば、この句ですけどね、

節分の鬼も今年はマスクする（石川県・中村真理　第八回　小学生の部　優秀賞）

これ、川柳ですよね。風邪が流行《はや》ってるということでしょう。自分のことは置いといて、時節を詠んでる。これは大人が詠んだら、川柳と取られるでしょう。

兜太　川柳です。しかも「マスクする」なんて、口語使いでね。

せいこう　この下五ですね。

兜太　いわゆる軽い止め方に、自ずからなりますよね。

せいこう　「今年はマスクする」と言って、笑いを誘うような感じですね。どうも僕は、自分でも舞台で笑いをやったりして、笑いについていろいろ考えることが多いんですけど、川柳の笑わせ方というのは、少し前に出すぎた感じがする。面白いでしょうと踏み込んでくるような言葉遣いをされてしまうので、一般的には僕の好きな笑いではないんですね。俳句の場合は、そこをシレッとかわすようなところがあるので、ちょっと深いところでニヤッとできる。

兜太　その言い方はわかります。この句も韻律で直せば、「節分の鬼も今年ぞマスク

せり」とかね、文語調にしていけば、あるいは「マスクせる」と終止形で止める。こうすると、ちょっと違うでしょう。

せいこう 違いますね。それは単に文語だから違うというよりも、自分の目の前のたったひとりの節分の鬼がマスクしていることについて描写した感じが強くなっている。「節分の鬼も今年はマスクする」だと、非常に一般化された感じ――あっちの学校でもこっちの学校でもそうでした、インフルエンザ流行《ばや》りでしたということになってしまう。口語だとなぜそうなって、文語だと単体を示せるのかということも、テーマとしては面白いですね。

口語を使うむずかしさ

兜太 口語で書くような場合というのは、どうもさっき言った「そそらっぺえ」で、気軽にさらさら書くという、そういう心の動きがあるんじゃないですかね。それで案外、気楽に書いたものが押しつけにも見えたりするようなことがあるんじゃないでしょうかね。

せいこう それは大きなところから言ってしまうと、明治期に標準語ができて、言文一致というようなことがあって、国民はみんなひとつの言葉を使うんだっていうことになったわけですよね。そのときに、どうも日本語が「そそらっぺえ」ものになっちゃったということじゃないですか。もちろん、口語を使うのが面白いという前章の話があったわけで、それも納得するんですけれど、口語を詩の域にまで高めるということはまだまだ難しいということもある。

兜太　明治以降に言文一致の運動があって、文学の世界の言葉が軽くなったという話ですけどね。その流れを止めていたのが、短歌の世界じゃないですかね。短歌は歌言葉というか、雅語を使って文語調で詠むわけですね。俳句にも文語調というのはありますけど、短歌ほど徹底していなかった。短歌は口語化を食い止めていたと思うんです。それでね、俵万智さんという歌人が出現して、口語で、しかも日常を書いているわけですね。ああなったときに、やっぱり日本語が軽くなったという印象をお持ちになりませんでしたか。

せいこう　僕は思っています。思っているから、俵さんの短歌の中に、「節分の鬼も今年はマスクする」の句にもあるどこか川柳めいたものを感じるんです。「私」というものよりも、「私のような女全体」の代表として詠んでいますという感じがあって、詩人が屹立《きつりつ》して表現している感じとはちょっと違いますね。

兜太　私もそう思っているんです。だからこそ、面白い世界が開けたという……。

せいこう　それは評価しなきゃいけない。川柳というジャンルのすごさはある。けれども……。

兜太　広がったけれども、厳格に考えると、やっぱりそれは言葉としては歓迎できない面もあるという感じ。

せいこう　おそらく口語を使っても、何かの代表として詠むのではないやり方があると思うんです。詩を書く態度として食い止めながら、いいものが出てくれば、そのときに初めて口語を使いこなしたということになると思う。

兜太　態度として食い止めながら、というのは非常に大事なんじゃないですか。俵さんの場合、口語を使っても堕落した感じがないのは、やっぱり態度が誠実だからですよ。日常に対する態度が非常に誠実ですよね。それがあるからだと思うんだ。「節分の」の句だって、この子、まじめに作っているからいいんだと思う。

せいこう　そうですね。だからこの句は可愛いんで、例にしたのはふさわしくないんだけど、俳句と川柳の違いということで一般論にすると、諷刺というやつがあって、ほらほら面白いでしょって言っている感じのものがあるでしょう。

兜太　あるね。

せいこう　それがいやなんです。そうじゃない態度で、面白い句は書けるはずだと思う。あくまで笑いの趣味の問題ですけど。というか、いい川柳はもう少しシレッとしているはずだろうと思いますが。

兜太　それはあるな。俳句でもそういう、悪い意味で気軽に書いた句というのが川柳的になるんでしょう。具体的な表われ方としては、やはり平句調が多いですね。

せいこう　だから、両方から揺るがし合いをしながらやっていけば一番面白いわけですけど、基本的に俳句を詠もうとするなら、川柳にならないようにちょっと気をつけなくちゃいけないことがあるということですね。ジャンルが違うし、違うからそれぞれ面白いわけだから。

一行で書くことの面白さ

兜太　そう考えてくると、やっぱり切字は非常に大事なんだ。

せいこう　俳句にとっては、あらゆる面でそうだということですね。形式的に切字が大事だという人はいくらでもいるけれど、歴史があって、韻律があって、態度がこうでっていう形でお話を伺っているとスリリングですね。何を話していてもそこに還《かえ》ってくる。

兜太 話が今日の最初に戻るけど、分かち書きというのは、切れの働きを固定化してしまいますよね。

せいこう うん。そうでした。

兜太 それが非常に弱い点なんでしょうね。

せいこう 読むたびに意外に見えて詩が生きる——そういうことがなくなってしまう。

兜太 そうそう、詩が生きるということがね。どうも、それが弱いと思うな。

せいこう だから、書などの美術的な世界では、分かち書きということを非常に面白い形式として見ているけれども、文芸の側から見たときには、ちょっと弱い。

兜太 読んで味わう方から言うとね。これも補足ですが、分かち書きのときに申し上げた高柳重信の多行形式というやつは、この作家の最晩年のことで、俳句じゃなくて、もっと別の詩の形式——定型詩とまで言えるのかどうかはわかりませんが、ひとつの短い詩の形式が生まれた。そんな印象がありましたね。高柳はそのうちに死んじゃいましたけどね。

せいこう 詩のような形式……それは面白いですね。というのは、一行で書いていれば俳句だったのに、分けていくうちに、詩のように見えてきたということ、それはなぜなんだということを考えると、俳句とは何かを考える上でも何か刺激的じゃないですか。

兜太　そうそう、それはあると思いますね。

せいこう　例えば現代詩では、わざと変なところで改行する。例えばここにある、

雛《ひな》あられかごいっぱいの銀河なり（イギリス・藤森雅彦　第九回　高校生の部　文部大臣賞）

という句を例に使わせてもらうと、「雛」「あられ」みたいに改行してみると、それで言葉の響きとか意味を切断したりくっつけたりする面白さというか、新鮮さを試みることができると思うんですが、たしかに最初は衝撃的なんだと思います。でも、やがてそれも固定化してきちゃうんじゃないか。一行で書くことの面白さというものは、その日の体調によっていろんなふうに切り刻めるとか……。

兜太　そうそう、だからね、最近非常に少なくなってきましたけど、自由律俳句というのがあるわけです。尾崎放哉《ほうさい》とか、種田山頭火《たねださんとうか》とか、荻原井泉水《せいせんすい》とかのね。あの人たちの場合はたしかに、その日のコンディションによって調子が違うというかな、刻

みが違ったり、長さが違ったりね、一行書きなんですけど非常に気まぐれなんです。そして、彼らの作品を評価する角度は、作っている人間の面白さ、それが評価の基準になっている。

せいこう キャラクターの勝負になってしまう。

兜太 私なんかが山頭火や放哉を見る場合もそうですね。まずキャラクターの面白さです。だから、句は付け足しみたいな感じになってしまう。もちろんいい句はたくさんありますよ。ありますけど、やっぱり形式を持たないというか、少なくとも定型志向のない一行詩というのは危ないんですね。だからむしろ高柳みたいに分けちゃって、初めから多行形式で、別の形式が生まれる可能性を見せるほうが面白いです。

せいこう 形式の実験を意識的にやるというのなら、分かち書きもクリエイティブだ、と。

兜太 そう思いますね。それからこれも面白いことなんですけどね、山頭火や放哉も、同時代の中塚一碧楼《いっぺきろう》も、そういう人たちのよくできている作品は、五・七・五に近い定型性を持っているんです。前の章でも言ったけど、「鉄鉢の中へも霰《あられ》」とかね、「せきをしてもひとり」とかね。みんな五七調に近い定型性を持っているでしょう。だからね、日本語の詩の場合はやっぱり五七調、七五調の定型というやつが基本なんで、そいつと関係なしに書くというのは、あんまり生産的じゃないんじゃないですかね。

せいこう　ほおー。そこまでおっしゃいますか。

子規と「江戸」のスピード感覚

兜太　どうもそう思いますね。一度あなたに聞いてみたかったのはね、短い詩というものの魅力についてなんです。例えば桑原武夫のように、俳句なんかでは何も言えねえという、散文側からの批判というのがありますね。それに応えて、われわれは定型の韻律というものの面白さが書ければ、短くてもいろんなことが言えるんだと、そんな言い方をしてきたんですけど。短いということについてはどう考えますか。なんだかんだ言ったたって、頼りねえと思いますか。

せいこう　いや、僕は散文の人間だから、一行で作品を終えることができるということには絶対に憧れますね。散文はまず一行書いて、その言い訳のように二行、三行、四行としていくうちに長くなっていくような感じなんです。それを一行で、ひと言で言えるというのが詩人だと思うので、それができない散文の人間としては、結局、だらだら書くんだなあ、こういう仕事なんだなあ、こういう才能しかないんだなあというふうに思っていますけどね。今思ったんですが、短さというのは、僕は江戸のスピーディさにつながる気がするんですよ。百万都市だった近世の江戸には絶対、モダニズム的な感性があったと思うんです。そういうところに俳諧をやる人たちがいて、モダンな都市のスピード感覚というのが反映しているんじゃないかって。

兜太　はあ、はあ。

せいこう　蕎麦屋があって、寿司屋があって——ファストフードですよね——早いからいいんだという都市的な感性がベースにあって、山や海を見たときに何かを思う。金子さん的に言えば土の感じから何かを語るときも、江戸をはじめとする都市の速度がバックグラウンドになっていたんじゃないかという気がするんですけど。

兜太　それは非常に面白いな。

せいこう　それから、五・七・五という形式は、おそらく五言絶句や七言絶句を真似たことから始まっていると勝手に思ってるんですよ。『万葉集』だって借りてきた漢字で書いているわけだから。今は仮名混じりで読みくだして日本化してますけどね。原本はとてもじゃないけど読めない。漢字の羅列ですもんね。そこでは、五と七という形式はものすごくはっきりしてなきゃいけないという気持ちがあったと思う。輸入した漢字の数を意識する感覚です。そのことを見ておかなきゃいけないと思うんです。ここに五・七の基礎というのがあるとも考えられる。それは形式上のことですが、五言絶句や七言絶句というのは、やっぱり短詩ですよね。一行ごとに短く詠嘆する。これは形式自体が「切れ」を含んでいるんじゃないですか。

兜太　さっきも申し上げたように、正岡子規が発句を俳句として独立させたでしょう。ご承知のようにあのご時世というのは、開化、進化で新体詩がはびこったり、自由詩や散文が入ってきたり、日本人がみんな、長いものを志向していたんですね。その最中にわざわざ子規は、あの三十六句組の歌仙形式をぶった切って、あんなものは詩じゃねえと言って、発句だけ独立させちゃったでしょう。あの勇気というか馬鹿力というかね、それはどこから来るのかと思うと、あなたの話でひとつわかるね。つまり、子規というのは維新の子だから、非常に近代性というのに対して敏感でしょう。それで、江戸期からの短詩形の持っているスピード性、短い言葉をみんなが語りあって、いろんなことが伝わっていく、それを子規はモダンだと受け取ったわけです。

せいこう　子規も、スピード感のある人だっただろうとは思うんです。慶応三年生まれですよね。世の中がどんどん変わっていくわけですし、自分は病で生き急いでいたということもあるのかもしれないし。

兜太　このときはまだ、業病という認識の前ですがね、まあ、病気が悪いことは悪い。それで、江戸の中の非常にモダンな部分というのをいち早く吸収して、明治に生かした。しかもね、子規を励ましたのが、スペンサーという英国の詩人が書いた『文体論』なんですよ。『文体論』の中に、小生流に言うと「省力説」と言えるものがあって、力を集中するためには短いものがいいんだと書いてあるんです。

せいこう　それは面白いですね。そうすると、非常に乱暴な言い方ですけど、子規は短詩というものを求めて発句を切った。逆に発句を発見したというふうに言えるかもしれませんね。短い詩を探しているうちに、これを切れば出てくるじゃないか、と。

兜太　その通りです。長いものが流行り出したときに、逆のことをぱっとやったんです。長く伝わってきた短詩の集積があり、あなたの言った江戸のスピード感という話ね――伝達性ということにもなるのかな、それも彼の身にしみていたんじゃないですか。これがモダンなんだと、長いものなんか野暮だと、そういう思いもあったんじゃないでしょうか。だから初めからはっきり俳句は文学だと言ってますものね。それとやはり、定型ということでしょうね。

せいこう　その定型のところが僕にはまだよくわからない。

定型はスピードを得るための仕組み

兜太　今のスピード感の話でも、定型だからそうだったんじゃないですか。短い、語数の決まった言葉のやりとりだから……。

せいこう　ああ、なるほど。そういう意味だとわかります。僕はコミュニケーションを前提としたものが何か残っているという説だけど、そうなると送る側も受け取る側も、無から始めるとスピードが出ないんですね。例えば自由律の「せきをしてもひとり」は、何回か読んで初めて、うーんすごいなと思えてくる。ところが、定型で詠まれると、一定の情報の中で相手がどう言葉を操作したかがいちどきにわかる。そのスピード感で言うならば、定型でなければ実現できないスピード感があるということですね。定型って、古いものだと思っちゃうと重たく感じられるけど、スピードを得るための仕組みであって、その中で自由に遊べっていうことなら、それはあっていいものだと思う。

兜太　スピードと伝達力だよね。スピーディに伝えていく。

せいこう　それが省力するということですから。

兜太　もうひとつ、定型で言うというのは洒落《しゃれ》ているんじゃないですか。きちんと決まった語数でいろんなことをパッパッと言うのは、江戸好みであって……。

せいこう　それはあると思いますね。小唄っていう形式があるじゃないですか。明治以降に出来たものですけど。僕、邦楽の感じをつかみたいと思って、しばらく習っているんです。これが、ものすごく短い。使う音調がだいたい決まっていて、詩によってそれを組み合わせるわけですけど、ぱっと見れば、だいたいこんなふうに歌うんじゃないかなと予想がついてきたりする。そういうふうにコミュニケーションが楽になっているというのは感じるんです。

兜太　要するに形を踏んでいる。

せいこう　特に金子さんのおっしゃるように、挨拶の気持ちがずっと横たわっているんだったら、やっぱり受け取る側、受け取られる側が即時にわかるような形式というものが求められるわけですね。

兜太　定型だから挨拶が込められる。だらだらと言ったんじゃ、挨拶にならないんです。今だって、流行るキャッチフレーズというのは、だいたい定型を踏んでいるんじゃないですか。

せいこう　結局、いまだに五・七ですよね。

兜太　日本人と五七調定型——七五調定型でもいいんだけど、それの結びつきというのは、端倪《たんげい》すべからざるものがありますね。
せいこう　不思議なものですね。
兜太　それから五七調、七五調のリズムっていうのは、少年少女の発声にかなっているんだそうですね。これは言語学者の大野晋《すすむ》さんが言ってました。日本人の体にしみこんでいる定型のリズム感というか。

日本語は「奇数のかたまり」で伝える

せいこう　もちろん万葉の時代にも「あおがき」「こもれる」みたいな四・四のリズムもあって、琉球の歌では六音のリズムもある。でも結局は五・七になったというのは、僕はどうも背後に何かの音楽の形式があったように想像しちゃうんですよね。どういう音楽かはわからないけど、庶民がいろんなものを歌ったり踊ったりしていたときの調子に、五・七なり七・五なりが一番よく乗ったんだろうと。その音楽のことを忘れちゃうと、言葉だけが独立していってしまって、それこそ「ひとりごころ」の文学になってしまうような気がするんです。
兜太　さっきも言いましたけど、日本語は強弱も高低もない等時拍でしょう。言わば、のっぺらぼうな言葉になっている。そのために、かたまりを作らないと抒情形式として響かない。

せいこう　「山あり谷あり」ができない。

兜太　「あ・な・た・が・す・き・で・す」と、平べったくなっちゃいますね。そうすると相手はちっとも感動しない。それを、「あなた、が、すきです」とやると、相手は応えてくる。それでかたまりで使うようになった。そのかたまりの中でも強いのは奇数のかたまりだと。それでだいたい五・七・五という奇数になった。そう理解しているんですけど。

せいこう　奇数のかたまりが強いというのは、要するに日本語のリズムが二を基本にしているからですかね。偶数のかたまりだと流れていってしまうから引っかかりが作れない。引っかかりを作るためにはドン、ドンと来て一拍置いて五、またドン、ドン、ドンと来て一拍置くと七になると。そう考えると、奇数の効用というものはたしかにわかる。

兜太　さっき言った音歩説も、どうもその「かたまり説」から来ているんだ。二音ずつのかたまりで一音歩になって、それが三つになれば奇数になるという、そういう考え方があると思いますね。

せいこう　詩の場合は奇数を使うことによって「かたまりであること」を意識させる。もうひとつは、これはどのぐらい信憑性があるのかわからないんですけれども、外来語の、例えばリモートコントローラーがリモコンと四音になる、パーソナルコンピュータがパソコンと四音になる。これは偶数ですよね。これに助詞を付けると五音になる。「リモコンや」「パソコンや」と。そこで「切れ」が作れるので、相手もコミュニケーションに参加できる。

兜太　その通り。

せいこう　それにしても「パソコン」という略し方はすごいですよね、「パーソナル」が「パソ」になっちゃうんだから、でたらめですよね。異常な受け入れ上手というか、ちょっとだけ変な形にして受け入れるわけですね。そのまま受け入れると、違う形式の言葉に制圧されているようなトラウマに感じちゃうのかな。それを自分たちなりのやり方で変形すると、傷つかない。パーソナルコンピュータをパソコンと、変なあだ名みたいにしちゃうんですから。新しい文化は必ずあだ名になってから入ってくる。それが日本語であり日本なんだと。

兜太　なるほど。

蕪村の鋭敏さとモダン感覚

せいこう　不思議な国ですね。やっぱり中国から最初に漢字が入ってきたときのショックは大きかったんだなと思ったりするんですけど。

兜太　それは大きいですね。

せいこう　ぜんぜん違うふうに書かなきゃいけないんだっていう、その傷をいかに糊塗《こと》するか。例えば山城むつみという文芸批評家が『転形期と思考』という本で与謝蕪村《よさぶそん》の詩のことを書いているんです。蕪村に、漢詩と俳句をまじえた不思議な詩がありますね。

兜太　「春風馬堤曲」。

せいこう　はい。そのあたりについての新しい論を立てていて、面白いです。漢字という外から来たものの物質性に対する意識が強くあって、それがああいうものを書かせたんじゃないか、と。明治期に新体詩が出てきたとき、萩原朔太郎とかが蕪村の詩を発見して、新しいと言ったわけなんですけど、朔太郎はモダニティを評価するわけですよね。外来のものを取り入れるモダンさ。しかし、山城さんは蕪村の、外来の文字そのものに対する鋭敏な感覚というものがそうさせたんだと、いわば漢字そのものへの違和感を追求したということになるのかもしれない。

兜太　その蕪村を復活させた子規がやっぱりモダニティを持っていた、というところにつながるんですかね。

せいこう　ああ、なるほど。結局、そこに行くのかなあ。

兜太　それは面白い説だね。あの頃は俳詩とか仮名詩といわれるものもあって、長い形式は珍しくないですよ。それを蕪村の場合、漢字を多用してというところが面白いですな。

せいこう　違う文化、違う書き方なんだということを、鋭敏に意識していたはずで……。

兜太　「春風馬堤曲」にしても「北寿老仙《ほくじゅろうせん》をいたむ」にしても、俳句の、五・七・五調の文体じゃないんです。かなり勝手な字数の組み合わせです。

せいこう　それを読んで、ああ、蕪村というのはすごく面白い人だなって思った。僕も勉強不足でちゃんと知らないんですが、蕪村が十八世紀に、そこで屹立したように、俳句の形式じゃない、漢詩が出てきちゃったりするような、しかも仮名もあって俳句も詠んであって、それらを組み合わせたような詩を書いていたのか、と。

兜太　たしかにあれは珍しいというか、新鮮な感じですね。よくあんなものを書いたなど。それもたくさん書いているわけじゃないから、余計に珍しい。
せいこう きっと考えるところが相当にあったはずですからね。
兜太 うん。何を考えたのかね。蕪村はかなり実験的な男だから、何かの試みでやったのでしょうね。
せいこう 当たり前のようなことを当たり前と思わずに考える知性があったんでしょうね。

俳句に流れる荘子の思想

せいこう ところで、明治期、大正期ぐらいまでの俳句を詠む人には、漢籍の素養はあったんでしょうか。
兜太 けっこう読んでいますね。
せいこう 漢語に対する知識はあったんですね。
兜太 充分すぎるぐらいありますね。それから、荘子もよく読んでいます。芭蕉なんかも荘子の影響をうんと受けています。一茶なんかは、江戸の町なかでやる荘子の講義、今のカルチャースクールみたいなものですがね、それに行ったりしていた。

せいこう　それは面白いですね。俳句の流れの中に荘子の思想が入っているというのは。

兜太　これは中世の連歌師以来ずっとなんですよ。あるいはその前からかもしれません。仏教思想とほとんど並行しているんじゃないでしょうか。

せいこう　文芸の背景に荘子と仏教が両方あるわけだ。

兜太　俳諧をやる者は荘子を読まないかんというような通念があったみたいだね。先輩に神田秀夫という国文学者がいてね。その人が死に際に、「芭蕉に於ける荘子」という論文で荘子と芭蕉の関係を書いているんですよ。それをちょっと読んでみたけど、芭蕉は予想以上に荘子の影響を受けていますね。

せいこう　朱子学と荘子の関係はどうなるんですか。江戸幕府の官学は朱子学でしょう。

兜太　朱子学は儒学の一派で、「理」としての規範や名分を重く見るから封建社会の教学になったわけですね。

せいこう　なにか、心情的な対立がある感じが面白いですね。

兜太　それはあると思う。朱子学で支配されていた時代に対するあてこすりみたいな感情がね。

せいこう　荘子の思想というのは、一言でいえばどういうものなんですか。

兜太　あれは宇宙思想だよね。万物は斉同で、生死などの差別を超越するというわけだからね。儒学の世界は現実だ。

せいこう　荘子の方は、「気」があって……みたいなものですよね。虚こそ生産の源という考え方でしょう。それが仏教とも合ったんですね。虚から生まれてすべてのものがある。それが生きとし生けるものという、アニミズムに近い思想とつながった。

兜太　つながっています。で、子規も大学時代、荘子論を書いているんです。

せいこう　あ、そうなんですか。金子さん、それで是非一冊書いてくださいよ。

兜太　福永光司さんって荘子の優秀な研究者の本と、荘子の「内篇」を読み散らした程度のことだから、とてもとても。ただ、連歌の俳諧の中心は「滑稽」でしょう。滑稽というのは、平安時代の歌学書の『奥義抄』の言い方にしたがえば「道に非《あら》ずして道を成す」ことなんですね。常識を破り、新しい常識を生み出すことだから、虚に創造源を置く思想がぴったりではなかったのかな。実学では面白くないのですよ。想像のままに振る舞える世界でないとね。

せいこう　しかし、なぜ連綿と荘子がねえ……。何か、エンターテインメント小説にでもありそうな話ですよね。世の中は朱子学派に支配されていて、俳諧師はふだんは俳諧を詠んでいるんだけど、実は荘子の思想をずっと受け継いでいるひとつの思想集団なんだという話ができそうな……。そういう外来思想とか、漢字みたいな書かれた言葉そのものに対する敏感さというのを、今、口語体で書く人たちは完全に失ってしまっているわけでしょう。そこのところに何か物足りなさがあるんじゃないかな。今の人は「心」をそのまま書けると思ってしまうでしょう。明治の頃の人たちの方が、漢語もインプットされているわけだから、これは漢字と仮名を混じえて書くべきかとか、このテーマはどう表現されるべきかという表現論的なことを意識的にも無意識にでも考えて書くという覚悟が感じられる気がするんです。言文一致以降は、内面はとにかく書けるんだと思ってしまっているから、感覚イコール文字だったり、逆に文字という物質性が厄介なものだと思ってしまう。文字と感覚のせめぎ合いを面白がらなくなっている。

兜太　自分の思っていることと、言葉が直結していると思っているね。だけど、文語を使うとそうじゃないからね。ただ俳句の場合、定型というやつには抵抗感があるんですよ。定型を使うということがね、思ったことがすぐ書けるということにならない。

せいこう　うんうん、わかります。

兜太　いくら音声にかなっているとは言っても、やっぱり抵抗があって、それが案外ひとつの力になっているんです。

せいこう　そういうことですよね。定型があることによって、思っていることを素直にぱっと言うわけにはいかなくなる。しかしそれをぱっと言ったように見せるにはどうしたらいいかというところに表現があるわけですね。

兜太　そう、その表現努力だね。

せいこう　そうなると、定型もまた良しという気がしてきましたよ。まずいな、立場的に。

兜太　例えばあなたみたいな何事からもフリーな人間が、定型でいろんなことをさかんに言ったりしたら、非常に新鮮な感じがするでしょうね。

俳句を育んだ町・松山

せいこう　子規の話ですけど、彼を生んだ松山という町は、かなりモダンな場所だったんでしょう?

兜太　モダンと言えるかどうか、難しいところですね。実は今度、国際シンポジウムをやったときに最初に問題になったんですけど、時宗を興した一遍上人という人は松山の出でしょう。実は一遍は、連歌と非常に深い関係にあるんですよ。あの人がやった和讃《わさん》なんていうものの元は連歌にあるんです。だから松山にはそういう一種の美の霊気みたいなものが流れているんじゃないかな。それからね、松山城主は代々、俳諧に非常に興味を持っていますよ。それでお城句会なんていうのをやっていましてね、わが小林一茶なんかが松山に二度ほど宿泊しています。栗田樗堂《ちょどう》という、酒造りをやる大商人がいましてね、その家に泊まったんです。その樗堂というのが、お城句会の常連なので、一茶も連れて行ってもらった。お殿様が俳諧をやれば、当然それは城下にも染み出してきますから。

せいこう　そうでしょうね。

兜太　そういうひとつの流れがある。

せいこう　もともと俳句の土壌があったんですね。

兜太　ええ。それで、そこからたまたま出てきた子規という男が、青年期に自由民権運動をやる。これが挫折して、今度はジャーナリストとしてやろうとしたけど、これも病気になってだめになった。そして、進化への一般的な受け取り方に逆らって俳句に入った。そういういろいろな偶然が俳句にとっては力になった。

せいこう　それでも何か、文化的な伝統がないと出てこられないですよね。

兜太　明治維新では松山藩は傍系に置かれてしまったから、旧藩主は子弟に文化と軍人の道を歩ませようとした。そのなかで子規が、それこそ儒学でなく荘子に注目したということはわかるような気がする。しかも新体詩や小説の主流化に対して、最短の形式である俳句を選んだということもね。子規は俳句は「平民文学」だと言っています。明治以降にそれを裏付けたのが、子規の弟子の高浜虚子と河東碧梧桐が出てきたこと。さらにその後に中村草田男とか石田波郷とか富澤《とみざわ》赤黄男《かきお》とか、現代まで活躍している俳人が次々と出ていますからね。

せいこう　中村草田男さんあたりには、もう荘子の影はないんですか。

兜太　どうも、あまり見えませんね。

せいこう　そうすると、虚子ぐらいまでなのかな。

兜太　虚子にはありますけど、あまり触れてませんね。

せいこう　じゃあ、子規が最後。

兜太　そういう感じです。やっぱり近代から現代というのは、荘子が受け入れられにくい。エゴサントリックで、妙に通俗的というか、そういう時代でしょう。自然科学の合理性がそれに拍車をかけた。だから日本も汎神論的な風土ではなくなったんじゃないですか。最近はその反省としてまた汎神論的なものが出てきていますからね。そういう意味では、今改めて荘子を振り返るといいのかもしれない。だけど、あの寓言《ぐうげん》ね、言葉が難しくてね。もってまわった言い方が多くて。学者に言わせると、あれはレトリックのかたまりだって言うんですね。言ってることは同じことだと言うんですよ。

せいこう　そうか！　つまり詩なんだ。

兜太　そうなんですよ。これは福永さんの本で読んだ話ですが、福永さんは青年期に兵隊に行って、戦争が終わったとき、中国の商人が日本軍に協力したというんで、死刑になってるんですがね、その人としばらく接していたらしい。その人がね、実に淡々としていて、ある日、福永さん、あの星を見ろと、俺は死んだらあの星のひとつになるんだと言った。その言い方にひどく感激したというんです。それが福永さんの死生観の中に大きなウェイトを占めているって、そう書いていますね。あの星のひとつになるんだというような言い方がまともに受け入れられるというところが、一種の汎神論なんじゃないですか。

せいこう　命としてつながっているわけだ。それは実感がないとなかなか言えないことですね。

兜太 ええ。普通の状態で言ったら、おセンチなことというふうになりかねません。その人は本当に、あわてず、うろたえず、従容《しょうよう》と死んでいったという話です。

せいこう その考えの大きさはわざわざ荘子と言わずとも、俳句を作る態度として今でも残っていますね。その意味では思想としてどこかでまだ機能しているとも言える。俳諧師たちの陰の流れがなおつながっているのかもしれません。

伊丹三樹彦（一九二〇〜）◎兵庫生まれ。俳人。日野草城に師事。「青玄」主宰。「古仏より噴き出す千手　遠くでテロ」

日野草城（一九〇一〜一九五六）◎東京生まれ。俳人。戦前の新興俳句の旗手。「旗艦」主宰。「高熱の鶴青空に漂へり」

桂信子（一九一四〜二〇〇四）◎大阪生まれ。俳人。日野草城に師事。新興俳句。「草苑」主宰。「藤の昼膝やはらかくひとに逢ふ」

高柳重信（一九二三〜一九八三）◎東京生まれ。戦後の前衛俳句運動の中核者。「船焼き捨てし　船長は　泳ぐかな」

飯尾宗祇（一四二一～一五〇二）◎近江国（一説に紀伊国）生まれ。室町後期の連歌作者。正風連歌を集大成した。『新撰菟玖波集』

佐佐木幸綱（一九三八～）◎東京生まれ。歌人・国文学者。祖父に信綱。「心の花」主宰。前衛短歌の旗手。「ゆく秋の川びんびんと冷え緊《し》まる夕岸を行き鎮めがたきぞ」

時実新子（一九二九～二〇〇七）◎岡山生まれ。川柳人・エッセイスト。奔放な現代川柳で注目を浴びる。『有夫恋』はベストセラーとなった。

中塚一碧楼（一八八七～一九四六）◎岡山生まれ。俳人。自由律俳句の旗手。「海紅」に拠り、のち主宰。「飛驒のかた大空秋となり」

桑原武夫（一九〇四～一九八八）◎福井生まれ。仏文学者・評論家。戦後、俳句の存否を問う「第二芸術――現代俳句について」を発表。

栗田樗堂（一七四九～一八一四）◎伊予松山の人。町方大年寄をつとめる。四国俳壇の雄。家集に『萍窓《ひょうそう》集』。

富澤赤黄男（一九〇二〜一九六二）◎愛媛生まれ。俳人。戦前の新興俳句の旗手。「切株は　じいんじいんと　ひびくなり」

三：「新俳句」の新しさはここにあり

平成11年11月、東京都千代田区「東京ステーションホテル」にて

「新俳句」の先祖は明治の「新傾向」？

せいこう　この対談では、「新俳句大賞」の作品をきっかけにいろいろなことを話しているわけですが、金子さんはこの「新俳句」という呼び名についてはどう思われますか。

兜太　あまり気に入ってないんです。それはね、明治三十一年にすでにそういう名の俳句選集が出ていて、子規が序文を書いているんですよ。「明治俳句集の嚆矢《こうし》なり」などとね。それから明治の終わり頃には、河東碧梧桐とか荻原井泉水とか、そういう人たちの作風を「新傾向俳句」って言っていたんですね。呼び方としてそれらと紛れるのが危ないと思っています。

せいこう　だとすると、明治の「新傾向」と今の「新俳句」の一番大きな違いと言ったら、何なんでしょう。

兜太　定型の受け取り方、それが決定的に大きいですね。だけど、レトリックのかなり自由な使い方とかね、季語に対してフリーである点などは似ているんです。

せいこう　そこは共通していると。

兜太　季語に関しては、「新傾向」から自由律を唱えた井泉水たちは完全に否定しましたけどね、まあ、どちらも基本的に自由であるというところは似ている。伊藤園の「新俳句」については、われわれはもう十年以上、選考をしているわけですが、「新傾向」ほどの硬いレトリックは使ってないですね。

せいこう　「新傾向」の場合は、わりと現代詩にも通じるようなところがあったけれど、「新俳句」の方は日常的な言葉を新鮮に使っている。

兜太　イエス。入賞作についてはね、日常的な言葉を気軽に使っているんで、「新傾向」のような硬さはないんですけどね、ただ「一般の部」の年配者の句の中には――選者が弾《はじ》いている句がほとんどですが、まだけっこう硬い言葉遣いがあって、そういうところで両者の紛れを避けたいという気持ちがありまして。大正の初期に虚子が「有季定型」を提唱してからずっと、俳句はその枠の中で作られてきて、かなり慣らされた言葉遣いになったわけですね。ところが、そんな言葉遣いを陳腐だと感じる人もいるわけで、そういう文脈で「新傾向」の言葉遣いが魅力を持っているという面があるんです。私自身の句にも一時期そういうことがあって、自分のレトリックで書いていると思っていたのが、けっこう「新傾向」のレトリックに似てまして、これはいかんと思ったことがある。

せいこう　どんな句ですか。

兜太　あんまりリズミカルでない感じの句でね、例えば「合歓《ねむ》咲けり江辺無聊《ぶりょう》とは誰が子ぞ」という、ちょっと漢詩調の、こんなのはやっぱり「新傾向」の口調ですよね。連中はもっと硬くて、私の方が少し練れていますけどね。

せいこう　あはは、そういうものですか。「新傾向」という言葉だけから単純に考えると、もっとモダンな、有季定型に対するカウンターカルチャー的なものを想像するんですが、前章でうかがったように、こういう漢詩的な要素も「新傾向」なんですね。

兜太　ごつごつとしているでしょう。あの頃の、特に自然主義文学なんかのごつごつした感じにも通じますね。

せいこう　なるほど。自然主義と「新傾向」が影響を与えあっていた。

兜太　それに対して、もっと五・七・五の型に順応した、柔らかい表現を狙ったのが虚子ですね。虚子が定型、定型と言ったのは、そこなんですね。

せいこう　そういう流れがあって、「新傾向」的なものは、今もある。

兜太　つまり、自己表現ということかな。思った通りに書きたいというのが、今「新俳句」と言われている傾向の大きな基本的特徴ですね。自己表現を自由にやりたい。

そこから、日常語でどんどん気軽に書くということも出てくるし、季語から自由であるという考え方も出てくる。それと同時に、従来の「ホトトギス」の世界が形成してきたようなレトリックじゃなくて、もっとごつごつした、ある意味で散文的な、ときには思想的な書き方もしたいという人が出てきて、私などもある時期、そうだったということなんです。どうしてもね、自己表現がしたいということになると、そうなるんですよ。それで、季語に対してフリーであることや、自己表現としての硬い表現というものが、「新傾向」と「新俳句」では同じなんだということにされてしまうのがいやというか、それではまずいんだな。

せいこう　それは、どうまずいんですか。歴史が戻っちゃうからですか。

兜太　そうなんだ。大正の昔にそこに対して虚子が抵抗して、それで有季定型の世界がずっと広がってきたわけでしょう。それで、今は有季定型派が支配的ですよね。その連中に言わせれば、「新俳句」という名でやっていることは明治のあの「新傾向」と同じじゃないかということになる。

せいこう　もうすでに否定されていることを……。

兜太　それをまた、後戻りしてやっているだけじゃないか、そんなのは非生産的だと。こう言われてもしようがねえし、私などもそう思うんですよ。だから本当なら虚子が抵抗して「有季定型」というレトリックを作った、それをまともに消化しながら新たな自己表現を実現したいと、それならいいわけだ。明治の「新傾向」に直結しないでね。そういう考え方は根強くありますから、どうもね、それと紛れさせたくないということがある。それからね、子規があいう俳句の方法論で始めたときに「明治新派」と言ったんですがね、その後の「新傾向」とか、さらにその後に虚子に抵抗して出てきた「新興俳句」とか、何か新しい傾向が出てくると必ず「新」というのが頭に付く。そういう「新」という言葉に食傷しているということもあるんだな。

せいこう　ああ、それはわかります。

兜太　他の俳人たちもみんな食傷していてね、こないだ「俳壇」という雑誌で中堅から若手を三人ぐらいずつ呼んで、座談会をやったんですよ。それで伊藤園のこの俳句の傾向を説明して、いま一応「新俳句」と呼んでいるんだが、それについてみなさんどう思いますかと訊くと、ほとんど拒絶反応ですよ。まず「新」という言葉に対してね。

せいこう　なるほど。

兜太　季語から自由だとか、口語表現だとか、そんなことはもう普通にやっているじゃねえかという言い方です。私はね、それが傾向として大きく広がって、どうかするとひとつの大きなジャンルを形成しそうな、そういう状態にあるから、一応「新俳句」という呼び名を認めているんだけどね。彼らはまず「新」がいやだと言う。自分たちだって「新」という気持ちでやっていると、そんなことは前からあるんだと言うんですね。

せいこう　言わずもがなだと。

兜太　前からやっていることを、わざわざ言うのがおかしいと。そうなると坊主憎けりゃ袈裟《けさ》まで憎い、ということになって、私が提出する作品についても否定的に立ち向かってくる人が出てきたという、そんな体験をしましてね、自分の気持ちに即しても客観的に見ても、「新俳句」という言葉は使わないでおきたいと、そう思うんです。

日常語も使った昭和の「新興俳句」

せいこう　キャッチコピーとしてどうかは別として、明らかにおっしゃったような傾向が広がってはいるけれど、単に広がっているものだけを認めてしまったら、大衆主義になりますものね。金子さんとしては、質的な深みのある世界に行くだろうと読んでいるからこそ支持しているわけですよね。

兜太　そうです。いわゆる専門俳人、あるいは準専門俳人じゃない人たち——素人《しろうと》の俳句愛好者たちが自由に、自分の思った通りに作ろうと思えば、今言ったような傾向になるのは避け難い。そうやって広がっていく中で、必ずや質的に深い優秀な俳人が出てくるに違いない。これは野暮な例だけれども、中国では卓球愛好者がたくさんいるから優秀な卓球の選手が出る。そういうことと同じじゃないかと考えているんだ。

せいこう　歴史に名が残るような作者ですね。あえて俳人と言わずに作者と言いますけど、そういう人はまだ出てきていないということですか。

兜太　もう出てきていますね、ぼつぼつと。

せいこう　「新俳句」の中からもですか。

兜太　いや、それはまだ出てないんじゃないでしょうか。

せいこう　でも、同じ傾向の中からは出ているということですか。

兜太　例えば昭和前期の「新興俳句」というような世界。これも虚子に抵抗した一つの傾向だけども、抵抗した軸というのは、虚子が季語は絶対必要であると言ったのに対して、季語は必要でない場合も多いという人もいれば、ないと言い切る人もいた、そういう姿勢で向かっていますね。それから、口語表現、日常語表現についてもある程度肯定しています。現実に日常語表現をしている句もあるという点では、今の傾向の走りのような感じがします。そいつが明治の「新傾向」とはレトリックの上でちょっと違うわけでしてね。明治の新傾向は散文的な語法ですから、かなり硬い、ギスギスしたもので、日常語を平気で使うというのとは違うわけです。それが昭和前期の「新興俳句」になりますと、言葉の遣い方もかなり日常的になってきているわけです。

せいこう　そこに今日の「新俳句」の原点が、ひょっとしたらあると。

兜太　さらに言えば、日常語を勝手に使っていたという点では、自由律俳句とか口語俳句と言われた流派も同じです。自由律俳句というのは、河東碧梧桐の弟子の荻原井泉水、中塚一碧楼というところから出てきているわけですが、彼らは日常語を使っていた。しかも季語に対して否定的です。そういう意味では「新興俳句」よりも以前に日常語を使い、季語を拒絶したグループがあった。だけど自由律の人たちは、五・七・五の定型を踏んでいない。彼らは定型も否定してしまいましたから、そこは「新俳句」と違う。したがって現在の傾向の原点はやはり「新興俳句」ですよ。それから戦後俳句の、私たちの若かった一九五〇年代から六〇年代の時期にも、同じような現象が出ています。あの頃は日常語と言わず口語と言ったけども、口語表現にも季語にも自由であること、そういう考え方でやりましたね。これも定型ははずさなかった。だから、定型をきちんと押さえた上での、今の自由な傾向というのは、やはり「新興俳句」以降ですね。例えば前にも挙げた渡辺白泉という俳人の「戦争が廊下の奥に立つてゐた」という句。これは完全に無季で、しかも日常語ですよね。

せいこう　そうですね。なのに、言うに言われないものを表現している。

兜太　無季でも、こういう優秀なのもあるわけです。今、白泉は、いわゆる有季定型畑で育った人たちからも注目されてきているんです。歌人の中にも白泉に注目している人が出てきています。この句の持っているしたたかな現実感覚というか、リアリティというか、これが非常に大事だと思いますが、最近の句にはこういうしたたかな現実感覚が少ないんですな。

せいこう　ライト感覚で生活の突端をパッとつかむ、そういうことに関してはたしかにうまいけれども、その突端を支えている根っこがどのぐらい深いかというと……。

兜太　それほどない。最終的にはそこが勝負になるんですがね。ところが、伊藤園の俳句の中で、高校生の句にこんなのがあるんです。

霜柱《しもばしら》君に日本は重たいか（埼玉県・河村麻紀　第九回　高校生の部　大賞）

高校生らしい現実感覚があって、しかも時事的というか、政治的というか……。

せいこう　社会というものに個が開いていますよね。内面だけのレトリックに終始しないで、他人との関係が基本になっていて。これは「ふたりごころ」じゃないですか。他人との関係があるということは、社会との関係もある。それを「霜柱」にあてたところに、俳句らしさが出ている。
兜太　こういうのは、季語がどうとか言うことではなく、「霜柱」という言葉が日常の中で消化されているんですね。それからこの句。

冬の空レノンの眼鏡は晴れている（愛媛県・吉盛一也　第二回　高校生・大学生の部　大賞）

これも社会的関心ですな。ジョン・レノンは、暗殺されたんでしょう。こういう関心の持ち方が、先ほどの白泉の句に続くものとしての印象を持つんですが、それでもまだ軽いですね。
せいこう　ただ、そういうことを若い人がやったというフレッシュさがあった。
兜太　そうです。白泉に直結させるのもどうかと思うけれど、新興俳句の中のそういう優秀な作者の仕事に続くものとして、社会的なリアリティの深さとかそういうことだけに限定しないで、もっといわば本質的な思考を持っている俳句というのが、伊藤園の「新俳句」のような傾向の中からにじみ出てきているかどうかという問題でしょう。そうなると、私の印象では、やっぱり高校生・大学生の部と、四十歳ぐらいまでの一般の部（第五回から「一般の部A」は六十五歳未満、第七回からは四十歳未満となった）、そのあたりの作品から、私は感触を感じた。このあたりがもう少し固まってくると、将来、いわゆる代表作家というのが出てきて、こういう作品があるんだぞと言える。そうすると新興俳句というのが定着したのと同じように、この傾向も定着する、そう思ったんですがね。

形式に対して敏感な作者たち

せいこう　四十歳までの「一般の部A」は、たしかに僕のような素人が選んでいても、形式に敏感という感じがします。言いたいことをすぐ俳句っぽくしてしまわないで、どういう形式でそれを言うかということを探っているので、たまに、あっ、面白い表現を使うなというものが出てくるんですよ。それは素人の僕もなんとなく匂いとして感じます。単に口語で素直に言っただけではなく、口語を使ったからこそ言い得る抽象性の高いものとか、皮膚感覚の鋭いものとか、根の深いものとかが出てくる可能性はあるのかもしれない。

兜太　形式への関心ということで思い出したんですが、「新興俳句」の時代を代表する高屋窓秋という俳人の句で、「頭の中で白い夏野となつてゐる」というのがあるんです。俳句の世界じゃ「頭」という字を「づ」って読む癖があったんで、私たちは「づの中で白い夏野となつてゐる」と読んでね、その方がリズムがいいでしょう。そうしたら窓秋に、これは「あたまの中」と読むんだと叱られてね、それが定着したわけですが、今あなたの言う「形式への関心」というのが、彼の場合もそういう形であったわけです。しかも口語で書いているわけで、だからこれは「づ」じゃなく絶対に「あたま」なんですよ。「あたま」として五・七・五にうまく活用していくという、口語を活用させるという、そういう狙いがあったわけですね。それはちょうど今の人たちの関心の持ち方と似ているのではないですかね。季語からフリーになって、日常語で作っていくという自由な自己表現の姿勢が出てきたとき、今言ったような、この形式でどう書くかという関心が高校生、大学生、それから四十歳以下の人たちの中にあることは間違いないと思う。

せいこう　ひとつは、句会に出たりして勉強している方々が形式に対して敏感になるケース。もうひとつは、高校生のようにもともとそういう知識の少ない層が、季語などの縛《しば》りの少ない「新俳句」という形——要するに無季でもいい、とにかく五・七・五という定型だけあればいいという形を見つけて、そこで何でも表現していいとなったときに、かえって敏感にならざるを得ないところがあるんじゃないかと思うんです。縛りが多い形だと、そこに当てはめていくだけになっちゃうから、よくあるイメージに飲み込まれやすいんでしょうが、かなりフリーな形式なものだから、自分ならどう切る、どんな言葉を使う、どんなリズムなのか、どこで韻が感じられるようにするのかと、必然的にいろいろ考えるんじゃないかと思うんです。

兜太　今の人たちは、そういう表現形式へのデリカシーというようなものは、窓秋や白泉の時期よりもずっと細かくなっていると思いますね。これは私の勘繰りですが、音楽っていうもののマスターの仕方が、昔とは違うでしょう。それが大きく影響しているんじゃないかと思う。俳句はリズムの詩ですからね。メロディアスでなければいけないから、今の人たちのものは非常にデリケートになっていると思います。

せいこう　変な話ですけど、例えばカラオケを中学生、高校生の頃からやりますよね。あれ、画面の下に歌詞が出るわけですけど、昔は流行《はや》り歌をみんなで歌う場合に、歌詞を目の前にして歌うということはなかったんじゃないですか。今の人は、歌詞をまず書き言葉として見ているんですよ。そうすると、言葉の使い方にも敏感にならざるを得ないんじゃないかと思うんです。頭の中で覚えておいて歌った時代と、歌詞を見ながら歌う時代というのは、これは違うんじゃないかと。もうひとつは、子供のころから英語で歌われるポップス――洋楽を聴いている。メロディに対する歌詞の乗せ方として、英語の乗せ方と日本語の乗せ方の両方を知っている。そうすると、日本語の歌の場合は例えばひとつの音符にひとつの言葉しか乗らないと思われていたのが、今の人たちの感覚ではひとつの音符の中にふたつとか三つとかの音を詰め込むこともありになる。そういう感覚はアメリカからラップという音楽が入ってきて以降のポップ・ミュージックの作り方の中に自然にあって、非常に面白いんですけど。そういうリズムに対する関心については、かなり進化していることはたしかです。

兜太　そうだと思うな。俳句も完全に音律詩ですからね。音楽浸けみたいな若者たちが、俳句を好んで作るということもあるんじゃないですか。

せいこう　自分で詩を作った場合の、サビのところというか一番盛り上がるところ、それが言ってみれば発句ということになるのかな。

「おしゃべりな時代」の表現感覚

兜太　私などの若い頃の俳句への向かい方というと、やっぱり「書く」という意識です。文字を連ねていくという意識ですね。今の人たちは、書くという意識はあまり、なしに作ってるような気がする。だから、形式への関心ということでもね、書く形式というよりも、文字を使って歌い込む感じというか、リズムに乗せていく形式というか、そんな感触があるんじゃないですかね。

せいこう　たしかに「書く」とはあまり思っていないでしょうね。今はワープロを使うことも多いじゃないですか。文字として書くということは、紙の上に刻むという行為ですよね。それは絶対に忘れてはいけない、文学にとって重要な肉体性だと思うんですけど、一方でワープロを使っていると、刻んでいる感覚はないんです。ふわっとした意味や音が浮かんでいて、それを変換していくという感じですね。今の生活では、書くという肉体性よりしゃべるとか歌うとか、そういったことの方が格段に多くなっていますからね。携帯電話でも、ものすごい数の人が持っているわけですから、人に会っても話す、会わなくても話す。今の人は昔の人より、やたらにおしゃべりなんじゃないですか。

兜太　そんな感じがするね。みんな実におしゃべりだよ。
せいこう　たぶん学校でも、しゃべらないといじめられちゃうんだと思うんです。そういう社会になっていると思う。ある種の動物みたいなもので、常に音を発していないと無視されたり、立場が悪くなったりする。そうすると、それだけ音を出している中で、自分を目立たせて他人のポジティブな関心を惹くにはどの音を使ったら一番いいだろうと、動物的には当然、無意識に関心がそっちに行くと思う。
兜太　ついこの間、新幹線に乗ったときにね、俺の横に六人ほどの、四十代の初めぐらいの女性のグループがいて、よくしゃべるんだけどね、その中でもひときわ囀《さえず》るのがいるんだ。それは今あなたの言ったことでわかったけどね、他の連中に聞かれるような音を選んでしゃべっている感じがしたな。メリハリがあって、あるところでうまく間投詞を入れたり……、一座の人もみんなよく聞いているんだ。
せいこう　社会的に、人の気を引く音を出せるようにならざるを得ないというんですかね。ひとつにはそう思いますね。もうひとつは、僕が昔やっていたようなラップの脚韻のスタイル。日本語で初めて、意識的に非常にはっきりした韻を踏んでいったんですけれども、僕らは作った詞を覚えて、ステージに立っていたんです。ところが今の若いラッパーたちは、その場で目にしたこととかを即興で韻を踏んじゃうんですよ。それ、僕にはとても考えられないことなんです。ある程度のスピードでフリーにしゃべりながら、ずーっと脚韻を踏んでいることができる。そういう、形式と音と遊び――それが肉体化されている人たちが、僕より一世代下に出てきている。伊藤園の新俳句大賞に百万句の応募が来るような状況には、こういうことも反映しているんじゃないかという気がする。

兜太 どうもね、そこまで掘り下げてみないと、今の傾向の説明ができないですね。俺なんかは書き言葉の世界で考えてるわけだけど、若い連中は何と言うか、メロディアスな考え方をしているということなんじゃないかと思うんですけどね。ひとつ句を挙げますとね、

新じゃがに似たる子の顔なでている（愛知県・近藤江利子　第七回　一般の部A　大賞）

この第七回というのが、「一般の部A」を四十歳未満と決めたときなんですがね。作者は三十四歳。「新じゃがに似たる子の顔」なんていう発想そのものが、もう私などでは想像できないぐらい若い感じなんです。「似たる」は文語調だが、全体が口語調で、非常にメロディアスでしょう。それから次の第八回のときの句、

シャワー全開君をとられてなるものか（広島県・藤川佐智子　第八回　一般の部A　大賞）

この句はね、旧俳人には評判が悪いんだ。「シャワー」っていう言葉の扱い方がね、季語じゃないと言うんだよ。夏の季語としての「シャワー」ではない扱いをしている。いかにも機械的で、句が乾いていてカサカサしていやだって、そういう言い方だな。夏の季語としてのシャワーというと、暑いときにシャワーで体を洗い流すという、潤《うるお》った感じというか……。

せいこう　つまり、ひとつには潤った感じ。もうひとつは、今まで俳句の中で使われてきた「シャワー」という言葉が必然的に持っていると思われているところの深みや情緒が失われていると。

兜太　そうすると、下がただの意思表示に終わるって言うんだ。

せいこう　「とられてなるものか」の説明にすぎないと。

兜太　そういうこと。こういうのは乾いていていやだ、俳句の喜びがないという言い方ですけどね、その分、逆に新鮮なんじゃないですか。

せいこう　反発があるということは、新しいものが含まれているということですよ。

この句は、シャワーの勢いとそれにあたっている自分と自分の意思とが非常に直線的に見えるというか、その勢いからしても面白い句だと思いましたけどね。ただ、これ男の人の句だと思っていたら、女の人だったんですね。

兜太　そう？　俺はこれ、初めから女だと思っていた。シャワーなんぞを浴びながらこう思うというのは、やっぱり女性の心情の風景だと。

「通季」という季語

せいこう　この句などは、「新俳句」という、今までとは違うものに思われますか。

兜太　思います。それとね、このシャワーという言葉が、今の話に出たように従来の「季語としてのシャワー」の感触じゃなく、言わば「シャワーそのもの」なんです。今の若い人たちは季語について、こういう扱い方をしていますよね。今度うちの協会（現代俳句協会）で作った『現代俳句歳時記』では、例えば「ハンカチ」という言葉はどんな季節に使ってもかまわねえ、季語には違いねえからというんで、「通季」というやつにしちゃったんです。「シャワー」も通季でいいんじゃないかと思いますね。季語には違いないけど、通季だと。通季ということについては「ホトトギス」は大反発をしてまして、私なども稲畑汀子《ていこ》さんからいじめられているんですけどね。

せいこう　通季とは何事かと。

兜太　通季というのは季語じゃないと言うのに対してね、こちらは通季という季語があるんだと言うんだけど、あんまり納得してもらえませんね。ただ、今はそういう感覚というのが、若い人には広がっているんじゃないですかね。

せいこう　ちょっと待ってください。通季というのは「シャワー」を例にして言うと、こういうことですか。「春のシャワー」と言われれば春らしいものを感じる。「夏のシャワー」と言えば夏。秋のシャワー、冬のシャワー、それぞれにその季節のムード感が出てくるものをもって通季と言う——それならよくわかるんですが。

兜太　そうです。だから句ごとに季節感が違って構わない。しかし季節感はある。例えば「ハンカチ」という言葉でもそうでしょう。

せいこう　「夏のハンカチ」と「冬のハンカチ」では、ぜんぜん違うものとしてある。

兜太　季節感を織り込んだ方が、「ハンカチ」という言葉の味わいが一歩深くなるというかな。

せいこう　そうすると、例えばこの句の作者が、通季になり得るような単語を、無意識にだけれど巧妙に取り出してきたという可能性があるわけですね。シャワーという言葉を、季節を無視して使ったのだけれど、そこには通季になり得るような、生活に密着したニュアンスをうまく使うことができた。

兜太 ということだと思います。私はこの句から夏を感じましたけれど、それもご自由にということじゃないですかね。だけど「シャワー」という言葉は、ただ水を浴びているというだけのものではないという作者の気持ちは感じられます。

せいこう 昔だったら「禊《みそ》ぎ」という言葉を使っていたかもしれない。「シャワー全開、禊して」なんて。それから「シャワー全開」の「全開」という言葉の切れですね。

兜太 そう。これで面白いエピソードがありましてね。この句が大賞作として伊藤園のお茶の缶に印刷されたんですが、それをたまたま二十代初めぐらいの女の子三人が見て、なんだろうということになったんです。この句の意味がわからんと。「君をとられてなるものか」の「君」がわからないらしいんだ。なぜ「君」なんだと。それで、大阪のテレビで、そういう質問をすると調べて答えるという番組があって……。

せいこう ああ、上岡龍太郎さんが出ていた……。

兜太 そうそう。

せいこう ええと……「探偵ナイトスクープ」!（笑）。

兜太　うん。あそこに問い合わせたんだって。それで番組も興味を持って、それを伊藤園に訊いてね、それを俺に説明しろって……。

せいこう　お鉢が回ってきちゃった。

兜太　それで結局、俺は東京駅のプラットフォームでスタッフにインタビューされて、それでもよくわからなかったらしくて、スタッフはその足で広島に住んでる作者のところにまで取材に行っちゃった（笑）。それで納得したのかどうか結果は聞かなかったけど、そういう話があってね。でもこれ、そういう関心を呼んだというだけで面白いよ。どこか共感するものがあるということですよ。

せいこう　何か、わかりかけているからこそ興味を持ったんでしょうね。

兜太　そういうことなんですよ。それで、放送のときにはたぶん一秒か二秒、私が映ったんじゃないですか。でも、私の回答じゃ納得しなかったようで……。私はね、この「君」というのは彼氏のことだって言ったんです。そうしたら、番組の中で出演者たちが、そうかしらって言うんだ。そうとは限らないんじゃないかと。

せいこう　じゃあ、いったい誰なんですかね、これ。

兜太　第一、この句の意味がわからんということが私にはわからんのです。

せいこう　僕も、これがわからないということはないと思う。三人称ならわかるんですかね。「シャワー全開彼氏をとられてなるものか」だったらわかるとか。誰かに「とられてなるものか」と決意しているのに、それを二人称で言っているからわからない、そういうことなのかな。恋歌の「君」がもうわからなくなってしまったということですかね。

「ムード」や「気分」を描く新俳句

兜太　どうもそうらしい。で、「一般の部A」の話を続けますと、その次の年が、

真っ白な予定なんでもできる夏（熊本県・酒井直美　第九回　一般の部A　大賞）

酒井さんは当時二十四歳ですね。不思議に女性が続くんだな。四十歳以下の部は。

せいこう　この句も「新俳句的」と言っていいんですか。

兜太　新俳句的だと思いますね。というのは、おそらく従来の俳人から見ると、この句はひどく抽象的な感じがするんじゃないですか。

せいこう　要するに写生がない。

兜太　自分の気持ちを書くにしても、もっと具体的に書けという注文が必ず出ると思います。特に「真っ白な予定」とは何だと言われるでしょうね。こういう抽象化はわからないと。

せいこう　「予定表」と書けと。

兜太　物を捉えろということになりますね、どうしても。

せいこう　ところが、この句ではこういう抽象化を自由にやった。やったことによって、どんな効果が出ているということになるんですか。

兜太　俺なんかの感触だと、仮に「真っ白な予定表」と具体的に言ったときの狭さ、味気なさという感じがあるんです。

せいこう　常套《じょうとう》句というか、手垢にまみれている感じ。

兜太　そういう狭さとか、味気なさがこの句にはないんだ。ひどく野放しの感情のままという感じでしょう。そのへんが新鮮ですね。ただ、わかりにくいという気持ちはつきまとうけどね。それでも俺は、わかりにくいという気持ちはなるべく克服するようにしていますから、わかるつもりですけど、わかりにくいという気持ちに忠実になったら、この句はわからないでしょうね。

せいこう　僕自身は、わかりやすすぎて支持しなかった。むしろ僕は、従来の俳句の方が、曖昧にものを表現してきたような気がしていたんだけど、俳人は逆に、イメージがはっきりしないことを嫌うんですね。

兜太　嫌います。具体性を求めるわけです。

せいこう　ものや風景という、実際に存在するものに焦点を当てながら書かないとだめだと言われやすい。

兜太　そういうことです。だからこういう、やや漠然とした言い方になると、共通感を失うんですね。非常に特殊なことを書いているんじゃないかと思ったりするわけだ。

せいこう　ほほう、すると、前に話した「海の上白く感じて冬が来る」という句がありましたけど、これなども同じようなぼんやりさですか。

兜太　同じです。いろんな人に聞いてみましたけどね、ずいぶん漠然としてますねという反応が多いんです。かつて高屋窓秋の「頭の中で白い夏野となつてゐる」という句が、一部では非常に新鮮な感覚だと受け取られ、一方では非常な反発を受けたという、それと同じ現象がこのあたりにもあるんじゃないかと思うんだな。だから、いい意味で「もの付き」している句――具体的なものに付いて、そこに共通感を求めている、そういう俳句作りと逆の傾向に、今は動いているんじゃないですかね。

せいこう　ムードを出してくる句。

兜太　そう、心情なんていう言葉も古い印象なんで、むしろ「ムード」でしょうね。あるいは「気分」とかね。

せいこう　その「気分」をどのぐらいうまく、あざとくなく提出できるかというのが「新俳句」のひとつの基準ということになるのかもしれませんね。「一般の部C」は六十五歳以上の部になりますが、九十歳の人のこの句、僕、好きだったんですよ。

白くって青くって空うごいてる（長野県・三浦まつ美　第九回　一般の部C　大賞）

これって、抽象と言えば抽象じゃないですか。大きすぎると言えば大きすぎる。この「白くって」「青くって」というリズム——実際に韻律が動いているんですね。その上で「空うごいてる」と押さえてくる。見た目にも白、青、空という漢字だけが見えるという、非常に単純なんだけど、すごいなあ、さすが九十歳だなあと思ったんです。金子さんはいかがですか。

兜太　私はね、最初に読んだとき、インチキだと思ったの。

せいこう　えっ？

兜太　九十歳の人の句じゃないと思ったんだよ。
せいこう　はあー。
兜太　うんと若い人が作っておいて、九十歳だと言ったら点が入るだろうという。
せいこう　あっははは。
兜太　どうも、それをやりやがったかという感じで、選考会でもだいぶ反対した。
せいこう　反対してましたよね。
兜太　句としては面白いんですよ。面白いんですが、どうも九十歳というのは気に入らない。
せいこう　九十歳だったら「白くって」なんて、口語っぽく言わないだろうと。「白くあり青くあり空うごきおり」だったりするのではないかと?
兜太　これは別にイチャモンじゃないんですがね、要するに今の口語調の、季語もどうでもいいという傾向を、私がやってみましたと、そういう実験句だと受け取りましたね。

新俳句は「気」の世界?

せいこう　それに比べると「真っ白な予定」の句は、そのままの感性、そのままの気分で作ったと？

兜太　そう思いますね。それから前の「海の上白く感じて冬が来る」。これなんかも、広い意味の抽象化なんですね。もっと平ったく言うと、漠然と書くということに興味があるんじゃないかと思うんです。あまり物に固執しない。どうもそういうふうに思える。この傾向の中で如実に感じられるのは、作っている連中の感覚の基本というのに、「気」という世界があるということです。気持ちとか気分という「気」ですね。私は「気」を「命の動き」という意味に取るわけです。だからうんと気が強いときは元気だと、こういうふうになるわけですが、どうも、その気の世界が「新俳句」の基本にあるのかもしれない。

せいこう　詠む対象が気だということじゃなくてですか。

兜太　いや、「気」で作っている。だから気持ちとか気分とかムードとかいう、さっきの話に続くんですけどね。それが、句の基本の状態を言うのに一番ふさわしい。それに対して、私たちの世代ぐらいまで――いわゆる新興俳句から戦後俳句の連中ですね――の場合は、やはり「心情」というような、心の姿を表わす言葉で言わないとわかりにくい、捉えにくい。だから、心とか情とかいう「ふたりごころ」で処理できないような、命の生の動きのままで、今の人たちは作っている。心という形式を持たないで、もっと生《なま》な、命の動きのままで作っているんじゃないかと、こう思ってるんですがね。

せいこう　それをイメージとして言ってみると、ろうそくに火をつけたとき、灯芯の明かりが一番強いですよね、あそこが「心」だとすると、その周囲でゆらゆら揺れている部分が「気」なのかな。「真っ白な予定なんでもできる夏」の場合は、その気持ちを灯芯のところまで持ってこようとすれば「心」の問題としての形をとるだろうけど、この句はむしろ、もっと気分的な表現だから、そのときふっと揺れた炎のところをどう詠むかということになるんでしょうか。そういう文芸って、あんまりないんじゃないですか。ふつうは一度書いたら、書いた以上は一生そう考えるんだろうと言われるはずだから、「きのうはそう思いました」で済んでしまうような文芸は、基本的にはあり得ないんじゃ……。

兜太　本来はその心性を必ず問われたんですが、今はそれを問いようがない。問う必要もない。灯芯と炎の関係も案外、逆かもしれない。灯芯が「気」であって、炎の部分が「心」と言えるんじゃないかと思ったりもしますね。

せいこう　ああ、外側に形象化されるもののほうが「心」であって、その奥で、触りようのないところにあって、光っているものが「気」だと。

兜太　その部分をこういう人たちは——ほとんど本能的でしょうけど——書いているんじゃないか。だから漠然としたりもするわけですね。そして、物もあまり使わない。私が最近「気」ということに執着しているせいもあって、みんなそう見えてくるという面もあるんだけど、どうもこの句を見ていると、そう思うんですな。だからこういうのをまともに心性の世界として受け取っていると、くたびれちゃってね。もっとパッと、気合のようなもので受け取るのがほんとうじゃないかと思ったりもする。そういう世界がわーっと広がったとすれば、本当の意味で新しい傾向だと思うんですが……。これは短詩形だから余計にやりやすいわけでしょうね。

せいこう　そうですね。長いものだと、気分を書こうとしてもどうしても論理が入ってきてしまう。自分の中で着地してしまうんですよね。

兜太　そういうことですね。

せいこう　散文でも一番むずかしいのは、ムードや気分を書くことです。誰がどうしたとかこうしたとかいうことはいくらでも書けるけれど、例えば今、だんだん日が暮れかかる、このムードを書こうと思ったら、僕は詩の才能がないのでとても苦労するんです。それが散文の非常にむずかしいところであり、才能の問われるところだと思います。短詩形は、形式的にそれをやりやすいというのは確かですね。

兜太 今の傾向では、そういう世界が本能的に出てるんじゃないのかと思えます。

せいこう そうすると、一方では、それは軽薄短小じゃないかとも言われがちですよね。その中から、気分を詠んでいるものだけど、受け取る側の身体の芯にまで残るような作品が出てくればいいということですかね。

兜太 ほんとうに「命の気合」で書かれていれば、軽薄じゃないと思うんですね。今の傾向は、大きく括ればそういう範囲だけど、まだ芯にまでは達していないということなんじゃないでしょうか。

せいこう 雰囲気で書くだけでは、ぼんやりした生き方の集積に終わってしまう。そこから一刀両断するような作者が出てきたときには、びっくりするでしょうね。

兜太 すごいと思いますね。だから案外、この九十歳の方は命の鼓動で書いていて、理屈無用なすごさがあるのかもしれません。

せいこう 「白くって青くって空うごいてる」って、ほとんど宇宙論ですからね。

兜太 こういうのを理屈じゃなくて、気合で書くということの怖さ、それがあるとすればすごいです。でも、この句はそこまでは受け取れないですけど。それから、今回(平成十一年・第十回)は高校生の句にいいものが多かったですね。

せいこう　今年の作品ではありませんが、ひとつ例をあげると、

指さきで読む英単語雪予感（栃木県・松本理夫　第六回　高校生の部　大賞）

これ、新俳句的なのかどうかはよくわからないですけれど、非常に繊細な皮膚感覚のある句だなと改めて思います。教科書の表面のざらざらしたところを指でなぞりながら読んでいくときに、非常に微細な感覚で、ああ、雪が降りそうだと思う……なかなか言えるものではない。

兜太　「雪が降る」じゃなくて、予感だからね。

せいこう　ああ、たぶん降るなと。指先の感触だけで感じた、一瞬のことをよく書いている。繊細ですよね。

兜太　繊細で、作者に存在感がある感じだね。だから、その人の気分が非常に広いスケールを感じさせる。

せいこう　指先のほんのちょっとしたこと、つまり極小のことから極大のことを想像している。

兜太　それでね、俺は「存在」ということをずっと考えてきたところがあってね、存

在感というのは、やっぱり今話してきた「命の気合」のようなところで感じないと、本当には感じられませんね。理屈でいくら割り切っていてもだめなんです。

せいこう　それは前に話したような、老荘思想にも通じるのかもしれない（笑）。

兜太　非常に生な存在感というのをこの句に感じますね。ものに執着してきたわれわれの世代は「雪予感」とは言えないんですよ。「雪が降る」とか「雪の朝」とかね。

せいこう　実際の雪にしてしまう。

兜太　でも、それでは既成の季語の概念がまとわりついてしまう。

せいこう　「教室と雪」を取り合わせたらこうなる、というのがわかってしまう。それがこの場合はすべてが指先に集約している。

兜太　そうです。これは怖いですよ。既成の季語の世界から離れちゃって、自分の日常感で捉え返している。それも単なる表面的な日常感じゃなくて、一種の存在感のようなもの、命の生の反応で捉え返している。そのへんが怖いところですね。

せいこう　命とか宇宙に通じるような重み——重力というかな、そういうものが感じられますね。

兜太　比較すると申し訳ないけどね、その前の年の大賞が、

兜虫《かぶとむし》おまえもひどい日焼けだな（広島県・中田新一　第五回　高校生の部　大賞）

この句には、やや既成の概念を感じる。

せいこう　擬人法ですからね。

兜太　兜虫の黒い背中を日焼けと感ずる感覚も、ややありきたりでしょう。やっぱり物にこだわっていて、既成の概念を抜けていない。いい句として選ばれているということを前提に言うわけですがね。もうひとつ、

ラジオを消すゼラチン質の闇の音（福岡県・長谷川優子　第四回　高校生・大学生の部　大賞）

というのがありました。

せいこう　はい。この句は僕が推しました。

兜太　いとうさんに伺おうと思っていたんですが、この「ゼラチン質の闇の音」の「音」がすごいんですかね。ラジオを消すと、ゼラチン質の闇が広がる。それを音と感ずるところが……。「ゼラチン質の闇」という言葉も、私なんかには耳新しいんですけどね。

せいこう　今そう言われて、「ラジオを消すゼラチン質の闇」で終わっていたらもっといい句だったなと思いました。「の音」というのは、説明になっているわけでしょう。ラジオをふっと消した途端に、音圧がなくなって、なんとなく、サーッていう音が聴こえる、そういう静けさがあるじゃないですか。それでね、闇が濃いと、何かに包まれてるような感じってあるんですよ。少し抵抗感のあるような感じ……その闇を「ゼラチン質」と言った皮膚感覚はすごいと思って、選考会のときに一所懸命に推しました。でも、たしかに「闇の音」になってしまうと、「皮膚感覚」から「耳」に戻ってきてしまいますね。この作者は、空気の流れが止まったような感じを出すのに「ゼラチン」にしようか「寒天」にしようか迷ったと受賞の弁で正直に言っているんですが、僕は「ゼラチン質」という言葉と「闇」がイメージの中でつながったときに、黒くぬめったみたいな感じがあって、いい句だと思ったんだけど、金子さんはいかがですか。

兜太　私もね、「音」にこだわっているんです。「闇の音を聴く」なんていうのは、一見新鮮な感じなんですけど、非常に通念的なものも感じる。そのあたり、私もちょっと区別がつかなくてね、あなたに意見を訊きたかったのだけど、やっぱり「音」はない方がいいということですか。

せいこう　そうだと思います。
兜太　そうすると、「雪予感」ほどには、まだ生で言ってないんですな。
せいこう　よりよく説明しようと思ったんでしょうね。
兜太　それがかえってまずかったと。
せいこう　五音にしなきゃという気持ちもあったと思うんです。でも、「ゼラチン質の闇」で切れてたらすごいんだけどなあ。
兜太　今ね、大人の句でも、いろんなものに音を聴く句が増えているんです。木に音を聴いたりね、家に音を聴いたり。だから「闇の音」というのは、感受性が深まっているというか、アニミズムに近づいているということだと思う。
せいこう　聴く句……「聴く」ということは、「見る」ことに比べて、より原始的な行為だから。

心を動かす「命」にこだわる世界

兜太　で、無機質なものにも生きたものを感ずるという、そのへんがアニミズムの感覚なんですね。私の言葉に引き込んで言えば「気の世界」というものを濃厚に感じられるモティーフを持った俳句が広がって、そこから代表的な作家が出てくると、短歌の世界で俵万智くんが出てきたようなこととはまた違う出方になりますね。

せいこう　違う質でしょうね。

兜太　俵くんの場合は、短歌の中であまり許されなかった日常茶飯のことを、短歌的リズムにかぶれないで、たどたどしく、やや散文的に書いた、その新鮮さですよね。ところがもし、今話したような「気の俳句」が広がると……。

せいこう　現代俳句であると同時に、非常に古代的なものでもある。

兜太　あるいは霊とか、そういうものに通ずるんですよ。

せいこう　俵万智さんの場合は、ユーミンの歌詞などの世界をバックボーンに感じることがある。ポップ・ミュージックが培《つちか》ってきた風景の切り取り方を歌の世界に持ってきたという感じ。これはバックボーンがわかりやすいんだけど。今言ったような俳句が出てきたとしたら、バックボーンは非常に深いものになりますね。しかもそれを「シャワー」とか、そういった現代の言葉を使いながら、感覚だけを研ぎ澄まして、人類的なものに行くということになると……。

兜太　そういう作者が出てくればすごい。

せいこう　金子さんが新俳句に期待するのは、そういった、感覚の研ぎ澄まされたところから出てくる句ということですね。

兜太　はい。俵万智さんと同じものが出てきてもつまらない。

せいこう　ふっと何か自然のものに触れた瞬間に、詠み返すという感じ。

兜太　心の形に捕われすぎて、それで物に捕われていく、そういう既成の俳人の姿勢とは違う姿勢から作られているもの。

せいこう　ふつうは物に捕われているということを批判すると、簡単に心の時代だと言ったりするんだけど、それもまた執着だと。

兜太　本当に新しい俳句にとっては、それも執着でしょうね。心の形にこだわらない。心を動かしている命というものにこだわっている――そういう世界というのは、新しいような気がしますがね。これは短詩形だからできる。長くなったらばかばかしくなるよね。

せいこう　というか、あまりに曖昧でついていけないでしょうね。たしかに短詩形だからこそということはある。感覚として微妙にわかるから、頭に残って、あれはどういうことだろうって、反芻《はんすう》したり想像したりできる。

兜太　そういうやや抽象的なことができるというのは、やっぱり音楽性ということでしょう。話は戻っちゃうけど、やっぱりそれが今の若い連中にあるからじゃないですかね。それが土台にあるから、こういう五・七・五なんていうものになじみやすい、あるいは作りやすいという面があると。

せいこう　たしかに昔から、若い人は常に短く言いたいんだと思う。何でも縮めて言う。符丁にするとか、感覚だけでものを言い換えるとか、そういうことは脳味噌がまだ柔らかいからやれることだという気がしますし、俳句の世界にも、その言語感覚で入ってくるんでしょうね。

兜太　戦後すぐにね、あるジャーナリストと話していて、男女のことで俺が「恋」という言葉を使ったんですよ。そうしたらそのジャーナリストに「恋」なんていう言葉じゃなくて、「愛」という言葉を使ってくれって言われて、驚いたことがあるんです。なにかそれに似た感じが、今、伊藤園に投句して来る若い人たちにはある。

せいこう　兜太さんが使った「恋」というのは、和歌からずっと来た「恋」ですね。

兜太　そう。非常に概念的で、心理的なものも含めてという感じで使った。

せいこう　詩としては「恋」ですものね。「愛」とは言わない。

兜太　だけどもそのジャーナリストは「恋」じゃなくて「愛」と言ってくださいと。もっと生な、本能的な関係までも含めた人間の付き合いというか、そういう次元で言ってくれということだったと思う。だからそのとき、俺の頭はまだ観念的だな、硬いなと思いました。兵隊から帰ってきて間もなくだったんですけど、もう時代は変わったなという感じで、ショックを受けましたよ。今の新俳句を見ていると、時にそういう、もう俺たちの俳句の観念とは違うなっていうようなものを感ずることがある。彼らはいままでの常識に捕われず、堂々と作ってるなという感じがある。特に高校生が増えてきているということは、これは大変に期待ができますね。それから、全体として無季の句というのは小・中学生に多い。高校生以上になると、ほとんど季語を使ってますね。ただ、使い方がさっきの「シャワー全開」や「雪予感」の句のように従来の使い方とは違う。もっと生に使われているということですけれど、やっぱり季語というのは日本人の頭の中にしみついているんだな、いろんな形で。それを感じますね。

二十一世紀の西行を待ちながら

せいこう　第一章でも話したことですけど、人間は成長するにつれ何回も繰り返して四季を経験する。それがある時点でようやく言葉として出てくる。染み出るようにして出てくるんじゃないでしょうか。小・中学生はまだ四季の経験が浅いから、感じる前にとにかく言ってしまう。そうするとそれは無季の句になってしまう。夏だからどうしたというような感覚が出てくるのは高校生ぐらいからなんでしょう。

兜太　何回も繰り返されているというのが大事だね。

せいこう　でも、例えばイヌイットでも、僕らにはよくわからないレベルかもしれないけど春夏秋冬がある。世界のどこでも、おそらく似たようなことは感じているはずなんですが、それを「季語」というカタログにしたところが、日本の短詩形の特色だと思うんです。それはなぜなんだろう。

兜太　まずは季題というものが、連歌の発句の約束として使われたわけです。だもんだから、その季題の数は多ければ多いほどいいという、そういう発想じゃないでしょうか。

せいこう　そうか。そうすれば、次に付ける句も、ヴァリエーションが出せるわけだ。

兜太　いろんなことが歌えるから。

せいこう　そうすると、その季節の中で挨拶を行うという行為は、儀式的であり、宗教的なものであったのかもしれない。寿《ことほ》いでいたのでしょうね。

兜太　平安から中世の頃は仏教とともに、それと折り重なって汎神論の世界、自然教のようなものがあったということじゃないでしょうか。

せいこう　農村では田植え祭や田楽をして、田んぼの神さまを喜ばせて稲がいっぱい実るように祈る、例えばそういうことがずっと行われてきた。連歌をやっている人たちにはそういう感覚が濃厚に残っていたんでしょう。だから、夏のある日に連歌を巻くとすると、夏の風物を儀式としてまず一句詠み込むことで、何か神聖な気持ちになったのかもしれません。そういう感覚は今はもう失われてしまっている。ただ、指先で教科書を触っているときに雪を予感するようなことの中に、かろうじて出てくるんじゃないですか。

兜太　宗教的なバックボーンはないけれど、感覚としては出てくる。基本にあるものは同じなんですね。一方で私たちの世代は、既成の言葉で出さなければいかんと思う傾向がある。その違いがありますよね。

せいこう　それをもって「新俳句」と呼ぶんだ、その本質はそこにあるんだというふうに言われると、なるほどそういうものかという気がしてきました。季節の中で、あるものを詠むということの持っている儀式性というのか、時空間を一回切り裂くことに恐れを感じながら喜びも感じる、そういうものが仏教的なバックボーンなしに出て来る可能性を持つ詩の傾向……。

兜太　従来あった、言葉の約束性というふうなものに捕われない世代が広がってきているということにもなるんでしょうね。そういう俳句作りが行われるようになってきている。これ、大げさに言えば、文化的変革なんだと思うんですけどね。今までは仏教とか自然教とか、そういう宗教性の上に立って、発句の中に約束の言葉を使ってきたわけでしょう。私なんかは、言葉にしなくても、そういうことをどこかで感じている。そういうものを包括して「美意識」という言葉で言ってるわけですよ。だけど「雪予感」の作者なんかだと、そんなものは意識の中にはないやね、身体の中にはあるかもしれないけど。「予感」という生な実感で書くということだから、これは変革じゃないかと。実質的な季題否定でもあるわけですよね。

せいこう　今まで引きずっていた感覚がここで切れてしまった。それじゃ俳句は滅びるんだと思ったら、糸が切れた凧みたいだけど意外にいろんなところに飛ぶよ、落ちはしないよという感じですかね。

兜太　俺は詳しいことはわからんけど、お花やお茶の流儀なんていうのも、広く言えば約束ということでしょう。俳句の季題も約束だと言われている。そういう約束されているものの中には、膨大な伝統と美意識があるわけですね。そういうものを少し動かそうとする表現意欲みたいなものが、今の世代に出てきているというか、二十一世紀というのはそういう動きに揺さぶられるんじゃないかと、伊藤園の俳句を見ていると、大げさに言えばそんな予感がありますね。

せいこう　ほおー。すごいことになってきた。

兜太　だから、そこからとんでもない作者――藤原定家とか西行みたいなやつが出てきたら、これはかなり変わるんじゃないか。

せいこう　優秀な作者が出てくれば、それが約束になりますから。

兜太　そうすると、やっぱり芭蕉ですね。芭蕉みたいなのが出てくると違ってくる。ただ、伝統拒絶的なところからは出るはずがねえという意見もあるでしょうね。伝統をしたたかに消化しきったところから出てくる新たな美意識というようなもののはずだから、八十過ぎなければ出てこねえという議論もきっとあるでしょうね。だから金子、おまえは今、八十なんだから、これから頑張れと、そう言われるかもしれません（笑）。他人のことばかり感心してねえでって。

せいこう　自分で作れと。

兜太　言われるかもしれませんけどね。こういうものを見ていると、私はそんなふうに感ずるんだな。歳月はずいぶん必要でしょうけど。

せいこう　革命的な一句は詠めるかもしれない。でも、ずっと詠んでいくとなると、伝統を知っておかなくてはならない。そういうむずかしさはありますね、どの分野にも。

兜太　西行みたいに、ぶらぶらしていても食っていけるという、ああいう環境があるといいんですがね。

せいこう　ああ、世の中にね。

兜太　しかも、山頭火みたいに崩れないで、求めるものをきちっと求めながらね。そういう環境が今の若い連中にも与えられれば、すげえ俳人が出る可能性はある。

せいこう　だったら、今は社会状況としてはそうなっていますよ。会社に入ってもしようがないやって言って、フリーターやってぶらぶらしている。よく生きていられるなと思うやつがいっぱいいます。したたかに、僕は僕のことを考えているからって、わりとちゃんと言ったりするような若い子もいる。そうじゃなきゃ、そのへんのビルの前でギター持って歌ってはいないわけじゃないですか。早くちゃんと定職に就けって、十年前だったら怒られたような人たちでしょう。そういうところで歌っている人たちは、既成のもの――この十年ぐらいのポップ・ミュージックということですが――に捕われて、それと似たようなものを歌ってしまう人が多いですけど、そうじゃない、「指さきで読む英単語雪予感」が持っているような感覚とつながるような人が出てくれれば、すごい歌うたいだということですね。

兜太彼らを俳句で食わせたいですね。西行は寺の寄付集めをやっていたんでしょう。だから今でも、大きなお寺が寄付集めを兼ねて若いやつに全国を歩かせながら俳句を作らせたりすると、すげえやつが出てくると思いますよ。

せいこう　あるいは、ナショナルトラストみたいなもので、尾瀬の自然をどうしても守りたいから寄付を募りますとか言って、ずっと全国を回って、行く先々で俳句を詠む。

兜太　それで毎年、伊藤園に投句する義務を負わせる（笑）。可能性はあると思うんだけど、条件がなかなか整わないですね。

せいこう　吟遊詩人を雇うだけの社会の余裕がね。それから、大事なのは、定家でも芭蕉でも虚子でも子規でも、当然ながら教養と感覚を兼ね備えた、言わばレオナルド・ダ・ヴィンチ的な人ですよね。そういうバックボーンを持っている作者からすごい歌が出ると、それは文字通り画期的になるんだけど、感覚だけでやっていると、どうしても先細るじゃないですか。

兜太　そうなんだよ。だから今日の話をもっと体系化して、自然教とでもいうような思想的システムになっていくといいんでしょうけどね。ただとにかく初めは、走りが出なきゃだめなんだ。

せいこう　先導役ですね。

兜太　体系化はその後でやればいい。「新俳句」の中からそういうものが出ないかという期待感はありますね。やっぱり高校生に期待したいな、俺は。

せいこう　なぜ高校生がいいのかっていうと、感覚的に若々しいということもあるかもしれないけど、学校でまとめて応募してくるんでしょう。だから数も多いわけですよね。しかも授業で無理に書かされているような人の方が、いきなり五・七・五という形式を与えられるので、すごいものを書いたりする。自分から書こうとする人は、既成のものに憧れて書くでしょう。

兜太　妙に文学的になっちゃってね。

せいこう　選ぶ方から見ると、ネタ元がわかるから、いやらしいなと思っちゃう。

兜太　無理やりの方が瞬発力で書くからね。

せいこう　授業で初めて五・七・五に面と向かったとすると、やっぱり無意識に形式というものに敏感にならざるを得ない。そのときに意外といい句が出てくるような気がする。

兜太　しかも高校生は適応力があるわけだしね。

せいこう　リズム感もとてもいい。高校生をどんどん吟遊詩人にするべきだ（笑）。

稲畑汀子（一九三一〜）◎神奈川生まれ。俳人。祖父は高浜虚子。父年尾の死後「ホトトギス」を主宰。花鳥諷詠を推進。「空といふ自由鶴舞ひやまざるは」

藤原定家（一一六二〜一二四一）◎父は俊成、母は美福門院加賀。鎌倉前期を代表する歌人。『新古今和歌集』の撰者。『小倉百人一首』を撰したことでも有名。「見渡せば花も紅葉もなかりけり浦のとまやの秋の夕暮」

西行（一一一八〜一一九〇）◎平安後期・鎌倉前期を代表する歌人。俗名・佐藤義清《のりきよ》。法名・円位。『山家集』「ねがはくは花のしたにて春死なんそのきさらぎの望月の頃」

四：アニミズムは「いのちそのもの」なり

平成12年２月、東京都港区・北青山にて

助詞は俳句のアキレス腱

兜太　今日は添削をやってみましょう。それからもうひとつ、アニミズムということについて、もっと実作に即して話し合いたい。まずはこの句。

風が竹林《ちくりん》を抜けて青くなった（新潟県・今野新太郎　第九回　秀逸）

せいこう　秀逸句には採られているけど、その上には優秀賞、大賞、文部大臣賞とあるわけで。ここを直せばもっと上にいく、というポイントはありますか。

兜太　やっぱりちょっと直してみたくなるのは秀逸句あたりが多いですね。まずこれ、日常語のような乱暴なものじゃないけど、口語書きでしょう。それで、試しに少し格調をつけてみたらどうか。というのは、中身がね、そういう格調を要するような中身なんです。

せいこう　抽象的な何か、詩的な何かですね。

兜太　それで、まずひとつは、「竹林を抜けたる風の青くなる」あるいは「竹林を抜けたる風の青くなり」。これで文語調になりますね。それから今度はうんと漢詩調にしちゃって、「風竹林を抜けて青し」あるいは「風竹林を抜け青くなる」——どうでしょう、もとの口語調と、文語調の直しと、漢詩調の直しと、どれがいちばん面白いですか。

せいこう　文語調にしたものは、俳句というものの形の中に入ってきたということですね。漢詩調の方は、以前お話ししたような漢語という外の要素を取り込む、俳諧の「ミックスの力」というのを感じます。ふつうは漢詩調にしたということで格調がより高くなるというふうに思うかもしれないんですけど、漢語みたいな雅《みやび》じゃないごつごつしたものを使うという、言葉に対する、ミックスすることに対する敏感さというものが俳句の中にあるんだということ、そういう視点の広さを感じますね。もともとの「風が竹林を抜けて青くなった」というのは、「風が」と「が」があることで「風」そのものが弱くなっている感じがするんです。

兜太　「が」は抜いて、「風」で読点を入れて、「風、竹林を抜けて青くなった」。これが「切れ」ということだね。ただ、今の一般の玄人《くろうと》俳人には、読点を打つというのは反対されるでしょうね。

せいこう　記号を使うのはよくないと。

兜太　せいぜい一字アキにしろとか、「風や」にしろと言うんだけど、「風や」になると野暮になりますね。「風や竹林を抜けて青くなった」ではね。ともあれ、もともとの「が」が、かったるいことは確かなんです。

せいこう　作者は口語調で書こうという意識で「が」を使ったんでしょうけど。

兜太　俳句では、助詞はアキレスの腱というものにあたるのかな。弱点ですね。

せいこう　弱点！

兜太　ただし、うまく使えば大変なプラスになるわけですけどね、使い方を誤ればしようがないというもので、いちばん難しいところだね。

せいこう　そうすると、僕のような素人が俳句を書こうとするときには、ひとまずは助詞を抜いてみた方がいいんですかね。

兜太　自分の体験だと逆に、かまわねえから助詞をくっつけて、散文調で書いてしまうんです。まず文章で書いてしまう。それから助詞を抜いたり換えたりという作業をやりますね。だけど、今あなたが言ったのを聞くと、題材だけをぽんぽんと、とにかく黙って並べて、そこへ助詞をくっつけてという書き方もありますね。

せいこう　例えばこの句だったら、「風　竹林を抜け　青」というふうに並べた段階で、もうイメージは全部出ているわけですからね。これだけでも、ある程度のものにはなっている。さあ、それから「青し」にしようか「青き」にしようかと考えたり、助詞を入れて、「風竹林を」とするか「竹林に」とするかを考えたり……そういうふうな作業ですね。

兜太 そのときに五・七・五の音律を口ずさみながら、それにあてはまるようにしながらやる。

せいこう そうか、そうやっていくのか。

兜太 そうすると韻律が整ってくる。だから助詞については、その人のタイプによって、どちらからでもいいんじゃないですか。

せいこう いずれにせよ助詞の部分は、常に気を使わないと形が整わない。

兜太 前に俳句と川柳についての違いを話しましたね。あのときに言い足りなかった点がありましてね。神奈川大学教授で俳文学が専門の復本一郎さんって……。

せいこう 『俳句と川柳』を書いた方ですね。読みました、面白かった。どうしても「切れ」がわかりたくて読んだんですが、やっぱり「切れ」があるかないかが俳句と川柳の分かれ目だという。

兜太 非常に明快でね。要するに発句が独立したから俳句で、平句が川柳だっていう言い方ですね。発句は切字を使ってぴしゃっと決めていく。それに対して平句の方は、助詞止めあるいは連用形止めという柔らかい止めにするというのもひとつのポイントだということになります。つまりね、俳句と川柳を分けるひとつの大きなポイントが助詞の使い方だと。

せいこう そういうことになりますね。「風が」の句で言うと、普通の散文なら主語・主体を表わす「が」で、主体がここで柔らかく表わされているのだけれど、その後に「竹林を抜ける」という動作が来るので、「風」がどこかでなくなっちゃう感じがするんですよ。それを「風」でいったん止めておいてくれると、ずっと頭に残る。「が」が主語を確定したことによって、たった十七文字なのに印象が薄れてしまうという、俳句の恐ろしさがよくわかりますね。

兜太 ただ、この作者の側に立ってひとこと弁護すれば、風を擬人化しているわけでしょう。風という「生き物」が竹林を抜けて青くなったと、下を口語調で柔らかく書いていますから。風という生き物の、柔らかな成り行きを描いたということで、「が」が要る。言葉の点で言うと、下が口語調だから「が」が使えるというか、使いたくなったという言い方もできるかな。

せいこう なるほど。全体の調性のことですか。

兜太 だから俺の最初の直しみたいに、「風」を下へ持っていっちゃって、「竹林を抜けたる風の青くなる」と、文語調にしてしまえばまた別になるわけだけど。

せいこう　そうですね。

兜太　口語で書くという発想、いわゆる口語発想でこういう句ができてきたと言えるわけですが、どうしても切字に対して弱くなる。説明っぽくなるんですよ。全体が柔らかくて、ほんわかしているから、そんなに切字で切ったりはったりする必要がねえんだね。

せいこう　そうか、それは口語が必然的にもたらしていることなんだ。

口語表現の中の「切字」とは

兜太　だから口語書きがどんどん出てくると、切字というものに対する関心が鈍くなるのかなと思いますね。

せいこう　逆に言えば、口語の中での切字の発想を含んだ表現が、これから発明されていかなきゃいけないんじゃないですか。

兜太　それが非常に大事な問題だと思っているんですよ。だから、口語書きをしながら、わざと「や」とか「かな」とか、いわゆる文語の切字を使って句作りをする人もけっこういるんです。私なんかも実はその点を意識してやっている場合がある。それはね、口語だけに任せちゃうと柔らかくなって気持ちよくなっちゃう。だから任せられねえという気がどこかにあってね。

せいこう　口語の中から新しい切字がまだ出てきていないんですね。

兜太　まだ出てこない。ただ、私たちのグループの中では「よ」とか「ぞ」とか、今《いま》様《よう》の切字を使う句はけっこうあるんですよ。

せいこう　兜太さんの句にもありますね。例の「ザザザザと螢袋のなか騒ぐぞ」。これは、つまり口語における新しい切れを意識していたとも言えるわけですね。

兜太　そういうわけですね。

せいこう　そうか。あれは新しい切れでもあったんだ。たしかに「ぞ」は切れますね。

兜太　そうです。そういう切れを使う若い人がけっこういますね。しかし、そういうふうに口語発想で口語書きをして、「ぞ」「よ」という切れを使って満足できるのかな、むしろそういうものも捨てちまいたいんじゃないかという気もどこかにありますね。

せいこう　「切れ」自体を捨てたいという気持ちがみんなの中にあるということです

か。

兜太　どうも、それも感じられますね。

せいこう　それはなぜなんですかね。

兜太　うーん、よくわかんねえ。ただ、ちょっとこの前も歴史を当たってみたんだけど、切字を捨ててかかってくるというか、どうもそのへんのところから自由律というのが出てきているんですね。その後に戦後の口語俳句というのが出てくる。そういうスローガンを掲げてやっているグループがあって、今でも盛んなんですが、その、口語で書く俳句を作ろうじゃないかと言っている人たちも、案外切字に関心がないんですよ。それでその代わりにと言っていいと思うんだけど、次第に言葉が長くなっちゃう。自由律並みになっているんです。

せいこう　流れていくんですね。止まらないわけだ。

兜太　だから、自由律の成立も、今、口語俳句が長くなっている状態も、同じ言語感覚だと思うんだ。

せいこう　切れに対する意識ということですね。だとすると逆に、切れは何のためにあったのかということがまたまた重要になりますね。話は常にこの問題の周囲を回っている。

兜太　さよう、さよう。
せいこう　切れは、なぜ句の格調を高くするんですかね。
兜太　やっぱりそれは五・七・五だと思うな。五音と七音と五音、それぞれの言葉のかたまり——語群が組み合わさってひとつの俳句になるわけでしょう。それぞれの語群そのものの力と同時に、語群の組み合わせの力、それを最大限に発揮するために切字が要ると思う。言語学者の時枝誠記《もとき》さんももっと徹底して言っていたと思うけど、いわゆる定型詩の場合、言葉ひとつひとつが切れている、言葉のすべてが切れのかたまりだという言い方すらできるんじゃないか。
せいこう　十七文字という短い中にいろんなイメージをコラージュするためには、単純にひとつのことをすっと詠まない、切れを使っていろんなものを詰め込むということですか。
兜太　そうです。短い形式の中で、一のことを十に伝えるために切字を活用した。
せいこう　それを発句に置くことがほぼ決められていた。平句ではなぜ、それがなくてもよかったんですか。
兜太　絵巻物を巻くみたいに巻いていくわけだから、あとは物語風に展開していけばいいということじゃないかな。

せいこう　最初はとにかく、エッジの立った鋭いやつをどかんと置いておく。そこからイメージされるものをつないでいく。

兜太　そう。だから、俳諧の連歌で言うと付句ですね、付け合いです。その法則というのは、発句はきちんとしたものを出して、二番目の「脇」がそれをきちんと受け止める。そして「第三」以降の五・七・五から展開する、そういうふうに教えていますね。つまり初めで勝負しておけということなんじゃないかな。その勝負いかんによってその後の展開が変わっていくぞ、動くぞと。面白い巻物になるか、つまらないことになるか、そこで決まるぞということじゃないか。

せいこう　その切れというものがなくてもいいんじゃないかという傾向があるとすると……、なんとなくの推測ですけど、切れを使うと、すごくぎりぎりにつながったものを置くわけじゃないですか。「古池や蛙飛びこむ水の音」の「古池や」で切れを置くことによって、ふたつ以上のイメージがぎりぎりでつながっている。ところが現代になってくると、生活の中での共通性が少なくなってくる。そうすると、切字を使ってふたつ以上のものを結びつけようと思ってもうまく伝わらないことが多い。共通認識が薄くなればなるほど、切字が使いにくくなる。わかりやすく説明しておかないと伝わらないような社会生活の変化があるのかもしれない。

兜太　芭蕉は例えば「古池や蛙飛びこむ水の音」という句を「や」で切って、「二物配合」で読むんじゃなくて、一気読みしなさいというふうに教えていると言われてますね。切字で切りはするけれど、そこで力を強めてはいるけれど、全体としては一気に読んで、そのまま柔らかに伝えるということを考えていた――そんなふうに思えるんです。それに連句では「脇」の七が付くわけですけど、短歌では必然的に七・七がくっつくわけでしょう。必然的に七・七がくっつく短歌の場合だと、切字はあまり使わないですね。どうせ一気に伝えていこうとするならば、出だしは柔らかく伝えた方がいいじゃないかと。

せいこう　後の七・七できちんと押さえられるんだから、と。

兜太　そうなんですよ。だから五・七・五と七・七が分かれて発句と脇になってから、これは特に芭蕉が意識したようですけど、発句というのは力強くきちっと切って、響かせてというふうになってきたんです。これは私の推測ですけど、そう言いながらも芭蕉の気持ちの中では「や」があるからといって、上と下は別だというのは強引だという気持ちがあったんじゃないでしょうかね。だから「古池……」の句なんか、はっきり分けて読むべきだと思うんだけども、芭蕉はつなげて読めと言っている。つまり切れには、演説調でがんがんときつく言って響かせてはいるが伝えたいものは柔らかく伝えているという工夫があるんじゃないかな。語気は荒いが中身はやわいというか。

せいこう　硬軟とりまぜなければいけないんだ。そうすると、切れがないということは、全部が柔らかくなる。

兜太　それじゃだめだと。

せいこう　切れ味が鋭くなくなってしまう。優しさの時代ですね。みんな優しくないと生きにくい世の中にあっては、切れというのは評判の良くないものになりつつあるということですかね。

兜太　表面はきつく言って実は……というのが本当の優しさなのかもしれませんけどね。少なくとも、口語で書こうとする連中が切字について比較的冷淡なのは確かですね。

せいこう　口語の中で切れを作ると、よりきつく聞こえてしまうのかもしれない。

兜太　口語だと、含みがなくなるんだよね。五・七・五という形式がクッションになっているわけだけど。

捨ててはならない「切れの意識」

せいこう　考えてみると芭蕉の時代だって、普通にしゃべっているときは「……や」とか「……けり」とか言ってなかったでしょう。そこに置いてあるものはフィクショナルな、形式的な記号のような不思議なものだった。明治になって書き言葉も口語体になってきたときに、それがより浮いてるように思えてきちゃったんでしょうね。

兜太　小林一茶あたりになってくると、切字の働きというのが非常に鈍ってきますね。一茶は当時の口語で書いているわけでしょう。ああいう口語発想の人の句は、切字の働きが鈍い。「蠅が手を摺り足をする」なんて、なんだか間の抜けたような言い方をするわけでしょう。それがかえって面白かったりする。

せいこう　「やれ打つな」は、普通の生活から出てきたもので、切字を意識してませんよね。

兜太　五・七・五にただ黙って乗っけたというだけですよ。子規なんかだって、いい句はあんまり切字意識って強くないんじゃないかな。「鶏頭の十四五本もありぬべし」とか「柿くへば鐘が鳴るなり法隆寺」なんて、切れがないですよね。すーっと書いていてね。口語的な発想をしているわけだから。たとえ文語で書いていても、切れというのをあまり意識しない……そういう傾向が現在のこういう状態につながっているんじゃないですかね。五・七・五を口語で書くときに、切字というのはひどく疎《うと》まれるようになってきている。だから、非常に保守的な人たちは逆に切字、切字って言う。

せいこう　使おうとする。

兜太　私なんかも歳を取ってきたものだから、切字が大事だと最近はきつく思ってね、切字がねえと頼りないという気になっちゃってるわけですけどね。

せいこう　珍しいですね。金子さんが急にそんなことを言い出すとは。

兜太　自分にとっては必然的なことが、世間から見るとひどく保守的な状態だっていうことを最近感ずるんですよ。切字もそうですね。

せいこう　ほおー。金子さんはまず、五・七・五という形式はとにかく大事だと。次に、切れがなければだめだと、今のところ、こうなってますよね。

兜太　そうでござんす。はっきりそう思ってる。切れがなかったら五・七・五という形式を生かせない、この形式をフルに稼働できないと思っているわけですよ。最近の句――特に青少年、それから若い女性、男性でも四十代まではそうだな。かれらには、ほとんど切字意識というのがなくて、口語でもってすかすか、すかすか書くんですな。だから私はこだわるわけです。

せいこう　まあ、壊しながらも、一方では守らなきゃいけない立場に金子さんは立っているということでしょうね。

兜太　そう、立っちゃった。だからこれ、つらいんだ。

せいこう　みんなが意識的に切れを捨てているんだったら、金子さんは面白いと言うと思うんです。ところが、切れということの常識さえも、その言語感覚さえも、今は覚悟なしに無くなってしまったので……。

兜太　薄らいじゃったというかな。

せいこう　金子さんがそのことを言わなきゃならないぐらいになっちゃったわけでしょう。

兜太　そういう逆説的な言い方はできますね。だから案外、私の方が進歩的かもしれない。

せいこう　たぶんそうでしょう。意識をしているからこそ言わざるを得なくなっているという立場なんでしょうね。だけどそれは、文語自体が薄らいだからなのか、それとも切れというものが含んでいた言葉の敏感さ自体が失われているからなのか、どっちなんでしょうね。

兜太　文語が薄らぐと同時に切れの意識が薄らいで、それがどうも、口語発想というものじゃねえのかと思っているんですけどね。だからいっぺん文語で作ってごらんなさいと言いたい。だから「風が竹林を」の句を直してみたりしたんですけどね。こういうのはどうですかと、こう言いたいんです。

せいこう　もしかすると、さっき金子さんが直した「竹林を抜けたる風の青くなり」とか「風竹林を抜けて青し」とか、そういう形で一度作ってみた上で、もう一度、口語に戻ってみればいいのかもしれない。切れの感じを肉体的にわかった上で口語に戻ってくるんだったら——切れの意識というものを持っていれば、切字がなくてもいいぞという立場になれるわけじゃないですか、金子さんが。

兜太　まあ、そうですね。さっき「風、竹林を抜けて青くなった」という直しもやりましたね。こういう、口語調でも切字あるいは切字に近い空間というか、音のない状態、そういうものがあると作品としてもっと光ってくるというか、格調が高まりますね。だから口語調でお書きなさい、口語発想でけっこうだと、ただし書くときに、文語定型が培ってきた「切れ」というものをどこかで意識したらもっとよくなりますよと、これは教えとしては言えますね。だからこの句をいろいろ直したけど、単純に「が」を抜いたときがいちばんいいんじゃないですか。「風」で切って、一字あけて、

「風　竹林を抜けて青くなった」。これはね、ある響きを持ちますね。

せいこう　なんだか哀しみがありますよね。これが「青くなりて」では出ない。「青くなった」と言ったときの哀しさが、口語としてあるというか……。

兜太　そういう形の、口語における切字的発想というか、それはやっぱり大事だと言えるんじゃないでしょうかね。

切字は一瞬の「間」なり

せいこう　切字はつまり一瞬の「間」だということも言えるわけですね。

兜太　間です。音歩論者は「無声」と言ってますね。沈黙する。沈黙して聞かせる。

せいこう　無音の機能。

兜太　だから音歩論者たちは、「風」の後の無音の部分を一字分に取るんです。一音歩になるんですよ。

せいこう　そうすると、「風」という言葉の重みと、次の無音のところとが同等の価値を持つ。その「言わないことの価値」のところを大事にすることが切れなんだと。

兜太　そうです。「古池や蛙飛びこむ水の音」の句を音歩で分けると、まず「古」で一音歩なんです。「池」でまた一音歩。「や」でその下にひとつ空間ができて、それでまた一音歩なんです。この無音ね、これが大事なんですよ。そのことは、口語調の人も頭に置いていていいんじゃないか、いや、置く方がベターじゃないかと思う。

せいこう　そこを言葉で埋めちゃうと、だらだらした印象になっちゃう。ラップの場合でも、緊張感のある場所で一音符あけた方が、聴いている人がぐっと乗り出して受け止める「間」になるというのはわかるんです。

兜太　それは、ずっと広げていくと、日本の文化における「間」の問題に接続するんでしょうね。

せいこう　結局、そういうことになるんですね。でも、ここまで考えて出てくるんだったら僕も納得できる。切れの問題として考えて、「一瞬の間」というのがイメージを切り離した上でくっつけてみせる詩形の上での効能なのだと言われれば、たしかにその方がリズムとしても必要だということがよくわかります。

兜太　だから、口語発想で口語書きをする人たちが切字に対して疎遠になっているということはやはり見過ごしにできないという気がする。定型詩で書く以上、それじゃだめなんじゃないかと思うな。

せいこう　詩形ではなく、ただの十七文字になってしまうよと。

兜太　かつての自由律俳句や、戦後の口語俳句の陳腐化と同じことになるよと。どちらも陳腐化してつまんなくなっちゃったんですよ。もう少し例を挙げましょうか。

切字は意味を多重化する

バルコニーで文庫一冊分の陽灼け（東京都・山田通代　第一回　大学生の部　大賞）

大賞句ですがね、これは単純なことなんですけど、「で」が要るか要らないかという問題です。私のような切字尊重論者から言うと「で」はむしろ無い方がいい。「バルコニー文庫一冊分の陽灼け」とすべきである。これは「名詞切れ」と言いますけどね。この場合、音歩論で言うと「コ」の下に一字、無声音を取るんだな。「バルコ・ニー」とね。だから「で」は要らなくなっちゃう。この句はその方がいいんじゃないかと思ったんですがね、どうでしょう。

せいこう　はい。もうよくわかるようになってまいりました。

兜太　エッヘヘへ。

せいこう　この「で」を入れてしまうと、そこにいる人が映像として、最初からひとつのものなんですよ。バルコニーに人がいて陽灼けしているのがわかる。「で」が無い場合は、今度は誰もいないバルコニーの情景も浮かぶんです。そして、どこかで陽灼けしている人のことも浮かぶ。複数の情景が読み手の中で重なるんですね。「バルコニーで」と説明してしまうと、たったひとつの絵しか浮かばない。そうなると散文でも説明できるのではと思ってしまう。

兜太　そういうことですね。次に、

お小言は湯のみの中をみて我慢（神奈川県・上本道成　第一回　高校生以下の部　優秀賞）

これは子供ですね。まさに口語発想の口語調ですよね。だけどもこれ、「お小言や」と、文語の切字を使ってみたらどんなもんかっていうの、どうですか。「お小言や湯のみの中をみて我慢」としたらどうか。

せいこう　はあはあ。今のままだと、これ、川柳ですよね。

兜太　そう、全体的にゆるいですから。

せいこう　「お小言や」にすると、一気に、ああ、そうか、俳句っぽいなということ

がある。

兜太　そうそう。これ、切字の働きですよね。

せいこう　なんでかなということを考えてみたんですけど、「バルコニーで文庫一冊分の陽灼け」に戻りますが、「バルコニーで」にせずに「バルコニー」で切ると、なんとなくの主語みたいなものがバルコニーにもあるし、お日さまにもあるし、そこで寝ている人にも感じられる。「バルコニーで文庫一冊分の陽灼け」だと、陽灼けをしている人だけが主語なんです。

兜太　はいはい。

せいこう　それで「お小言」の句に行ってみます。「お小言は湯のみの中をみて我慢」だと、お小言を言われている人しか浮かばないんです。それを「お小言や」にすると、お小言自体が主語のようにもなる、我慢している人ももちろん出てくる。主語がひとつじゃないというか、主体がひとつじゃないというか、焦点がひとつじゃないというか、複数の要素が出てきて、お小言自体のことも考えちゃうし、お小言を言う側のことも、言われる側のことも考えてしまう。だから、ひょっとすると俳句というものが持っているのは、主語をひとつにしないということ。それが金子さんの言っているアニミズムにも通じるんじゃないかなという気がするんですよ。お小言の側にも立っちゃう。我慢している人の側にも立っちゃう。バルコニーの側にも立っちゃう。文庫もお日さまも陽灼けしている人も出てきて並んじゃう。味わうときの取捨選択はあなたにお任せするという感じが、この例でわかる気がする。

兜太　やっぱり切字というのは、ひとことで言うと曖昧化というか、曖昧の美意識というか、そういうものを喚起するんじゃないかということが言えるんじゃないでしょうか。

せいこう　切れは音の上では鋭いけれども、意味の上では、物自体までも主体になってしまうような機能がある。曖昧というより、むしろ「多重化」と言った方がいいような気がする。

兜太　大げさに言えば、書かれているすべてが一種の霊感を持つというか、精霊を帯びるというか、そういう感じ。

せいこう　擬人化されるというか。

兜太　うん、それはまさにアニミズムですね。

せいこう　いろんなものが、同じ立場になっちゃう。

兜太　その面白さが、切字によって出てくる。原句通りだと、わかりきっちゃうけど、「お小言は」を一文字「お小言や」にするだけで違ってくる。それから、さっきみたいに「は」を消しちゃって、一字あけたり読点を打ったりしてやると、これもまた切字と同様の働きになってきて面白いですよ。「お小言、湯のみの中をみて我慢」。どこか曖昧だけど妙に面白い。だからね、切字というのは微妙な働きがあると思うな。

せいこう あるいは助詞の怖さというやつですね。

兜太 ところがこの人たちは、切字の曖昧さを忌避するんですよ。

せいこう 多重化したくない。

兜太 俺はそういうのは散文化現象と言って、詩の文化の衰弱だと思っているんですがね。曖昧の方が面白いと、これは勝手な思い込みですけど。

せいこう いや、僕の言い方で「多重化」した方が面白いという意味だったら、それは充分にわかる。例えば「バルコニーに」とか「バルコニーの」だったらまだいいと思う。それは多重化というより曖昧化なんですけど、「バルコニーに文庫一冊分の陽灼け」にすると、陽灼けというもの自体が、簡単に言ってしまえば擬人化されて立ち上がってきますよね。「バルコニーで」だと、非常に限定的に場所を表わしてしまっていて、説明になってしまうんですね。そして説明は、詩的には貧弱だということになる。助詞ひとつの扱いでまったく別なものが対象や主体となって表われてくる機能がある。アキレス腱なんですね、やっぱり。

兜太 「バルコニー」の句はね、「で」も「や」も蜂のアタマもなくて、これ、一字あけたらどうですか。「バルコニー　文庫一冊分の陽灼け」。

せいこう これは強いですよね。

兜太 切字というのは面白いでしょう。

せいこう うん、ここが肝《きも》だ。

兜太 前にも話したこの句ですが、

白菜がまじめに笑って立春です

この「が」は、今思うと説明っぽいんじゃないかと。「白菜やまじめに笑って立春です」にすると、白菜が笑っているようでもあるし、自分が笑っているようでもあってかえって面白いんじゃないですか。「が」に近くするなら「白菜の」。これなら確かに白菜が笑っていることになりますが、「の」の方がまだ柔らかくていいんじゃないかと。

せいこう 「の」は、主語を柔らかく受けるというお話でしたよね。

兜太　「が」より「の」の方が柔らかく感じるということは、多少、切字的な要素が働いたということですね。無声の効果、沈黙効果が働くということです。

せいこう　そうか、指示を弱めているわけだから、限りなく「無い」に近いんだ。

兜太　そうです。まばたきしている程度のものですね。

せいこう　目配せをちょっとしているぐらいで、あとはこっちに考えさせるという か、移入させる力がありますね。こっちは読み解こうとしますからね。

兜太　助詞の使い方の中で、そういう目配せ効果というのは大事だということです ね。

「ひっくり返し」で良くなる句

それから、ひっくり返すと良くなるという添削のやり方がありましてね、その例な んですけど、

押しつけて耳痛くなる君との電話（大阪府・藤田智築　第一回　大学生の部　優秀賞）

これを逆に「君との電話押しつけて耳痛くなる」と、こうひっくり返した方がリズム感が出るんじゃないですか。

せいこう　なるほど、じゃ、「君との電話耳押しつけて痛くなる」はどうですか。それでは通りが良すぎちゃうんですか。

兜太　その方がはっきりしますね。

せいこう　でも、つまらないか。耳押しつけて、痛くなるまでに飛躍がないですものね。「押しつけて耳痛くなる」の方が、気持ちを押しつけているようにも読めるし。僕はやっぱり散文的な感覚で直しちゃうんですね。

兜太　でも、これははっきりわかるように書いた方がいいかもしれんよ。要するに事柄は率直に伝えちゃって、その事柄の持つ余韻を楽しめばいい、そういう句ですから。それからこの句、

消印の波に貝がら終わる夏（埼玉県・五島星也　第一回　大学生の部　優秀賞）

これも「夏終わる」の方が韻律が整うんじゃないか。つまりリズム感が出るんじゃないかと思うんですがね。「消印の波に貝がら夏終わる」。

せいこう　そうですね。元のままだと、貝がらが終わるのか波が終わるのかというふうに迷わせてしまいますね。それは良い曖昧さじゃない。「夏終わる」なら、終わるものがはっきりしているので、波や貝がらが浮かんだまま充分に余韻がある。どこにかかっているのかが曖昧になっちゃうと、それはやっぱりだめなわけでしょう。

兜太　だめだと思いますね。

せいこう　いくら曖昧の美学といっても。

兜太　まったく曖昧では困るわけです。

ふいに抱かれて背中越しの水平線見る（高知県・加藤真実　第九回　秀逸）

これはいかにも散文的でしょう。こういうのはやっぱり韻文にしなきゃいかんということで、「ふいに抱かれて水平線見る背中越し」とひっくり返す。あるいは「ふいに抱かれて背中越し見る水平線」。

せいこう　あるいは「背中越しなる水平線」。

兜太　そうそう。そんな直しをしてみると、やっぱりここでも切字意識が働いていて、「ふいに抱かれて」で軽く切れて「水平線見る背中越し」、あるいは「背中越しなる水平線」。最後は名詞切れです。この力ですね。これと「抱かれて」の軽い切れと、この重なりがいいわけですね。

せいこう　「て」も抜いてしまったらどうだろう。「ふいに抱かれ」。この「て」が、なんとなく手持ちぶさたという感じがするんですね。無くてもわかるわけですから。

兜太　「ふいに抱かれ背中越しなる水平線」。いいじゃないですか。こういう直しをしてみると、ずいぶん違ってくるんだな。やっぱり基本に切字意識が働いているということですね。この句もそうですよ。

今までに何度殴《なぐ》りつけた鏡（京都府・猪幸絵　第九回　秀逸）

これなんかは、「今までに何度か殴りつけた鏡」と、「か」が入らないといかんのじゃないか。原句は逆に、切字意識が強すぎたんじゃないかな。あるいは日常がそのまま持ち込まれたということかな。

せいこう　「何度」と「何度か」では、微妙に意味が違うわけですが、そこがちょっと拙《つたな》かったのかもしれない。「何度」だと、後に疑問文が来なきゃいけないですよね。「今までに何度殴ったのか」じゃなきゃいけない。「何度か」なら、疑問文ではない形で収まる。
さて、で、そろそろアニミズムの話に入ってもいいんじゃないかと思うんですけど。

アニミズムは不思議な身体感覚

兜太　アニミズムの例としては、この句はどうかと思ったんだ。

せみのからおめめもいっしょにぬいでいる（和歌山県・田伏佑規　第七回　小学生の部　優秀賞）

いわば、アニミズム初等科という感じかな、あんまり複雑性はないですけどね。

せいこう　でも、五歳くらいの子の目では普通「せみ」と言ったらせみのままなんだけど、この句では「おめめ」も同等なんでしょう。せみの一部なのに、おめめという部分までが並列化している。部分がせみ全体と同じ価値を持って見えているということだから、さっきの話の、対象がすべて並列に出てくるという法則で言えば、やっぱりこれはアニミズムですよね。

兜太　それからね、

まつぼっくり前歯一本ぬけてるよ（兵庫県・工藤早矢香　第七回　中学生の部　優秀賞）

こういうの、私は濃厚にアニミズムを感ずるんだけど、どうですか。

せいこう　擬人化ですからね、激しく。それで、まつぼっくりに対して、ちょっと可哀想だなと思っているという姿勢。

兜太　「まつぼっくり」と「前歯」というのが偶然にそこで出会っているというか、その感覚が、非常にアニミズムの感覚なんじゃないか。なんでまつぼっくりなのかって疑問が出ますでしょう。

せいこう　えっ、それはほら、まつぼっくりのかさが抜けていて、前歯が一本抜けているように見えているんじゃないですか。

兜太　そうか、ああ、それもあるな。俺はね、むしろ自分とか、誰か人間の歯が一本抜けていて、それでまつぼっくりがそこにころんと転がっているという……。

せいこう　あ、そう取るか。もしそうだとしたら、二物配合じゃないですか。

兜太 配合して、しかもそこに不思議な雰囲気があるでしょう。私はね、不思議な雰囲気というのを配合でかもし出すその度合いが、アニミズムの度合いにもなるんじゃないかと。うんと不思議なものが出てくれば出てくるほど、その人のアニミズムが深いんじゃないかと、こう思っているんですがね。

せいこう そのふたつの対象をつないでいるものは言葉では言えないけど、何か確信があるということですね。

兜太 そういうことです。それを不思議という言葉で言ったんですがね。例えばこの句、

そばかすがふえて私はひまわりだ（鹿児島県・恵原ふみ　第七回　中学生の部　優秀賞）

たしかにひまわりの花を見ていると、そばかすみたいな黒い種がくっついているというのは間違いないけど、この句にはそれ以上のものがありませんか？　そばかすの増えた自分とひまわりの組み合わせということの中に、妙なヴィヴィッドさというか、生々しい配合感があって、そこに不思議な感じが出ているというか。

せいこう 配合の妙となると、深すぎて僕はまだわかりません。逆にこの句は付きす

ぎてる気がしてたんですが。少なくとも、やっぱり小・中学生ぐらいでは、対象と自分が同じになりますね。同一化するとか擬人化するということだけじゃなくて、自分がそちら側に回り込んじゃうというか。それは傾向として大人よりも自然ですね。

兜太　この句はどうですか。

ひばりなくみたいなママのおともだち（群馬県・青木亮馬　第五回　小学生の部　優秀賞）

非常に単純と言えば単純なんですが、ママのおともだちがひばりの鳴くみたいに喋っている、言われてみればそれだけのことだけど、それだけのことだと言い切れないような、ひばりとママのともだちという掌握の仕方ね、そこにこの坊やのアニミズムを感ずるんだな。

せいこう　この句を読んだ場合に頭に浮かぶものは何かというと、人間ともひばりともつかない形でママのおともだちが出てくるわけです、そこがすごい。

兜太　そうそう、俺もそれが言いたかった。姿がひばりに見えてくるでしょう。それがこの句の不思議さというか強さだな。

せいこう　人間がひばりのような声で鳴いている絵は、不思議と浮かんでこないんです。なんだかヌエみたいなやつが……（笑）。この語順じゃなくて、「ママのおともだち」が先に来ていたら、また違う印象だったかもしれない。「ひばり」から始まるんで、それが頭に埋め込まれちゃって、ママのおともだちは人間のはずなのに、嘴《くちばし》もあるっていうふうに思えてしまう。これは文字でなければできないイメージでしょう。

兜太　何か妙な感じ……、それがアニミズムの世界だと思うんですがね。

兜虫《かぶとむし》おまえもひどい日焼けだな

これは前にも話題にしましたが、アニミズムと言ってもやや普通でしょう。やや図式化された感じかな。

せいこう　これは、穿《うが》ちですね。いったん知的な処理がなされている。つまり、比喩になっているわけですね。そうすると、さっきの妙なヌエは頭に浮かんでこない。

兜太　そういう感じ。これはどうでしょう。

お月さまおつゆに入れてたべたいな（千葉県・根本健太　第八回　小学生の部　優秀賞）

どうもね、「お月さま」というのが妙な感じに思えてきませんか。不思議な物体に見えてくる。

せいこう　おいしそうなお月さまって、考えたことがなかったなあ（笑）。

兜太　イモとか、そういう丸い食べ物とも違うし、月の光まで見えてくる感じもする。こういうのがアニミズムの感受性じゃないかと思うんですけど。それから、この配合のうまさ。

せいこう　対象が対象として決まりきって見えないというか、いろんなふうなものとして見えてきてしまっているという、そういう感覚ですね。

兜太　さっきから話してきたように、曖昧なんだけど、芯の感じられる曖昧さというか。

せいこう　指すものが何かわからないけど、皮膚感覚でなんとなく読み解ける気がするという範囲の中にいる——そういうことですか。

兜太　そう、そういう不思議さの得られたときが、アニミズムが働いたときだと言えないかなと思うんです。

けんかして体のまわりふぐになる（神奈川県・松冨彩子　第八回　中学生の部　優秀賞）

これなんかは、大人たちの乾いたアニミズムからは絶対得られないものじゃないですかね。

せいこう　けんかして、ぷーっと怒ってふぐになったというんだったら、別になんていうこともないことなんだけど、体のまわりがふぐになるというのは、この人の皮膚感覚なんでしょうね。この身体感覚は奇妙ですね。僕もひとつ挙げると、

水のめば水が話しをしてくれる（山口県・小林よしえ　第八回　小学生の部　優秀賞）

これ、好きな句だったんですよ。結局よくわからないんだけど、それでもどこかでこの感覚はわかるなという気がして、つい何度も読んでしまう。のどで水がキュッキュッと鳴ったのかなあとも思うし、からだの中を通るときに、なんか話をするようにして通っていくという身体内部の感覚なのかなあとも思う。清冽《せいれつ》な感じもあり、親しみもある。すごいな、こんな言葉がよく出てきたなと思います。

一茶の中に感じたアニミズム

兜太　賛成だね。それで、俺なりの理解では、アニミズムというのは個々のものに具体性を感ずるということがひとつの条件だと思うんです。それからその個々のものに、霊魂とか精霊とかいうものを感ずる、それがふたつめの条件だと思う。ちょっと物知りぶったことを申しますと、アニミズム以前の原始信仰の形態の中で、アニマティイズムというのがあるでしょう。アニマティイズムでは個々のものに具体性を感ずるんじゃなくて、全体に精霊を感ずるんです。それを個々のものに感ずるようになるとアニミズムになる。この句なんかまさにピタリなんじゃないですか。水それ自体に具体性を感じているばかりか、何かしら精霊を感じているわけですよ。

せいこう　精霊というのはどういうものかを推測すると、機能としては限りなく人間に近いことをするんだけど、人間ではないものですかね。だから、それは話しかけてくるということがいちばん近いですよね。例えばお化けを見たと言う人も、だいたいは話しかけられている。言葉はなくても、何かを言いに出てきたと思い込む。その感覚ですよね、これ。

兜太　得も言われぬ神秘性とか、そういう言い方で言えるかどうか。

せいこう　さっきの「バルコニー」で切った場合の「文庫一冊分の陽灼け」というのも、「バルコニー」「文庫」「陽灼け」と、個々のものがそれぞれ浮き立ってきてますよね。アニマティズムで全体的に何かが自分を貫いているという感覚から、個々のものに何かを感ずるというのは、人間の知性と言ってもいい。個々のものの違いを、非常に好奇心をもって見られるようになったということですね。

兜太　「水のめば」の句なんか、その手本みたいな句ですよ。

せいこう　金子さんね、そういうアニミズムのようなものを非常に大事に思い始めたのはいつ頃からですか。

兜太　小林一茶を読んでからです。昭和四十年代の初めかな、一茶の句を読んで、不思議な感じ、何かぬめぬめとした、生き物のような感じ、それがあるっていう感じがしてね、何だろうと思っているうちにアニミズムという言葉にたどり着いて納得したんですけどね。一茶は十五歳まで農家で育ったんですが、やっぱり土を耕す農家というのは、土からものを得て、それをまた土に還しているわけですね。そういう生活をしていると、自ずからそういう体感が育つんじゃないでしょうか。

せいこう　農業というのはひとつのサイクルですね。自然を破壊するからこそ罪の意識も感じるし、お祭りもするし……ということが複雑な目を作ると思うんです。森の木を切ってそこを畑にせざるを得ない場合に、切った木をじっと見る。呪われたくないから、儀式をする。そのうちに、そこに神さまというものを感じるだろうなあと、そういう意味ではよくわかりますね。

兜太　俺もアニミズムに気づいてから、日本の農民というのはそういう感覚を濃厚に持っているのに、なぜこんなに自然破壊をしたのかという疑問がなかなか解けないでいるんですけど、どうも、癒《いや》しのための祭礼とか儀式とかをやっているということが一種の解決になるような気がするんですけどね。

せいこう　自然を破壊しなければ人間は生きていけないんだから、ある程度は仕方がない。その場合に、神さまに断って森に入るとか、そういう気持ちがあるかないかでずいぶん違うと思いますね。そういう気持ちがあれば、余計なところまでは耕さないはずだから。やっぱり自然が脅威でなくなっちゃったんでしょうね。

兜太　それと、より富を得たいという経済的な欲望というか……それが大きい。

せいこう　私有財産ということですね。実際に木を切る人とそれによって利益を得る人が分離するわけだから、罪の意識はやがてなくなりますよね。お祭りも必要じゃなくなるし、アニミズム的な感覚もなくなっていく。

兜太　こういう句を見ていると、アニミズム的なものを辛うじて感ずるんですけどね。

せいこう　やっぱり子供の視線というか体感では、まだ普通に出てくるんですね。子供って、半分動物みたいな状態だから。

兜太　大人でも、そういう人もいる。

せいこう　あっははは。いるわけですね。

兜太　そういうのが俳人にいる（笑）。

せいこう　だから俳人になれるんでしょう。アニミズムの感覚がない人は、いい比喩は出てこない。

兜太　話は飛ぶけど、中原中也っていう詩人なんか、アニミズムの詩人という見方はできませんか。「ホラホラ、これが僕の骨だ」という詩みたいなのとか、「サーカス」の「ゆあーん　ゆよーん　ゆやゆよん」とか、ああいうオノマトペアが出てくるというのは、そういう体質なんじゃないかなと。それからあの人の詩は意外に難しくないでしょう。一種の歌謡調というか。そういう大衆性を持っていたということの中にも、アニミズムの働きを感じたんですがね。

せいこう　ああ、どこか原始的なものですよね。というか、文学趣味におかされない抵抗力。

兜太　子供がオノマトペアを盛んに使うのも、現実体験が深まる前だよね。
せいこう　大人になっても、その感覚を掘り起こしながら書いていけば……。
兜太　だから一茶を大事に考えているんですがね。極論すると、二十一世紀は一茶に学べと。
せいこう　それは一茶的なものが失われてしまうからですか。それともさらに重視されるように。
兜太　しばらく失われていたんじゃないか、あるいは無関心の中に置かれていたんじゃないか。それをもっと関心を持って、もっときつく言えば復活させよ、呼び起こせと、そういうことなんですよ。一茶の句には、そういうものを感じる。「赤馬の鼻で吹きけり雀の子」とかね、こういう句の、生き物の配合の仕方にそれを感じます。ふたつを組み合わせるときに非常に微妙な組み合わせをしますよね。それが不思議な雰囲気を出すんです。「いのち」という言葉を使うとちょっと堅くなるかもしれない。生きているという感じ、生きているものの生々しさみたいなもの、そのものの持っている不思議さ——ある意味じゃ不気味さですね、今挙げてきたような句の中には、そういうものを感じるんですがね。

「いのちそのもの」をつかまえろ

せいこう　なるほど、なるほど。人間は普通、物事を言葉で文節化していくわけだから、このへんに例えばこおろぎがいても、「ああ、こおろぎだな」で終わっちゃうけど、もっと具体的にぬめぬめとそれを感じろということですね。パッとこおろぎを見たときに、あの独特のぬめっとした感じを、身体で感じられるのかどうかということでしょう。

兜太　そうです、ずばり、そういうことですね。

せいこう　生きていることの、ある種の不気味さと喜びということ。

兜太　俺なりの言い方をすると、私たちはこおろぎというのを、「こおろぎ」という言葉と既成概念で感じている。そうではなくて、こおろぎそのものを感じる――そうした総体的な感じ方がアニミズムの働きだ。今までいろんな既成概念で覆われていた、あるいはいろんな言葉で形式化されていたものを乗り越えるというか。私はよく「ウル」という言葉を使うんですよ。原風景とかの「原」という意味。例えばこれは例のゲーテさんが言った言葉で、馬はプフェルトと言うんですね。それに対して原馬という言い方、ウルプフェルトという言い方があると。馬という概念世界じゃなくて、馬そのもの、ぷりぷりした、まさにいのちのかたまりである馬そのもの。ゲーテは「根元現象」を見ていたということのようです。——そういう感じ方ね、それが大事なんじゃないかと。

せいこう　それはフロイト的に言うとアンハイムリヒというやつですね。世界を不気味な、親しみのない状態として見る。いわゆる神経症だか統合失調症だか忘れましたけど、そういう人たちは常に世界をあまりに生々しく感じているので、怖くなったり狂気に陥ったりする。社会化された自分が揺るがされるような、そういう視点もちゃんと取っておかないと、ものを生々しく感じないまま、コップ、テーブル、灰皿、水って言って終わってしまうわけですね。むしろすべてを慣れ親しんでいないものとして新鮮に、不気味に生々しく見る。

兜太　俺はエロスに対してウルエロスなんてことも言うんですがね。エロスの素《もと》みたいな感じ。

せいこう　いのちそのものの躍動ですね。そこからぬめっと感じたものを言葉で叩き出せと。

兜太　そうするとね、言葉も蘇るんじゃないかと。今、あらかたの言葉が死んでいるような気が——少なくとも形式化している気がするんですが、それを蘇生させる力なんじゃないかと。

せいこう こおろぎを、今まで言われていなかった言い方で、それでも、ああ、たしかにこおろぎだという表現ができれば、こおろぎがもう一度鮮やかになりますものね。

兜太 そしてね、口はばったく言えば俳句のような短詩形が、案外それをいちばん実現しやすい表現形式かもしれない。長くなると消えてしまいますからね。

せいこう 長々とこおろぎのことを書かれても、辞書みたいになっちゃう。

兜太 そうです。俳句という形の中でそれが本当にできてくれば、二十一世紀の詩として大変希望の持てる形式になるんじゃないか、そう思うんですけどね。

せいこう そこで森羅万象が詠まれる。で、こおろぎについても秀句や名句が出ますよね。いかにもこおろぎらしい、いのちをつかまえた句。そうするとそこでできる句集というものは、「あ」から「ん」までいろいろなものの、体感できる辞書みたいになる。

兜太 さよう、さよう。体感なんですよ。

せいこう これは散文では難しいですね。散文でもし、こおろぎのことを書いたとしても、例えばその文脈全体の中でこおろぎがたくさん出てくる意味とか、そういう

「関係」が出てきちゃう。文章の中で、こおろぎだけを物として突出させることができない。それはやっぱり詩でないと、短詩でないとできないというのは、よくわかるんです。

兜太　そう思いますね。それで、虚子が「有季定型」という言葉で言ったのは、単純に言えば伝統の美意識というのを大事にせいということです。

せいこう　花鳥風月ですか。

兜太　でも、そういう虚子のテーゼによって、今話してきたようなアニミズムというのが薄れてしまっていた。

せいこう　花鳥風月というのは、和歌からずっと来ている形式ですからね。極端に言えば、ものは見ないでも書ける。ということは、形式の中だけでできる。金子さんが言うのは、実際に感じてから書きなさいということですね。

兜太　そうです。ただ、虚子に反発するにしても、自己表現をやっていくんだという考え方でやってきた人の中には、あまりにも自己中心的になって、それもまたアニミズムを消しちゃうことになる。だから今までの俳句の中で、アニミズムがよく出ているものは非常に少ないということです。

せいこう　僕はむしろ俳句って、すごく擬人化して作っているイメージがあって……。

兜太　それは形だけのことなんですね。既成概念の中で擬人化という手法を使っているということなんです。

せいこう　形だけの擬人化というようなものは、月並みになることも多いですものね。

兜太　だから、私なりにアニミズム俳句の系譜を考えると、一茶の次には、子規の中におぼろげにあるように思うんですがね。その後は村上鬼城《きじょう》、川端茅舎《ぼうしゃ》、中村草田男なんていう作者のあたりに、それから今まで何度か話した渡辺白泉という新興俳句の作者、そのへんにあるような気がしますね。こういう人たちは、宮沢賢治並みの、ほんまの詩人だと思うんだ。宮沢賢治なんかもね、アニミズムに支えられているわけでしょう。だからね、そういう俳人もいたことはいたけども、全体としては非常に形式化されていたと思うんです。

せいこう　なるほど、そうか。

兜太　だからここで声を大にして、という感じがあるんですけどね。

せいこう　金子さんのおっしゃっていることは、一見、伝統的なようですけど、実はぜんぜん伝統的じゃないですよね。むしろ言葉の形式で成り立っていたのが日本の今までの詩であって、一回ずつに出会うものを書けと言っている方が、今までの形式に対して破壊的なんじゃないですか。それなのに伝統的に見えてしまうというパラドックスの中に金子さんがいるということがよくわかりますよ。

兜太　そう言ってもらうと私もよくわかります（笑）。

せいこう　松島に行かずして松島の歌を詠むということが、日本の詩の伝統ですからね。

兜太　その通り。そういう世界ですね。

せいこう　アニミズムでやれというのは、一回性です。一回出会ったこおろぎを、出会ったお前が書いておけということでしょう。それは今までの日本の定型詩にはないことを言っているんですね。かっこいいな、どうも（笑）。

兜太　かっこいいんだけどね、ただ、まだ遠慮して言わないでいたというか、言えない気持ちでいたんです。みんなは非常に成熟した美の世界というか文化というか、『古今』『新古今』の和歌の世界ね、あれを珍重するわけですよ。それもよくわかるんです。わかるけど、一方で今言ったようなことが欠落していることの物足りなさというか、危なさというか、俺に言わせりゃ二流性というか、それを感ずるんだな。

せいこう　うわー、大胆ですね。

兜太　これも大胆な話なんだけど、西行という人がね、アニミズムの世界にいたような気がしてしようがないんだ。仏教とともにね。

せいこう　西行にはあった?

兜太　あったと思いますね、和歌を読むと。

せいこう　「花の下にてわれ死なん」……。

兜太　うん。そこで自分の観念というか、思想というか、書かなけりゃいかんと――そんなふうに求めていた人じゃないかと思えてならんのですがね。だから西行の歌は『新古今』の中でも非常におかしいでしょう、スタイルが。

せいこう　他の歌の、単なる本歌取りで書いたようなものとは違うなというのは、素人でも感じますけど。

兜太　そうでしょう。こっちも和歌に対しては素人ですけどね。

せいこう　本歌取り自体は面白い文化だと思うけど、どのぐらい元の歌の価値転倒ができるかということを楽しんでいたはずで、その衝撃がないと、ただ保守本流なだけにも思う。知識がある人なら書けるわけですから。

兜太　便所に行ってものを書けば排泄でしょう。それなのに、排泄の後の紙にどういう紙を使うかということにもっぱら関心持ってるようなものなんだ。

せいこう　そうではなくて、排泄そのものを見よと。すごい批評だな（笑）。要するにアニミズムは日本の伝統の本流にはならなかったけど、そこにちゃんと触れてきた詩人はいるということですね。形式から逃れようとしつつ、形式のうまさを利用してきた人たちがいる。

兜太　そうですよ。そう言ってもらえると、俺もちょっと我が意を得たという気持ちになりました。

村上鬼城（一八六五～一九三八）◎鳥取藩江戸屋敷に生まれ、のち上州高崎に住む。俳人。大正期俳壇の高峰。「冬蜂の死にどころなく歩きけり」

川端茅舎（一八九七～一九四一）◎東京生まれ。画家川端龍子の異母弟。俳人。昭和前期俳壇の代表者。「金剛の露ひとつぶや石の上」

五：吟行はこうして楽しむべし

平成12年4月、埼玉県秩父にて

吟行の解放感

せいこう　いやあ、大変でした。吟行《ぎんこう》のやり方をぜんぜん知らないままにとにかく一緒に歩いて、面白いなと思ったことは頭の中で必死にどうにかしようとするんですけど、それをどこでどう発表しあって批評しあうのかもわからないので……。まずは吟行の流れというものを、歩いた後ではありますが（笑）、教えていただきましょう。

兜太　まあ、俳句を作る場面というのは、毎日の暮らしの中で作ることもあれば、小さな旅に出て作ることもあると。その、小さな旅に出て作るのを、われわれは「吟行」と言っているわけです。これがね、ひとりで旅に出て作る場合だと、意識は日常とさほど変わらないで、日常よりもさらに集中できるわけだから、それはそれでいいんですけどね。複数で、幾人かで行った場合になると、やっぱり相手を意識して緊張する場合があるんです。だいたいね、作ったものをみんなで見せあって批評しあって、時には点を取りあってみたりするでしょう、どうしても相手を意識するんですね。だから、すごく意識するタイプの人などは、あらかじめ自分の家で作ってきて、それを旅先で見たもので題材を修正して――というふうにすることも多いですね。そういうことはあんまり気にしないで即興的にものが作れる人は、これはもう旅先でどんどん、どんどん、臨場感で作る。まあ、吟行する場合はそれが原則ですね。

せいこう　作っちゃってから来る人がいてもいいというのは、俳句のちょっと不思議なところなんですけど、実際にそこにいなくても、いたかのように詠んでいいというような場合もあるじゃないですか。あれもOKなんですか。

兜太　それでいいわけですね。

せいこう　時に詠み手が、年齢を偽って詠むこともある。

兜太　はい、はい。

せいこう　さらには、女の人でもないのに、女の人のふりをして詠むということまであったりするじゃないですか。

兜太　構わない、構わない。

せいこう　不思議な文芸だな（笑）。

兜太　まあ、男の人が女の人になりすまして作るというのは、あとでそれがはっきりわかると非難はされますわね。されますが、それはそれで一向に構わないわけです。ましてや歳を偽るなんていうのは、これはもうぜんぜん平気のチャラですよ。

せいこう　平気のチャラなんだ（笑）。散文で言うとね、私小説全盛の時代なら、なんだそれは、おかしいじゃないか、自分のことを書け、それがリアリティなんだと言われますよね。ただ、僕は私小説派ではないので違う話をすると、小説の中には語り手がいるわけですよね。その語り手をどういう傾きの人格にしておくかということ——作者ではないもうひとりの人格が、どこに誰がいたとか、こうしたとか、こう思ったとか、時には人のこころの中にまでも入って書くわけですけど、この語り手の部分が自在なのが俳句なのかなあっていう気がする。だって、実作者と違う心境で書いていいわけでしょう。

兜太　そうです、そうです。

せいこう　そこが、自由と言えば自由、変と言えば変ですねえ。

兜太　あっははは。

せいこう　で、話は戻りますが、吟行にはどういう利点があるわけですか。

兜太　単純に言って、日常の中にいるよりも解放感があるということかな。解放感があるから、せいこうさんの言い方で言うと、平気で変身したり嘘をついたりということが、ふだんよりも自在にできる。

せいこう　吟行の方が、そうなんですか。実際出かけているのに。

兜太　もちろん日常でそれをやっている人もずいぶんいますよ。いますけども、吟行の方がやりやすい。解放感がある。

せいこう　そうか。自分の社会的な地位とか役割なんかを、旅では捨てられるんですものね。

兜太　そうです、そうです。

せいこう　そうすると、自分より年上の人の気持ちが身体の中をよぎるとか、そういうときにふっと作ってしまえば、それはそれでいいんだと。

兜太　そうそう。いいわけですね。

せいこう　なんだかそれって、旅っぽいですね。

兜太　旅っぽいですよ。だから、奥さんなんかは、にわかに旦那さんの立場になって作ったりするんですね。合評のときになって、こんな人いたかねなんて言うと、いえ私よ、なんて言う。亭主の気持ちが今わかったような気がしたので、そういう句を詠んだとかね。そんなようなことがわりと普通にありますね。みんなもそれを旅の気分で笑っちゃうからね、ぜんぶ水に流すというか、気軽にやれるんですね。

せいこう　それはほとんど、吟行療法になるんじゃないですか。

兜太　あっははは。そうかもしれん。

せいこう　ちょっとふさぎ込んだ気分のときでも、別人になれるんですもんね。

兜太　私たちはね、俳句は右脳を鍛えることになるから若返りの方法だというようなことをよく言ってますがね。吟行は特にそのためのいい機会なんですね。
せいこう　要するに、ふだんと違って、ちょっとした音に敏感になってみたり……。
兜太　そうそう、そういうことですね。

宗匠の権威も時に危うくなる

せいこう　人数ですけど、普通は宗匠がいて、あとの人は……宗匠以外は何と呼ぶんですか。
兜太　まあ、参加者。
せいこう　参加者(笑)。特に名前はないわけですか。宗匠がひとりいて、あとのみんなは平等な立場でそぞろ歩くと。
兜太　ええ。ただ、これも吟行というものの面白さでね、その宗匠の立場が非常に弱められる機会でもありますね。
せいこう　普通の句会よりも。
兜太　ええ。普通の句会だと、宗匠がトップにいて厳然と裁くというふうなことですけど、旅に出ると、宗匠も同じ旅人のひとりになっちゃって、ワン・オブ・ゼムになって作る。これは自ずからそういう状態になるな。だから宗匠がこの句を採ったから貴重だというような、そういう感覚はあんまりなくなってくる。

せいこう　それはこういうことですかね。旅をして、まあ、それぞれがどこを見ているかは別だけど、一緒のコースを歩いているわけだから、宗匠がある句を採らなかったとしても、別の人が、いや、あそこのムードがよく出ていたとかいうふうに言えば、そっちに流れる、と。

兜太　そうです。だから、仲間の気持ちに支配されるというか。五人で行って、ある句が宗匠をはずして三人の評価を受けたとなると、宗匠が俺は採らないと言っても、その方が重くなるんですね。そういうものはありますな。

せいこう　はあー、なるほど。言ってみれば吟行では、宗匠という役割さえも、他のものによってよぎられちゃう。みんなと歩いているうちに、自分もとにかく作る立場に一生懸命になっていかざるを得ない。

兜太　だから、宗匠によっちゃ、吟行を嫌がる人もいるんですね。それから、吟行していてもあくまで自分が宗匠の立場であるということを堅持しようとする人もいます。よぎられるのがつらい人はね。

せいこう　そうでしょうね。権威が危うくなるわけですものね。
兜太　そう。危うくなる。

句作りを楽しみ、酒を楽しむ

せいこう　俳句をやる人って、家の中にばかりいてもだめだとか、通勤で同じ景色しか見ていないのもだめだとかと言って、ちょっとしたお祭りがあれば出かけていったりして……実は僕の父親のことなんですけど、なんだかやたらに出かけるんですよ。
兜太　あっははは。そうでしょう。
せいこう　それはやっぱり、どこかで視点を変えないと自由になれないということがあるんでしょうね。ある程度続けていると、作り癖もついちゃうし。
兜太　そうです、そうです。それから、おそらくそういうときには俳句仲間と一緒に行くでしょうから、その俳句仲間との付き合いが好きなんでしょうね。その仲間うちの雰囲気に促されて作るという場合があるでしょう。それからもうひとつは、何と言っても、その後で一杯飲むじゃないですか。これが大きいんだ（笑）。昔ね、神保町の路地を入ったところに、紋章を描いている関本有漏路というおじさんがいまして、そのおじさんは、私の先生の加藤楸邨《しゅうそん》の弟子でしてね。私も楸邨の弟子だから、兄貴弟子ということかな。それでね、彼の家に仲間がみんな、たむろしていたんですよ、集まりやすい場所だし。そうすると彼はね、あなたのお父さんみたいに、もう年がら年じゅう吟行に行こう行こうって言うんです。だいたい一泊で、秩父なんかにもずいぶん来たんですがね。そのときに彼は、句を作ることも楽しむけどね、終わった後の酒も大いに楽しむんだよ。楽しみすぎちゃってこっちが困るというようなこともあったんですけど、そういう気分というのはあるんです。俳句を作ることと同じように、一種のリクリエーションですからね。それもやっぱり吟行の功徳のひとつになるんじゃないかな。

吟行は俳句の「晴れ舞台」

せいこう　なるほどねえ。そうすると、俳句というものは、「ハレ」のものなんですか、それとも「ケ」のものなんですか。日常を詠むということでは「ケ」のものかもしれないけど、吟行の場合は……。

兜太　「ハレ」のものだと思いますね。俳句というのは本来そうだと思います。もともとが「花の下連歌」なんて言われて、桜の花の下に筵《むしろ》を敷いて、みんなで五・七・五に七・七をくっつけて楽しんだ、あれから出発しているわけですからね。それの発句が独立したのが俳句なわけだから。だから本来は「連衆《れんじゅ》」というか、大勢で楽しむものでしょう。

せいこう　そうですよね。だって、前にお話に出た「挨拶句」だって、日常ではないですもんね。挨拶というものがあるということ、これは「ハレ」の場が一瞬にして作られて、何かが生まれてくるという、そういう文芸なんですね。

兜太　そうです、そうです。それでね、その連歌のもとはお公家さんたちが作ったやつでしょう。和歌の連歌とか殿上の連歌、有心《うしん》連歌なんて言いますわね。あれの場合は「ケ」の世界から抜け切れなかったんじゃないでしょうか。ひとりの世界が軸になる。だいたい、短歌が本来そうですよね。「歌合《うたあわせ》」なんかでは集まって作ったりもしますけど、本来、自分ひとりで籠《こも》って作る。それの競《くら》べっこです。それが今言ったような連歌にもそのままあったんですね。それが、いわゆる俳諧の連歌の世界になって、庶民の世界に入ったら、「ハレ」の世界にしちゃったんですね。

せいこう　なるほど。でも、普通は逆のイメージかもしれない。普通、短歌というと雅なもので、曲水の宴で水の流れに杯を浮かべて自分の近くに来るまでに詠むとか、そういうイメージで、俳句というのはむしろ日常的なものかなと思っていたけど、今のお話だと、変な言い方ですけど和歌を騒がしくしちゃったのが俳句なんだっていう感じですね。さっきおっしゃった「リクリエート」という言葉はぴったりだと思います、世界をクリエートしなおすということですからね。

兜太　そうだと思いますよ。俳諧の連歌を確立したひとりと言われている荒木田守武《あらきだもりたけ》という、伊勢神宮の神官がいましてね、『守武千句』（『独吟千句』）なんていうのを五年ぐらいかかって作ったと言います。千句と言っても、その頃は連歌の始まりの時期で、短連歌といって五・七・五に七・七をくっつけてひと組にした連歌なんです。これを五百組作ったということですね。それでその内容は要するに短歌でいう本歌取りとか、助平なんですね。あとは滑稽、諧謔とかそういうことなんですよ。それを見ると、守武が伊勢の森でひとりで作っていたと言うけど、その頭の中には花の下の連衆がいたと思いますね。

せいこう　要するに、受けるか受けないかという意識があると。ギャグって、必ず観客のことを考えて作るわけだから。

兜太　そう、受ける受けないということは、非常に考えたと思う。守武は本連歌――和歌の連歌の名手でもあるわけで、当然そういう教養を持っているわけですね。伊勢神宮の神官で、それだけ教養のある人が、なぜ一所懸命に助平な句を作ったかということ、それはやっぱりいかに受けるかということなんですよ。学者に言わせると、当時は応仁の乱の後ですから、守武は民衆の文化ということをひしひしと感じていた。しかも伊勢神宮自体は疲弊していた。それで、民衆に向かってアピールする必要を感じたのだと。

せいこう　人々の生き生きしたパワーを、自分の方にもらうという。

兜太　そういう意識が充分にあったと思う。

せいこう　誰が近代小説の最初かというときに、ロレンス・スターンという、十八世紀のイギリスのユーモア作家を挙げる人が多いんですけど、彼もやっぱり牧師というのか、宗教関係なんですよ。それで、もじる、パロディにする、はぐらかす——そういうことを作品の中でやっていて、それが初めての小説だと言われているから、俳句と小説というのは、どこか魂が似ている気がしますね。高尚なものは詩にまかせておけばいい。われわれは権威をひっくり返して笑わせたり、ドキッとするような趣向を使ったりして、民衆の方に明け渡すというか……。日本ではそういう感覚が、俳諧の中にあったということですね。

兜太　そういうことです。それで、俳句を「ケ」の世界のものだと思う人もいるっていう話ですけどね、それはやっぱり近代以降、正岡子規以降と見ていいんじゃないですか。芭蕉が俳諧の連歌を歌仙という形に整えた、その歌仙の発句を独立させて俳句と名付けたのが子規でしょう。その段階から「ひとりの行為」になっちゃったんですね。それを、伝統というものを引っ張り出して、俳句をもとの俳諧の連歌の形に戻すことのできる人だった高浜虚子までが、連衆との交わりが基本だというところに戻らないで、ひとりの世界のものとして取り組んで、例の有季定型なんていうことを言い出したわけです。そのあたりでどんどん個の行為の方に入っちゃったんですよ。

せいこう　その時期にはヨーロッパから、文学という観念も入ってきた。それに合わせて、俳句も同じような位置に立たせなければならないと思ったのかもしれませんね。おそらくスターンなどもそうだったと思うんですけど、小説は本来はサロン文化から出てきたものですよね。サロンという場があって、一章書いてみんなに見せたら大いに受けて、それじゃあ第二章も書こうって、そういうコミュニケーションがあってできてきたと思うんだけど、次第にそういうことがなくなって、孤独な作業こそが文学だ、みたいになっちゃうわけでしょう。でも、本来はそうではないような気がする。

兜太　だから、心ある者は挨拶という、俳諧の連歌の原型を絶えず頭におかなければいかん。実際に作るときも、誰かに向かって作っているという気持ちを働かせなければならんと。

せいこう　それが前におっしゃっていた「ふたりごころ」ということになるわけですね。つまり吟行の中には、ふたりごころが自然に出る。

兜太　さよう、さよう。

せいこう　自分が何に驚いたかということと同時に、他人は何に驚いたのかとか、あの人にはこうも見えていたかな、でも僕にはこう見えたとか、そういう問答が生まれてきますよね。

兜太　そうです、そうです。

相互作用の中で句を作る

せいこう　そういうことを体験して、とても面白かったですよ。今日は金子さんが、ちょっと早く待ち合わせの場所に着いたから喫茶店で一句作ってみたんだなんて言われて、いきなり宗匠から一句出ちゃったりして、カマされたわけじゃないですか。こっちは慣れてないわけだから、いきなりそういうプレッシャーを受けて、まずいなあと思ったりして（笑）。そういうことを駆け引きと見ることの面白さみたいなものもあるし。ひとりで作っていたら、そういう相互作用はないわけですものね。

兜太　作った後には句会を持って、発表しあって、点をつけてみたり……。

せいこう　それはどういうふうに発表するんですか。

兜太　普通は無記名で紙に書く。それを一座に回して、みんなで採りあって、発表するわけです。

せいこう　これがよかったっていうのを採るわけですね。

兜太　例えば金子兜太選、いとうせいこう選とか言って、読み上げる。すると横に記録する者がいて、どの句は何点とか点を出すわけだ。

せいこう　書記みたいな人がいるんですね。

兜太　そうそう。そして、そのうちの点の一番高いやつから批評でもしましょうというんで、みんなで合評する。そういうふうなのが原則なんですがね。「ホトトギス」あたりの、まだ古い形を守っているところの人たちは、合評はあんまりしないみたいだな。点数だけを確認しておしまい。その代わりそういう簡単な句会をのべつ、やるんですな。季題なぞを出したりしてね。その場で出すのを「席題《せきだい》」、あらかじめ決まっている場合は「兼題《けんだい》」というんですが、いったん終わると季題を変えて、はい、今度はこれで行きましょうとか言って、また作る。それでまた句会をやる。季題は出さない場合もあるけどね。そういうふうに、のべつに句会を連続するという形が、旧派の中には多いですな。

せいこう　というと、つまり、江戸の頃にはそういうふうにやっていたんですかね。

兜太　だと思います。吟行に行くというのは、それを楽しむわけですから。要するに作っちゃ、みんなでわあわあやる、これが楽しいわけですね。良い句悪い句というのは、その場で褒《ほ》められるか褒められないかだけで終わっちゃう。後あとまで、あれはいい句だったなんて言う必要はねえという感じだったんじゃないかな。それが、われわれの時代になると慎重になっちゃってね、ある意味じゃ面白くなくなっちゃったんだけどね。でもまあ、一泊で行くとするでしょう。そうするとまず目的地に着いて、二時間ぐらいかけてふうふう言って作る。締め切りの時間を設けて、何時までに作るということにするわけです。そうするとみんなあちこちに散らばって、一所懸命、頭抱え込んで作るわけですよ。それを持ち寄って句会をやる。それで点を取って、みんなでわあわあ合評をやる。それで一日終わっちゃうんです。翌日はまた朝早く起きて作って、午前中に一回、句会をやって、午後に帰るぐらいまでの間にもう一発やるという具合ですね。旧派の人たちは連続句会方式が多くて、現代派の連中だと、けっこう時間をかけて作る。どうしてこういう違いが出るかというと、現代派の連中というのは、その場で自分の想像力をかきたててイメージをしっかりまとめて作るから、時間がかかるんです。だけど、結果としてそんなにいい句ができるわけじゃない。むしろみんなでわあわあ言いながら作っている方が、いい情感が働いたりするということがあるね。

せいこう　要するに、みんなでああだこうだとやっているうちに、誰かが言った下五を取り入れるといいとかいうふうに、他人の言葉が、自分の身体をよぎって入ってくる。

兜太　そうそう、そうそう。

せいこう　自分だけの言葉を追求するより、みんなでわあわあやる中で他人の言葉を取り入れたり、自分の言葉が他人に使われたりしている状態の方がクリエイティブですね。言語が運動しているというか。

兜太　ええ。それが、イメージ作りを一所懸命やるという形の最近の句会になってくると、そういう運動から受ける影響というのはあんまりないんだけど、その代わり、すごくいい映像を打ち出すやつがいるんです。それは影響するんですよ。その次の句会のときに必ずその影響を受けたやつが出てきますね。そういう収穫がまた別にあるんですけどね。

せいこう　なるほど、そういうこともあるのか。

兜太　私の場合は、秩父で年に二回ほど、二泊三日でやるんですわ。その句会は「道場」なんて言ってるんですがね。この場合ですと、句会の数は初日の晩に一回と翌日二回、それから三日目に一回で計四回なんですが、面白いことに、四回目の句会っていうのはいい句が出てくるんですよ。

せいこう　練られていく。

兜太　練られていくし、それまでに出た、いい句の影響も吸収しているというわけですね。

せいこう　イメージのことで言うと、言語そのものというよりは「見る角度」を交換しあうということですね。視点のようなものを交換しあうから、お互いにこんな見方があるのかと、自分だけに籠っていては見られない角度が得られたりする。

兜太　そうです。そういう刺激は非常に大きいですね。

せいこう　やりとりですね、結局は。

兜太　そうです。だから、旧派の吟行を動態的とすれば、われわれがやっているのは静態的と言っていいかな、そういう吟行の持ち方をしているわけだけど、結果的にはやっぱり大勢で作っている、その効果は変わらないですね。家にいてひとりでやっているのと違って、吟行の効果というのは大きいと思いますし、それは俳句の本来の形なんですね。

せいこう ちゃんとした同人の句会じゃなくても、気の合う連中で旅行にでも行くときに、じゃあお前が宗匠やれとか言って、遊びでやっても面白いかもしれませんね。

兜太 いわゆる俳句の世界の外にいる人たち、小沢昭一さんとか、芸能関係の人たちもそういうことをおやりになるようだけどね、その人たちの句の面白さというのは、交流しながらやるというところから出てくるものが大きいんじゃないかな。悪口もけっこう言い合うようだけどね、それがまたかえって刺激になる。

人数は五、六人が理想的

せいこう 吟行には、適当な人数というのはあるんでしょうか。

兜太 頻繁に句会をやるという形なら、やっぱり五、六人がいいみたいですね。せいぜい十人が限度で。あまり大勢だと、句会に時間がかかっちゃうし、重ったるくなる。静態型の、ゆっくりやるタイプの場合でも、まあ二十人まででしょうね。それ以上になると、互選の後の合評のとき、批評が充分に届かなくなるんですね。自分が作った句がぜんぜん採り上げられない人が出てくるというのは、あまりよろしくない。やっぱり批評されるということで、ずいぶん刺激されたり、人の中にいて作っていく効果が出るわけだから。うちなんかの今の状態は妙に増えちゃって、五、六十人になるんですがね。

せいこう すごい人数ですね、それは。

兜太 そうなるとね、主宰者の私が最後に総まとめの批評をするんだけど、それが結局、いちばん効果的になっちゃって、お互いの合評なんていうのはあんまり届かなくなるんです。やっぱりそれはだめでしょうね。そうなったら、べつに吟行する必要もなくなるような感じもする。ほどよい人数で動きながら作っていくということだな、吟行は。

せいこう 例えば夫婦ふたりで出かけてお互いに批評し合って、というのは、吟行とは違う形になってしまうんでしょうか。

兜太 ちょっと違う雰囲気ですね。それをやる人は、けっこう増えていますがね。

せいこう カップル吟行ですね。

兜太 定年退職した後のご夫婦に多いですね。そういうふうに出かけて作ったんですよって、後から見せられることがあるんですが、けっこうしっかりした句を作りますね。お互いに批評しあったりして、鍛練しあっている面があるんじゃないかな。

せいこう　遠慮ない仲だからできるということもあるんでしょうね。考えている時間に、ああ、あの人は今、考えているから話しかけないでおこうとかいうことも、夫婦だからよくわかったりして。ともかく今回みたいに、宗匠は兜太さんひとりで、参加者がいとうひとりというのは、きつい形なわけですね。

兜太　これは邪道ですね（笑）。

せいこう　邪道だったのか（笑）。

兜太　だから今回は宗匠と参加者というような関係じゃなくて、友人という気持ちで、お互いに悪口の言いあいでもしながらっていう気持ちで考えてたんですけどね。だから気軽にやってもらえばよかったんですよ。

せいこう　今日は秩父市内の小鹿坂《おがさか》という遺跡へ行って、それから金昌寺《きんしょうじ》というお寺へ行ってと、何ヵ所か回りましたよね。それで行く先々で、一句作っとかなきゃまずいなあ、どうしようかなあと思うんだけど、兜太さんが道々で話してくれる話も面白いから、そっちに気がいって、あれ、さっき俺、何を考えてたんだっていうことになって。ここ（対談場所）へ着いて、一所懸命思い出しながらメモったんですよ。今日はそれを添削していただこうというわけです。そういう犠牲者としてやってまいりました。
兜太　あっははは。だからこっちも宗匠というよりも友人気分で、そこはどうかなというところは率直に言うつもりですけどね。
せいこう　言ってください。でも、宗匠から先に出ちゃったのが、

桜散る柱穴五つ石器七つ　　兜太

さっきも言ったように、今日は会うなり「こんなのを作った」と言われちゃった、初体験の人間としては大いに焦ったわけですが……。
兜太　これはきわめて即興的な句です。奇数に興味を持ったものですからね。
せいこう　さっき行った遺跡ですね。遺跡の柱の穴が五つで、そこに七つの石器が置いてあった。
兜太　石器と、七という数字に何か関係があるのかなということを考えると、面白いですね。
せいこう　それで、五・七・五の世界にそれを入れてみたという、兜太さんの洒落っ

気ですね。

ひとつ何かがつかめると、ほどけてくる

兜太　今日は最初に遺跡に行ってみようと、私の方から提案したわけですが、それで遺跡のことをちょっと調べてみたときに、その石器と柱穴の奇数のことが印象に残ったんでしょうね。とにかくその場面で自分の印象に強く残っているものを題材にしていく――普通、吟行はそれで始まりますからね。不思議なもので、ひとつ何かがつかめると、ほどけるんですよ。そいつをぐーっとネタにして一句作っちゃうと、ほどけます。

せいこう　そうすると、いろんなものが出てくる。

兜太　出てきます。いろんなものが見えてきます。これは不思議なものでね。漠然と作ろうと思って、あの花だ、この鳥だという程度じゃだめなんです。やっぱりテーマがある方が作りやすいですね。さっき話したように、速射砲のように句会をやっている旧派の吟行会でも、何かテーマを持って作っているんじゃないかと思います。

せいこう　そうか。そういうものか。

兜太　二泊三日で四回の句会をやるような場合に、四回目でいい句が出ることがあると言いましたね。そのときにいい句を作るのも、やはりテーマをつかんだやつですね。あるいは角度と言ってもいいでしょうけど。ある風景に対する角度をひとつカチッとつかんだやつ、そういうのにいい句が出てきますね。そこからほぐれるんです。

せいこう　僕はですね、小鹿坂遺跡に行って、遺跡の穴のそばで桜の花が木からハラハラ落ちていて、そのゆっくりした時間に何かを感じたので、「高きより花落つ時間」まではできたんです。遺跡だから、長い時間も短い時間も含めて、なんとなくいいかなと思ったんですけど、でもその後がね、例えば「遺跡あと」だと、遺跡はそもそも「あと」だから、困ったなと思っていたんです。

兜太　「遺跡かな」と、ぼかしちゃったらどうですか。

せいこう　ああ、そうか。「高きより花落つ時間遺跡かな」。こういうところに「かな」を使えばいいんですね。

兜太　吟行に行って一番便利なのが「かな」ですね。それで、ぼかすんです。これは効果的ですわ。どうしても今のように、五・七・五にうまくはまらなくなるといった場合があってね、それを「かな」でごまかすのが一番やりやすいですな。

せいこう　もうひとつ気になっていたのは、句の前によく但し書きみたいに「小鹿坂遺跡にて」とか書くことがあるでしょう。それ、なんだかずるいなと思うときがあるんですけど、別に構わないわけですね。

兜太　それは「前書き」というんですが、苦しまぎれですね。

せいこう　本当はそういう要素も五・七・五の中に入れるべきなんですよね。

兜太　原則はそうですね。ただ、この句の場合は「小鹿坂遺跡」という言葉は入り切らないですよね。そういうときはしようがねえから、発表するときに前書きに出すということでいいんでしょうね。

せいこう　でも、例えば兜太さんの句の場合は、遺跡の特色を詠んでいるわけだから、ある意味ではもう句の中で「小鹿坂遺跡」に触れているということになるわけですよね。

兜太　そうですね。私の句の場合は「小鹿坂遺跡にて」という前書きは要りません。

せいこう　そうですよね。さすがに上手いなあ。僕は、ここは小鹿坂遺跡であるということを、どう言えばいいのかってさんざん悩んだんです。でも「小鹿坂や」っていきなり詠むのもいやらしいなと思っているうちに、それを上手く入れ込むことができなくなっちゃった。例えば「小鹿坂や花落つ時間高きより」としてもいいわけですけど、それだと、なんだかよくわからなくなってしまう。

兜太　さっきのように「遺跡かな」とすると、具体的な場所はどこだかわからないけど、遺跡に立っているという気分は出るんじゃないですか。
せいこう　そうですね。高いところから花びらが落ちてくるまでの時間なのか、それを見ている時間なのかは、ここはぼやかしているんですけど。
兜太　案外いいんじゃないですか。「花落つ時間」が効いてますよね。遺跡というところに立っている気持ちが「時間」という言葉で表現できている。
せいこう　「時」という言葉よりも「時間」という固い言葉の方がいいかなと。
兜太　そうですよ。その場で「時間」という言葉が、臨場感の中からつかめたということはね、これはひとつテーマができたということになるんですね。あるいは角度ができた——そういうことになります。
せいこう　その後の金昌寺では、宗匠はどうでしたか。
兜太　あなたは仏像が好きだと言ったでしょう。だから、「仏像好きのせいこう」と名前を入れまして、

仏像好きのせいこう諸葛菜《しょかつさい》の中　　兜太

とやったんですがね。
せいこう　あはは、なるほど。お寺で、僕が気になった花があって、諸葛菜という花でしたね。僕はとりあえず、

なき首の代わりは石の地蔵群　　せいこう

にしておきましたけど。
兜太　そうか、そうか。
せいこう　お寺に石のお地蔵さんがたくさんいて、頭が欠けてしまっているのが多かったんだけど、その多くが首の上に代わりの石を載せているのが何だかよかった。でも、これはまだぼんやりしてるんです。もうひとつは、お寺の納経所を見て詠んでみました。

納経所には無人のラジオ昭和歌謡　　せいこう

これは「納経所より」の方がいいんですけど、「無人のラジオ」ということをうま

く言うには「には」の方かなと思って、まだこれもぼやっとしています。
兜太　「には」は、要らないんじゃないかな。
せいこう　「納経所無人のラジオ昭和歌謡」ですか。羅列していく形ですね。
兜太　それでいいんじゃないでしょうかね。あるいは「ラジオの」とやって、字を余らせますか。「納経所無人のラジオの昭和歌謡」、これでできてるんじゃないですか。
せいこう　なるほど、そうか。
兜太　それからね、やっぱり吟行の場合に難しいのは「てにをは」なんですがね。あなたは上手くやりましたね。
せいこう　いや、とてもとても。何度も頭で転がしました。
兜太　こいつは慣れてないと難しいんです。それから、最初の方も、できるんじゃないですかね。「なき首の代わりは石の地蔵群」を少しいじると、ちょっと古い感じかもしれないけど、「なき首の代わりの石や地蔵群」。
せいこう　あ、そっちの方がいいや。あれだけ切字の重要性を教えてもらっておいて、結局ちゃんと使えてない。
兜太　普通、「や」でしょうね。「石の」というのはちょっと、もたれます。
せいこう　それに、「なき首の代わりは石の地蔵群」だと「地蔵群」に焦点が合っちゃうんですが、僕の興味は「首の代わりに置かれた石」だったわけだから。兜太さんが直してくださったものの方が、石にきちんと焦点が合っている。遠景に地蔵群が、ぼわーっと見えていて、目の前にひとつ、首の代わりに石が置いてあるお地蔵さまが見えますもんね。

兜太　それでまとまるんじゃないですかね。せいこうさんがやりにくいのは、普段あまり五七調に慣れてないということもあるんじゃないですか。

せいこう　そうかもしれない。

兜太　私なんかそれを毎日、飯みたいに食ってるようなものですからね。

せいこう　なかなかうまくはまらないぞって、頭の中で下五を上に持ってきたり、中七を変えてみたり、いろいろしてみたんですけど……。

兜太　吟行会で最初につまずく原因のひとつはそれですね。なかなかまとまらないんですよ。つかんではいるけれども、上手く五・七・五に乗らない。何度かやっていくうちにだんだん覚えちゃうものですけどね。

せいこう　そういうものですか。それにしても、ちょこっと変えるだけで、全然違うなあ。

兜太　それは五・七・五に上手く乗ったということでしょうな。あなたは日頃、散文を書いているわけだから、しようがねえですよ。

せいこう　「納経所」と切る形で始めてもみたんです。ところが、前後がきちんと見えていない感じがして、ついつい「には」とか「で」とか「の」とか、付けちゃうんですよ。

兜太　散文を書いていると、どうしても説明っぽくなるでしょう。場所なら場所をきちんと示さなければいかんというか。

せいこう　そうなんです。その場所を通りすぎたのか前にいるのか、中に入っているのか、自分はどこにいて、対象はどこにあるのかということを書こうとしてしまうんですね。で、書こうとしているうちに、自分が最も焦点を当てたかったものが埋もれていく。これは散文でも同じなんですけど。

旅の俳句は書き捨て

兜太　散文を書いていると、やっぱり主体というのが非常に問題になってくるんでしょうね。書く主体が問われてくるわけでしょう。それが俳句の場合だと、今のように切字なんかでごまかしが利くというか、ぼやかせるというか、飛躍させられますからね。だんだん主体はいいかげんになってくる。

せいこう　というか、僕はなるべく、その主体とか語り部とかを消しながら散文を書けないものかとずっと思うあまりに、この数年まったく小説が書けないでいるので、今、直していただいたときに、ふと、自分ではない何かが、どこかに書きとめてきちゃった句のような感じがしたんです。主体も語り手もなんだかほとんど透明になっているというか。そういうことが俳句はできるんだなと思って。

兜太　まったくその通り。そういう効果というのは、みんな認識はしてないんだろうけど、暗黙のうちにエンジョイしているんだと思いますね。

せいこう　言葉で自分を癒すとか優しげなことじゃなくて、言葉をその場に張り付けて、捨てて置いてきちゃうという感じの自由さがあるような気がして……。吟行の場合は特にですよ。

兜太　なるほど、なるほど。

せいこう　「納経所無人のラジオの昭和歌謡」って、家に持って帰ってそれを自分の句だと言ってどうこうしようということじゃなくて、金昌寺の門前あたりの土にでもカリカリと刻んで帰ってくれれば、もうそれでいいっていうような気持ちというか。それは本来、書くこと、ものを作ることの喜びの原点になければいけないわけです。そこに書きつけたものを次に来た人が見て、それをヒントにまた何か作ってみようと思ってまた書くとか——「場」ですね、「場」に置いてくるという感じ。

兜太　それはね、まったくその通り。私なんか、専門俳人として旅をするでしょう。吟行で行く場合もあるし、普通の旅の場合もある。それでね、行く先々で、できた句をちょっと書いてくれとか言われるんですが、そのときの気分が、今の話に似てますね。なんか、旅の恥はかき捨てみたいな気がしてね、パッと浮かんだものを書くと、相手は喜んでくれる。自分もそこで満足する。しかしその句はいつか忘れてしまう——そういうことがけっこうあるんですよ。仲立ちみたいなものというか、消えやすいモニュメントというか、そういうものとして俳句があることは間違いないね。それで、句集に残す場合には、そういう句はほとんど捨てて、改めてふうふう言って作り直したりするわけです。逆に言うと、そうやってできた句集が豊かなものかどうかというのは難しいね。

せいこう　はあはあ、なるほど。

兜太　むしろ旅先でタッタッタッと書いた、作り捨てて書き捨ててきた句の集積の方が案外豊かなのかもしれんと思ったりしますね。だから、私の一番最近の句集の『両神』なんかでは、即興に非常に興味があるという言い方をしながら、そういう、書き捨てみたいなやつを入れてみたんですが、それは評判がよかったんです。それから、俳句は案外、散文からのしこりをほぐす効果もあるんじゃないかな。そういう形式だという気がしますな。

「ぶっつけ本番」の豊かさ

せいこう そうですね。それはあると思う。それと、今おっしゃった即興性ということですね。僕は舞台に立つこともあるんですけど、ここ数年考えているのは、今はどうしてもテレビの時代でしょう。それに対して舞台が闘うにはどうしたらいいかというと、ひとつには同じものを練り込んでいくというやり方もあるんだけど、舞台だからこそできる即興——アドリブですね、テレビとは違って、多人数を前にした、祝祭空間みたいなところにいるわけじゃないですか。そこで、その場でしか言えないようなうまいアドリブが出て、みんなと共有する。そういう即興性の方が豊かなんじゃないかと思って、そういう舞台のやり方を志向しているんですよ。

兜太 ああ、よくわかるね。

せいこう 吟行も即興性で詠んで、こうやって直していただくじゃないですか。それはつまり、舞台でお客が笑ったり笑わなかったりしていることと同じだと思うんです。お客の笑い方によって、ああ、今のギャグはいまいちだったかなとか思ったり。やっぱりギャグも、語順とか言葉のリズムとかがすごく重要なんです。意味だけで言うんじゃなくて、語勢の強い言葉から入った方がいいんじゃないかとか、一瞬で考えるんですよね。同じイメージを提出しているのに、言い方によってドカーンと受ける場合と、チョボチョボの場合があるんです。それは即興で詠む俳句みたいなものですね。

兜太　同じだね。

せいこう　すごく似ていると思います。今日はその楽しさがあった。

兜太　俳句の場合、少し直されるぐらいのほうが反応は強いということじゃないですかね。あんまり完璧な俳句じゃ面白くない。

せいこう　いいね、なんて言われるだけで流されちゃうと、まあ、良くも悪くもないものだったんだなと。直したくなるということは、そのテーマに相手も興味を惹かれて、入り込んでくるということですもんね。

兜太　そうそう。

せいこう　直された自分も、相手が作った句みたいに感心したり。

兜太　うん。そういう即興のやりとりというのは非常に大事だね。あなたの舞台はどういう即興なんですか。

せいこう　みうらじゅんという男がいて、彼が変なみやげ物とか、変な顔をしたぬいぐるみとか、そういうものを見つけ出して写真に撮ってくるんですよ。それをでっかいスライドに映しながら、即興でボケ、つっ込みを二時間ぐらいずっとやる。何の打ち合わせもしないし、映すスライド――八十枚ぐらいですけど、それも僕は本番まで見ないんです。何が出るかわからない。映した途端に、面白いところを探してつっ込むとか、そういうことをやっているんです。それと、数年前からアチャラカ喜劇というのに興味を持っていて、由利徹さんや伴淳三郎さんなんかがやっていたアチャラカ喜劇は、みんなノスタルジーで語るけど、本当にアドリブの多い喜劇の形だったわけだから、フリージャズみたいなものだったんじゃないかと、しかも達者な人たちがやっていたわけで、実はすごく新しい、二十一世紀的な演劇だったんじゃないかと思ったりしているんです。

兜太　それは面白いね。そういうことをやっているということが面白い。

せいこう　以前は構築が好きだったんですけど、今は即興の方にぐんぐん傾いているんです。

兜太　ぶっつけ本番ですね。吟行の場合は、最初に話したように準備してくる人も多いけど、ぶっつけでやる人もけっこういるな。案外そういう人の方が面白い句を作るんだけどね。

せいこう　今日だって、兜太さんに後で見せると思うから一所懸命、数を作ったけど、ひとりで行って何か作ろうと思っても、ただぼんやりしているだけだったりして。やっぱり、ぶっつけの緊張感というのは大事ですね。

兜太　今聞いたアドリブみたいな要領で俳句を作るという、そんな気持ちはないですか？　金子という観客を喜ばせるというくらいの気持ちで……。

せいこう　いや、金子さんを喜ばせるのは大変ですよ。

兜太　今日のせいこうさんは、相当構えて作ってましたね。

せいこう　なんとか形にしなくちゃという意識が強くなっちゃって。兜太さんが最初に「柱穴五つ……」の句を言われたときに、その軽さがあるじゃないですか。こんな調子で作るんですよと暗に言っているなとは思ったんです。でも、その軽さに行けるだけの自信がないから、つい形で覆ってしまったんでしょうね。

兜太　舞台でやるアドリブとは勝手が違ったんですな。やっぱり五・七・五というのがひとつの抵抗材だな。

せいこう　何か作ろうとすると、しまった、これ、どこかで見たことあるようなものになっちゃってる、と思って身体が硬くなる（笑）。それで細かい語順とか「てにをは」を換えて、少しでも新しい感じにしなきゃとか思うと、すっかり軽さがなくなるんですね。挨拶が消えてた。

五・七・五には慣れるしかない

兜太　よくわかります。それはね、俳句をやっている人たちでもつまずく大きな石っころですね。発想とか何かじゃなくて、五・七・五という形にどういうふうに巧みに入れるかということで、ずいぶんつまずくね。やっぱり五・七・五というのは慣れるしかないですな。

せいこう　そこに慣れないと、本来の意味での洒脱な感じがなくなってしまいがちなんですね。

兜太　逆に締め付けられるんです。そこらへんの兼ね合いの難しさだな。

せいこう　それはほとんど、人格の問題にまで行くんじゃないですか。

兜太　どうなんですかね。不思議と、子供たちは平気なんですけど。大人で、特に散文を書いているような人、それから自由詩を書いている人。そういう人はやりにくいみたいですね。

せいこう　俳句というものの重圧に負けるんですよね。

兜太　形式の重圧ですかね。

せいこう　その場で面白いなと思って言い捨ててしまえればいいんだけど、これじゃまずいだろうと、そこからこね始めちゃう。そうすると、兜太さんの句にあるような軽みが全部落ちてしまうんですね。それはやっぱり、構えとして自分に向いちゃうからじゃないですかね。自分の作品としてなんとか形にしなきゃいけないという意識で、自分の方を向く。例えばさっきの「昭和歌謡」の句だって、兜太さんもあれ、聴こえてましたよねっていうぐらいの気持ちで作れば、もっと軽く投げかけるような句になっていたはずなんじゃないか。それをつい自分の方に向いて、こねてしまったのかもしれない。兜太さんはアドリブ性というものをもっと俳句に出した方がいいんじゃないかと言われたけど、さすがに痛いところをつかれたなと思います。

兜太　舞台でそれだけのことをできる人が、なんで俳句というと硬くなるのだろうと不思議に思ったね。

せいこう　硬くなりますよ、それは。なかなか軽みというところまでは……。

兜太　定型式の中の軽みというものの難しさなんですね。定型式を消化してしまうと、軽みは楽に出るようになるんですけど、そこまで行くのには時間がかかる。
せいこう　最初から軽みが出ていた人もいるんですか。
兜太　いるんだね。でもそれは体質ですね。やっぱりインテリの場合は難しいんです。
せいこう　構えちゃうんでしょうね。
兜太　構えるというか、知識が邪魔になってね、五・七・五自体がひとつの抵抗になっちゃうんです。私の仲間で、谷本大青というのがいましてね。関西にいて、ずっと独り者で、結局、最期は死んでから一週間ほど発見されないでいた男ですけどね。その男は根っからの五・七・五でしたね。最初に私の前に現われたときからもう、あなたの言うようなアドリブの素晴らしさだった。驚きましたよ。
せいこう　すらすらすらと。
兜太　どんどん出てくる。聞いていて思わず笑うような、妙な滑稽味もあってね。それが難無く五・七・五に乗るわけですよ。あれは体質だと思った。

「軽み」はどうしたら出せるか

せいこう　それはやっぱり、人格なんだな。軽みというのは、センスですから。ギャグですらないようなおかしみというのが軽みでしょう。「柱穴五つ」の句も、どこにギャグがあるというわけではないけど、空とぼけてるっていう剛毅さなんだなあ。自分もそういうものを得たいとは思っているんですけど。

兜太　まあ、俺なんかの場合はかなりの年季が入ってるということなんでしょうけどね、その谷本大青みたいなやつだと、自ずからそうなってる。彼の句はもう、怖いような句ですよ。

せいこう　兜太さんは、根は真面目でやってきたはずでしょう。

兜太　真面目ですよ。

せいこう　いつ頃からその軽みが出たんですか。

兜太　ほんとに自分が、自ずからどんどんできるようになったと思ったのは、六十五ぐらいからですね。私自身は、根は非常に真面目なくせにいいかげん。真面目でいいかげんというのはおかしいんだけどね、ずっこけた男なんですよ。どうでもいいやという気持ちがいつもあってね。だから若い頃の句を見ても、何かしらそういう感じはありましたね。真面目が六分、どうでもいいやが四分ぐらいの感じで来たのかなあ。「どうでもいいや」がどんどん外に出てきた六十五ぐらいから、おかしなものが気軽に出てきたということですかね。一方ではくそ真面目な句も作りますけど。

せいこう　それは、くそ真面目があってこその滑稽味でもあるわけでしょう。

兜太　おっしゃる通りです。俳句の世界で、私みたいに勝手なことをやってきた男でも、わりあいにみんなが信用してくれるというのは、私にそういう地肌があるということじゃないかな。真面目だけだったら信用されないと思いますね、俳句の世界では。

せいこう　やっぱりこれはギャグではなく、ユーモアとしか言いようがないですね。

兜太　秩父の人間には、私みたいなずっこけたやつが多いんですよ。だから普通に話すことが非常にユーモラスだったりする。それから、つっぱっているくせに諦めやすい。

せいこう　山国体質なんじゃないですか。僕は東京育ちですが、両親が長野なので、兜太さんを見ていると親戚のおじさんを思い出す（笑）。

兜太　あっははは。

せいこう　くそ真面目なんだけど空っとぼけてる感じが、すごく似てるんですよ。一所懸命やるけど、他人にだめって言われたら、もういいやって言って、次のところへ行っちゃう。

兜太　そうなんです。山ってどうにもならんでしょう。

せいこう　ああ、そうか。自分で削れないですもんね。

兜太　だから諦めちゃうんですよ。秩父はね、武田信玄の影響力がうんと強い土地でね、信玄なんていう男を見てても、どこか滑稽な感じがしませんか。

せいこう　食わせものっていう感じがするな。

兜太　あっははは。

せいこう　で、金子さん、軽みというものはどうしたら出るんですか。散文においても、実はここ数年のテーマなんです。真面目さというのはいいんだけど、最終的にどこか文を貧乏臭くするんです。どこか所帯じみたところに落ちてしまう。そんなものは書きたくないですから。

兜太　軽みは難しいですよね。伊藤園の新俳句全体を見ても、軽みで驚くということはほとんどない。年配者の句でも、軽みというのから遠い句が多い。まあ、俳句の世界では軽みを唱えた御本尊である芭蕉さんでも、軽みはついにつかみ切れずに死んじまったわけですから。それは微妙なセンスなんですね。会得したというのはなかなか言えないんじゃないかな。俺なんかはね、いとうせいこうという人の書いたものとか言動にね、軽みというのを感じますよ。

せいこう　エッセイみたいなものですか……。

兜太　私はあなたの言動にそれを感じますよ。アドリブでみんなに受けるというのも、それなんじゃないですか。

せいこう　はあー。人当たりというか、落語で言う「ふら」というやつですかね。ものの言い方とか、そういうことの摩訶不思議なムード。僕にはないけどなあ。

兜太　こっちへピッピッと入ってくる感性の面白さだと思うんですけどね。だから、あばたもえくぼ式になるんだけど、俺にはあなたが何を言っても面白いというところがあるわけだよ。

せいこう　いや、誰かがずっと前に言っていることだろうなと思いながら言っても、兜太さんは初めて聞いたようなふりをして反応してくれるから、すごく嬉しいんですよね。それで不用意にペラペラしゃべっちゃう。

兜太　いや、ふりじゃねえんだよ。

せいこう　まあ、同じ内容のことでも、今初めて聞いたような気にさせられることはありますけどね。言葉が身体にすっと入ってくるかこないかの違いなんでしょうけど。

兜太　そうなんです。俳句でね、マンネリズムなんて言ってね、そんなことはさんざっぱらみんなが言ってるよという、そういう句もずいぶんあるわけだけどね、そういうのが百句出たとき、ひとつぐらいは、それでもなお面白いという句があるんだな。慣れっこのことを言っていながら面白《おもしれ》えというのがあるんですよ。それは作者の感性の持ち味ですね。だから私はそういう作者を尊重するようにしているんですけどね。

せいこう　何が違うんですか。

兜太　感性としか言いようがないんだけどね。

せいこう　それはものを見る角度のことですか、それとも「てにをは」の使い方がちょっと変だとか、そういうことですか。

兜太　見る角度は同じなんです。マンネリなんですよ。ただ、韻律がちょっと変わってるなという感じはある。だいたいそういう人に共通して感ずる韻律は柔らかいんです。柔らかくて、ちょっとおどけ気味なんですね。これは天性のものだと思うな。

せいこう　そうか、やっぱりね。

兜太　いくら練習したって修業したってね、できるもんじゃねえと思うんですがね。おそらく伊藤園の新俳句でも、そういう感性の人が出してくるようになると違ってくるんじゃないかな。今のところ、みんな真面目な、普通の句だよね。若い人の句でも、しっかりした句ではあるけれど、それ以上の味のある句じゃない。

せいこう 気分よく人を食ってくれるようなものではないんですね。

兜太 そういうのが出てくれば、新俳句なんていうレッテルを貼る貼らないにかかわらず、みんながこれは面白いですねと言ってくれるはずなんです。それが、新俳句というレッテルを見た途端に顔をしかめる人がいるという状態じゃ、その作品自体もまだまだということです。

せいこう 表現する人の資質みたいなものは、一生変わらないものなんですかね。

兜太 多くの人は変わらないと思うんですが、中には変わる人もいると思いますね。ただ、悪く変わるケースもある。それはその人の環境やらが変わったためということもあるんですが、まあ、その人自体が変わったということなんですね。良く変わる例ももちろんあって、だんだん円熟味が出てきて、さらに膨らみを加えてくるという場合ですね。

せいこう 僕がお笑いの世界で最初にふざけて師匠と呼んだ人がいるんですけど、彼は若い頃、すごく生真面目だったらしいんです。今見たら誰も生真面目だなんて思わないような人なんですけど、本当に真面目に芝居に取り組んでいたらしい。で、いつからそういう、何を言ってもギャグになっちゃうような人になったんですかって訊いたら、あるとき舞台に立っていて、一所懸命に芝居の台詞《せりふ》を言っているうちにばからしくなって、まあ、俺がここに立ってりゃいいんじゃないかって、急に抜けちゃったんだと言うんです。落語の桂枝雀《しじゃく》さんも、すごく真面目な方だったらしいですしね。

兜太　うん、真面目な人だったな。

せいこう　それでも爆発的におかしかったわけだから。生まれたときから遊び人というタイプの人の面白さもあるんだけど、そういう人は僕から見ると別の世界という感じがするんですよ。無骨に真面目にやってきたけれども、そういう人がどーんと行ったときに、すごいレベルに行っちゃうこともある。兜太さんもそういう感じに見えるんです。だから、僕自身もいつか変われるんじゃないかと（笑）。でもそのためには一度、真面目を突き詰めないとまずいのかなとかも思ったりするけど、なにしろ下町育ちの奥にさらに山国根性が遺伝してるから、まあいいか適当でって思っちゃう（笑）。

兜太　あんたの場合、今のままでいいんじゃないかな。こうしなきゃいかんのじゃないかなんて思い始めたら、面白くないと思うよ。

せいこう　ああ、じゃお墨つきってことで適当にやらせてもらいます。

兜太　あっははは。

加藤楸邨（一九〇五～一九九三）◎東京生まれ。俳人。「寒雷」主宰。石田波郷・中村草田男らと共に人間探求派と称せられる。「鰯雲人に告ぐべきことならず」

荒木田守武（一四七三～一五四九）◎室町後期の連歌作者・俳人。俳諧の式目を定めた『独吟千句』は画期的労作。

六‥「非人称の文字空間」に戯れる

（平成十二年六月、東京都新宿区・朝日カルチャーセンターにて）
※この章で引用する句は同センターの講座「言葉・他流試合」の受講者の投句です

言葉だけがそこにぽーんとある世界

兜太　では、お互いに採った句を見ていきますか。
せいこう　はい。まず、この句を採ってみました。

波踊り空高笑いギラリ夏

擬人法で、非常に大きな情景を描いているわけです。「波が踊る」は、まあわかるとして、空が高笑いするってどういう感じかなあと思ったんですけど、それが「ギラリ夏」と言われたら、空も高笑いするだろうと納得させられちゃって採ったんですけど。

兜太　この「ギラリ」はどうですか？　高笑いとの関係からしても付きすぎませんか？

せいこう　「夏」とも付きすぎてる。だからもし「夏ギラリ」だったら採らなかったと思います。そしたら、もう本当に付いてしまう。「ギラリ夏」という語順、この転倒が面白いかなあ、と。

兜太　そういう面白さは、俳句を読んでいて「発見する」という感じなんですか？

せいこう　はい。すごくあるんですよ。実は十日くらい前に、急に鬱《うつ》っぽくなっちゃったんです。小説を書く上で今、何が嫌か、何を嘘っぽいと思うかというのをずーっと検証してた。そうしたら「非人称の文字空間」という言葉が浮かんできたんです。つまり、「私」とか「誰々」とかという人称を使って文章を書いている自分がとても嫌だということに気がついた。でも非人称の文学とはどういうものなのか？　主語をわざわざ明記しないという表現はいくらでもあるわけだけれども、そういうことではなくて、文字の空間に自分をゆだねてしまうように、そんなふうにものを書けないのか、と。そうしたら「あ、それは俳句じゃないか」と、思ったんです。兜太さんと何回か対談をやらせてもらって、なんで今までそのことに気づかなかったのか。なんでこんな夜中にひとりで膝を打っているんだって（笑）。夏目漱石は神経症で参ってるときに、高浜虚子に「ホトトギス」に書いたらいいじゃないかと誘われたのをきっかけに『吾輩は猫である』を書いていますよね。非常にユーモラスなものです。あれで漱石は癒されて次の作品を書けたと言われているけれども、考えてみたら漱石はその前から子規と俳句をやってるんですよね。人称の窮屈さをどうしたらいいんだ、ということを当然、英文学者の漱石もずっと考えていたはずなんですね。もちろん、僕なんか足下にも及ばないわけですけど。

兜太　それは面白い。案外、非人称の表現ができるから俳句が面白いという小説家はいるのかもしれないね。俺がとか誰がとか言わずに、言葉だけがそこにぽーんとあるというものとしてね。

せいこう　そういうことが実感として、ほんの一瞬わかったんですね。漱石の「則天《そくてん》去私《きょし》」っていう言葉も、精神主義的に解釈されちゃうと最終的には悟りの境地になって自我を捨てたっていう話になるけれど、そういうことではないかもしれない、と。非人称という形式の中で、自在に文字の空間を戯れる——この自由さを「則天去私」と言ってるんじゃないか。イコール「俳句」ということにもなるんじゃないか。秩父に吟行に連れて行っていただいたときに、兜太さんに「肩ひじ張りすぎてるな」っていうようなことをぽそっと言われたんですよね。もっと自由に即興で詠めばいいと。

ある場所に出かけて行って、ふっと「言葉」によぎられちゃったときに、自分のものとして持ち帰るのではなくて、そこに読み捨ててくるくらいの気持ちでいいんだと。そういう気持ちって、フィクションを作るときの自分にはなかった。やはり、主人公の言葉も行動もすべてコントロールして、最終的には私のものです、と出そうとしていた。言葉というのは綿々と世代を越えて受け継がれ、よぎっていくものなのに、それを自分のところで閉じこめようとしたのは良くなかったな、と教えられました。この世界を大きな文字の空間であると考えるなら、自分の中をよぎった言葉をそこに書きつけて、自分は空っぽになって帰ってくる——兜太さんなら「言葉を自然に返す」とおっしゃるでしょうけど、そういう運動ができるという意味で、俳句は非常によくできてるなあ、と思ったんです。

兜太　「ギラリ夏」はよくて「夏ギラリ」は駄目というのは、人称の問題でいくとどうなの？

せいこう　「波踊り空高笑い夏ギラリ」と言うとね、ずっと説明してる人が見えるんです。夏がギラリなんだから、散文に近くなる。こうでしょ、こうでしょ、こうでしょと三つに分けて説明されてる。平凡な感じもするし、暑苦しい。「ギラリ夏」の方が文字空間で戯れている。

兜太　わかりました。ただねえ、これは長く俳句をやってる奴の悪いところかもしれないけど、「ギラリ夏」とくるとね、安普請《やすぶしん》な感じがしちゃうんだな。「夏ギラリ」の方が少し落ち着いて見えるんだけど……確かにしたり顔になるな。あなたの話を聞いてると、ちょっとそんな感じになってきた。これは他の散文の人たちも採るかもしれないね。文章にくたびれた人たちが。

せいこう　そうそう、くたびれてるんですよ（笑）。

兜太　では、次の句に行きましょう。

輪ゴムひとつ武器としてあり春深く

せいこう　これは「春深し」だったら、たぶん格が上がるんじゃないかと思うんですが、「春深く」とさらに曖昧にして余韻を残したところで僕は採ってみたい。

兜太　「春深し」とするとね、さっきの人称の話でいえば一人称なんです。それが「春深く」だと人称が薄らぐ。それで乾いてくる。川柳に近づいてくるんですね。「し」にすると一人称に近づいて湿っぽい句になる。

せいこう　ああ、物思いが出てくる。

兜太　そうそう。

せいこう　その物思いは、「輪ゴムひとつ武器としてあり」ということが読む者に届かないとうざったくなってくる、ということかな。こんなふうに思ってるんですよ、と言われてもそんなことはわからないという気持ちになるというか。今、兜太さんがおっしゃったことでいえば、川柳はより人称がない世界だ、と。うっすらと人称を出していくのが近代俳句、ということですか？

兜太　そうですね。それがまた逆にかったるい、という傾向になっているんではないかな。だから若い人の句は非人称に傾いてきている。それがまた、川柳との境界が曖昧になってきている理由のひとつなんですね。

言葉の貯蔵庫から微妙な季語を探しだす

文脈の変化物めく鉄線花

兜太　これは今回、私が一番興味をおぼえた句です。

せいこう　最初、ちょっとわかりにくかった。でも、ものすごく言葉に対する繊細なセンスがあるなあ、と思いました。

兜太　これはやはり、ものを書いている人の句でしょうな。何かを書いていて、物めいてきたという感じ。あなたもものを書いているわけだから、よけい実感があるんじゃないですか？

せいこう　あ、そう解釈されましたか？　僕は人と話しているうちに、ちょっと文脈が変わってきた、と。それでなんとなく物めいてきた感じになるというね。なんだか会話が高尚なもののように思えてきたり。

兜太　ああ、それは面白いな。私はもうすこしおぞましく（笑）解釈してたな。文章を書いていて、だんだんと気合いが入ってくることがあるでしょう。それで物めいてきた、いよいよ言霊《ことだま》が乗り移ってきたな、と。そうとも取れるでしょう。あなたの解釈で「文脈」を会話のことだとしたときには「鉄線花」という夏の季語、これはどうですか？

せいこう　鉄線花のツルが何本か走っている感じ。それが「文脈の変化」に付きすぎず、ぎりぎりのところで全然別の補助をしている。俳句独特の効果なんでしょうか。

兜太　そうなんです。季語が付かず離れずにあってね。これはわりとうまい句だと思

います
ね。

せいこう　こういうのはやはり五・七ときてから季語をどうしようか、と考えるんですよね？

兜太　そう。五・七ときて、では、ここでどういう季語を置きに行くのか。そこで考える。

せいこう　ほんとうにセンスとしか言いようのないところを、言葉の貯蔵庫の中からいかに選び出してくるか、それがやはりポイントなんですか？

兜太　そうですね。ふつう『歳時記』を見ながらということはあまりないわけですから、自分の頭の中にストックされている季語を思い出しながらはめていくわけですね。そのためにはやはりたくさんの季語を知っていないといかんでしょうね。だからかなり数を作っていないと、適切なものを選び出すことはできないです。ある句会でね、年配の女性がこんな句を詠んだ。「抱く孫の瞳のうるみ」ときて、季語を「鯉のぼり」とやって。これを見て、ああ、この人はまだ俳句を作り出してせいぜい五年だな、トーシロだな、と。私はそこで「山法師」と付けたんですよ。これだと三十年はやってる人の句になる。

せいこう　え、ずいぶん差がつきましたねえ。二十五年も違いますよ（笑）。「鯉のぼり」じゃ付きすぎなんですね。付きすぎたら最後の五文字はむしろいらない。

兜太　「抱く孫の瞳のうるみ」というのは発見なんですけどね、それを生かすことができてないんです。そういう意味でね「鉄線花」と置いた人は相当ベテランなんじゃないですかね。

せいこう　そういうところが俳句って不思議だなと思うんですよ。人間ってついついリアリズムってものに侵されるでしょ。そんなに嘘もつけない。孫を抱いていた、そういえば鯉のぼりくらいあったな、あってもいいということで考えるわけです。でも、それを俳句の世界では句を詠んだ季節が夏でも、冬の季語の方がぴったりくるな、と思えば付けちゃうでしょ。要するに文字空間の方にゆだねる。だから、俳句は自然を詠むもの、とは簡単に言えない。自然＝文字と考えていかないと。だって自在に季語を付けてもいいんだから。

兜太　そうですね。でも全体が面白いという句もあります。季語がどうのこうのという吟味が無用の句。五・七・五で作られていることそのものが面白い、というものですね。それは新鮮です。そういう人にとっては季語をつけるかどうかは問題じゃない。

せいこう　そこから何か始まれば、それはそれでいいんですか？

兜太　いいんです。そういう新しい句と、基本を踏まえたきちんとした句、その両方が面白いんです。これなんかも面白いと思ったんですよ。

背表紙の風が運んだ大冒険

せいこう　これは見落としてたな。一瞬ではわからなかったんです。

兜太　大冒険を書いた本があるんでしょう。背表紙にもそれらしい画が描いてある。その上を風がふーっと吹いてきてる。その本を前にして、その風が自分の中に大冒険の何かを伝えてくれる感じがする、と。

せいこう　そうか。僕は「背表紙の風」と読んでしまったんですね。それってどんな風なんだ？　と思ってしまった。この「の」は、曖昧な「の」、指示しない「の」なんですね。

兜太　背表紙の風とも言えるし、通過してくる別の風とも言える。

せいこう　そういうことだったのか。僕はこの「の」を厳しく取りすぎてました。

兜太　了解した上で見ると、どうですか？

せいこう　こういう、イメージの中だけでしかあり得ないことを言えるというのもね、素人からすれば、「いいな、俳句はそんなことして」と思える部分ですね。

兜太　これはトーシロでないと書けない世界ですね。季語はないけど気にならないでしょう？

せいこう　気にならない。秋の風でしょ、いや冬の風でしょ、と想像はできますけどね。

兜太　人称はどうですか？

せいこう　人称というか……風が入り込む先は「私」ですよね。でも「私」でなくてもいいんだ、という自由さがありますよね。

兜太　誰かに入っていくのをこちらは見ている、と言うこともできる。そういうのを客観性というわけですが、その客観性がこの句の幅を広げているんですね。

豊富なイメージが五・七・五になる瞬間

兜太　季語があるとかないとかではなく、俳句における芸の世界、そして書かれた中身の面白さ、心の軽快さを考える句としてこれはどうでしょう。モチーフは新しいんです。

平成なものか英霊越すはだし

せいこう　「越すはだし」の五文字でたくさんのことを言い切ってしまう。省略することによっていろんなものを引き連れてくる。散文はこれをほぐすことしかできないから、下手をすると説明になって終わってしまう。

兜太　「平成」というこの言葉がけっこう複雑に使われている、この感触はどうですか？　平成年間という意味と本来の平成という意味と掛けているわけでしょう。

せいこう　削り取った面白さがあるんですね。短いから多義的にいく。以前に兜太さんがお詠みになった句で、

谷に鯉揉み合う夜の歓喜かな　　　　兜太

というのがありましたよね。兜太さんが「揮毫《きごう》会」でこれを書かれたとき、「わ、すごい句だ」と思ったんです。それで、家に帰って、あれは本当にすごいイメージの句だったな、と思い出そうとしたら、「夜」とか「靄《もや》」とかって言ってなかったか

な、「滝」っていう言葉も入っていた気がするぞ、とイメージがいつの間にか広がってるんです。鯉が確かにいたはずだ。夜だったはずだ。鱗に月の光が反射していた気がする。自分自身が鯉になって揉み合ってる感触まで体感できるような気もする。いくらでも言葉が浮かんできて、それがまさか五・七・五に収まっているとは思えなくなって収拾がつかなくなった(笑)。これもそうですね。

狼に螢が一つ付いていた　　兜太

この句も「夜」だとも何とも書かれてはいないのに、こっちは勝手に夜だと思うし、ああ、森があるな、あるいは山肌だ、とイメージが広がる。以心伝心で伝わるだろうという、日本文化独特の弱いところではないんです。言わなくても伝わることは言わないんだ、削るんだ、という強い意志がある。こういうときどうやって削っていくんですか? 削って削って、これなら言えるという、心に当たる表現にぶつかるんだと思うんですが、それは単に五・七・五、にあてはめようと言葉をもてあそぶというのとは違う、何か俳人のメソッドがあるはずですよね?

兜太　自分の場合はね、こういうことを言いたいなというのがあって、まあ、なかなか書けないよね。それがだんだんと集中してくる。集中してきて、フッとね、よく禅で「百尺竿頭《かんとう》一歩を進む」（すでに達し得た高い境地より更に向上しようとする）と言うでしょう？　あの瞬間がやってくるとできる。

せいこう　そうやってジャンプした瞬間に、短い言葉で言えるはずのイメージがカッンと削られて出てくる？

兜太　言葉が出てくる。それまでいろいろ書いているわけです。イメージはある一定のものがあるわけですわ。でも五・七・五にうまく乗らない。五・七・五というのは屈強な相手なんですよ。これに乗せようとして、乗せきらん、乗せきらんと考えていて、ある瞬間にジャンプするわけです。夜明けなんかが多いですな。夢から醒めてすーっと意識が戻ってきたときなんかにね。

せいこう　ということは、このイメージは絶対すごい句になるぞというときには、どのくらい捨てないで頭の中で揉んでいるんですか？

兜太　螢の句なんかは一週間くらい大事にしてました。何かというと頭の中にその映像は出てくる。それにはいろんなものがくっついています。その中の何を捨てるのか、と考えていて、ある明け方にフッとね。「螢が一つ」にしても、「付いていた」にしても、そのときは問答無用で決まるんだね。

せいこう　今、改めてこのふたつの句を見ても、ホントに五・七・五なのか確かめたくなる。どうしても僕には三十文字くらいあるとしか思えないから。イメージのふくらみとか大きさとか歪みとか流れとか、こんなに溢れてるのに、って。でも、そういう集中した状態を一日続けていると、大変な疲れ方になっちゃうんでしょう？

兜太　駄目駄目。いっぺんでお終《しま》い（笑）。そういうときはもう句作りはしない。あとはぶらぶら、ぶらぶらしてる。

せいこう　できるときは明け方にぱっとできちゃうわけだから、じゃあ、その日は一日ぶらぶらですね（笑）。

兜太　そう。一日、ぶらぶらです。

夏目漱石（一八六七～一九一六）◎江戸牛込馬場下生まれ。小説家。友人子規に俳句を学び、連句・俳体詩も試みた。「吾恋《わがこひ》は闇夜に似たる月夜かな」

七：十五年ぶりの「他流試合」

平成28年９月、東京都・内幸町「東京新聞社」にて。「平和の俳句」選句会

月一道場「平和の俳句」

せいこう　前回、『他流試合——兜太・せいこうの新俳句鑑賞』が出版されたのは二〇〇一年ですので、十五年ぶりに文庫化というわけです。自分で言うのもなんですが、これはいい本なんですよ（笑）。過去に出版されたことは名著だと思っているんですが、兜太さんはいかがですか。

兜太　十五年前、ほとんど覚えていませんね（笑）。思い出します。

せいこう　じゃ、この本のどこが面白いかということを説明します。実作を全然しない僕が言葉や俳諧のことなどからずっと遡って、兜太さんに「俳句とは何なんですか」としつこく食い下がって聞いているんです。

兜太　そうだ、そうだ。だんだん思い出してきた。あのとき対談したときのあなたの印象は、あまり素人の感じがしなかった。むしろ俳句なんていうジャンルを呑み込んでしまって、詩の一般論の一つとして俳句を語りたいという姿勢で、いろいろと俺に話しかけてきていた。

しかも話しかけているからといって、俺から何かを聞き出そうという姿勢かというとそうじゃないんだね。けっこうずうずうしいんだ（笑）。だけど、だんだん話していると、ポイントを押さえているんだな。勘がいい。こいつは将来見どころがあると思いました。

せいこう　それはありがたいことで（笑）。あのときは『他流試合』で俳句の道の入り口に立って、いざ入らんとしている時期でした。ただその後も恐れをなして、結局入っていかなかったので、立ち位置としては十五年前とそう変わってはいないんです。

兜太　そいつはよかった。あなたが俳句の道半ばまで来ていたらどうしようかと思っていました。他流試合として成立しなくなる。

せいこう　大丈夫です。変わっていないです。ただひとつ違うのは、二〇一五年一月から東京新聞で「平和の俳句」の選句を兜太さんと一緒にやらせてもらうようになって、月一回、兜太さんの選句のやり方を見ていることです。「やっぱりすごいのを採るな。相変わらず、思いきった試合をするな」、と。兜太さんは多めに採ってからしぼり込むタイプなんですよね。

兜太　さよう。多めに採ってしぼる。

せいこう　僕は少なめに採って、なるべく最初から数合わせをしようとするタイプです。やっていると、あれはおもしろいですね。兜太さんは可能性を見て、広げて採っておく。

兜太　私はそうです。

せいこう　でも、最終的に新聞社の方から「いや、すみません。これ、十句にしぼってください。五分の一にしてください」と言われてしぶしぶやり出すんですが、その時が一番僕が目を輝かすときです。僕はすーっと兜太さんのそばに寄っていって後ろから見ています。

兜太　あれはやりにくいんだな(笑)。

せいこう　金子兜太が何を採っておいて、その中の何を捨てるか、何を残すかというのは一句一句勉強なんです。「ああ、そうか。やっぱり落としたな」とか「ああ、やっぱり採った」とかというのは、僕にとっては月一道場です。

今、俳句の新しい時代が始まろうとしている

せいこう　そのときに迷っている姿がおもしろいですよね。また「平和の俳句」では、愚直な句をちゃんと採りますよね。

兜太　採ります、採ります。ええ、採ります。

せいこう　いくらなんでもこれは愚直すぎるだろうというものも、「うん。これは絶対だ」と言って入れてくるんです。そこは芯が揺らいでいない。

兜太　私の気持ち、考え方の基本にずっとそれがあるんです。短詩型文学は愚直さがつくるものである。これが基本である。同時に天才がつくるものである。中間的な連中にはろくなものはできない、と。ところが、最近は中間的な人間がだいぶ増えてきていますから、私にとってそれはあまり感心する現象ではないんです。愚直か天才がつくるものだ。これは短詩型の宿命だとずっと思っているわけです。

せいこう　なにしろ「平和の俳句」の選句では、兜太さんはすごく意識的に、キャッチフレーズ的な俳句というか、ほとんど標語みたいなものもどんどん採るんですね。あれはどういう意図なんですか。

兜太　俳句の新しいタイプがいま始まっていることを、あなたになんとなく認識してもらいたい、そんな感じはあったね。ただ、話しているうちに、あなたの文学的な素養というか素質はけっこうすぐれているということがわかってきたから、「こいつ只者じゃないから、変に刺激して、いろいろなことを質問しろ、なんて言うと、今度はこっちが困る」と思って逃げ腰になっていたところがありましたね。

いとう　きょうは上げたり下げたりしますね（笑）。

兜太　対等に語るようになってきたんだ。それまで俺は若干教えるような気持ちだった。あなたの質問に応じて教えてやるという気持ちでいたんだが、センスがあるから俳句に対する対等な認識を持って俺に問いかけてきている。

せいこう　また持ち上げてますが（笑）。では、まず手始めとして「平和の俳句」の開始四日目に新聞掲載された句を読みます。

うばわずにこわさずに　明日はぐくむ手　佐藤宏美（43）岐阜県瑞浪市

……これはもう俳句でなくなるぎりぎりじゃないですか。ぎりぎりアウトと言ってもいい。これは二人とも採っています。僕は素人なのでこういう句を採ってもいいと思うんですが、俳人である金子さんがこれを採るということはけっこうなジャンプではないか。これはどういう思いから採ったんですか。

兜太　もう忘れてしまいましたが……。

せいこう　普通ならばもっと俳句っぽいものとか、心情に訴えかけるものとかになるんでしょうが、これは社会に対する一つの訴えかけ、いわば標語じゃないですか。でも、兜太さんはそういう率直なのがいいんだとさかんに言っていた。

兜太　無季の句ですしね。季語を使わずに、自分の思ったことをずばずばっと言っている。そこにたとえを置いて、それでもって勝負するという、俳句はもともと含蓄が大事な世界ですが、含蓄なんか全然意識しないで言いたいことを言う。そういう率直さに、ちょっと新鮮なものを感じました。

せいこう　これはむしろ新しいんだ、と言う。

兜太　新しい。いまの俺には、「うばわずにこわさずに」と「明日はぐくむ」というのは同じことです。それをあえて繰り返す、そいつをあなたが評価する、それが新鮮に感じた。俳句の中に何か新しい展開が出てきている一つの兆し、それも素人から出てきている。

せいこう　そこなんです。とくにこの「平和の俳句」では、俳句ではないんじゃないかというところを、「いや、違う。これは俳句なんだ」と一貫して言っているのが兜太さんだと思うんです。そこを聞きたいんです。いまもなぜこういうものにまで手を広げ、選句をされているのか——。

兜太　いまの句でいえば、たちどころに二つ挙げられます。

「うばわずにこわさずに」が、まずくどいんだ。古い俳句だったら、「うばわずに」

が生きて、「こわさずに」はまず消されてしまうでしょう。さらに「明日はぐくむ手」というのもくどい。だから、これは散文だと、このとき俺は思った。思ったのだが、散文が堂々と五・七・五の俳句だというツラをして歩き出したということは、これは、俳句界の力、現代俳句の力があるんじゃないか。そいつをせいこうという男はいち早く感知していると思った。これは聞くべきだ。俺が教えるだけじゃだめだ。それで、しばし聞いてやろうという気持ちでした。

せいこう　僕が素人っぽく採ってしまったのを逆に推してくれたんですね。

スキー持つ少年銃は担ぐなよ　　棚橋嘉明（76）岐阜県岐阜市

これも同じですか？

兜太　そう、そう。

せいこう　何かを間接的に言うのが文学的だと思ってきた人にとっては、これはちょっと直接的すぎるように感じると思うんです。でも、兜太さんも僕もこれを採っている。

兜太　この句は非常に説明っぽいんです。説明という要素が俳句の中に入り込んできている。だが俳句の持つ映像には、説明的な映像もあり得る。そういう思いを持った。ずいぶん前になりますが、俺は「造型俳句六章」（「俳句」1961年1月号〜6月号連載）を書きました。これからの俳句はイメージが中心だということを主に書いているんです。だから、イメージということを俺は非常に考えていたわけだ。そこにはいろいろな形があるだろうと想像していたんだが、こんなに説明っぽいイメージは俺の頭の中にはなかった。もっと省略されている、集約されているものだった。

せいこう　たしかに比喩を入れる、季語をつけることでイメージを表わすこともあるでしょうが、それはよく見るもので、ちょっとしゃらくさい感じが僕にはあったんですよね。でも「平和の俳句」なので、それなりの目的はあるだろう、と。いま間接的に戦争のことや平和のこと、毎日気になっている政治のことが言えないのでは、短詩としてもったいないんじゃないかと僕は思ったわけです。

兜太　そう、そう、そう。だから、映像というものの中で、大きく包んでしまって暗示する、そういう詩の技法を俺とあなたで書き換えつつある。もっと散文的に書いて立派な映像性を持たせることも可能だと、俺は考えていましたな。

せいこう　なるほど。それであえて散文的なものをどんどん採ったんですか。

兜太　そういうことだ。

せいこう　でも、いまおっしゃったことでいうと、散文だけれど最終的に詩性がもう一回出てくるということですよね。

兜太　そうです。結局、集約されてくる。

せいこう　この散文を一回通って出てくる詩というのは、どんなものなんですか。

兜太　だから、それを非常に期待しているんだ。

せいこう　すでに出てきているか、出ていないか。

兜太　それはまだ出てきていません。かなりのベテランを要する……。あれは……そう、寅さん、渥美清さん。この前、渥美さんが作った俳句を見たんです。渥美さんは、「フーテンの寅」だから、俳号は「風天」でした。彼の句を見たら、自由詩のように五・七・五を全然意識しないで、昭和の初めに出てきた荻原井泉水がやったような自由律なんです。渥美さんの場合は自由律の俳句がかなり多い。彼の気持ちが浮き立っている、気持ちのいいときの句は自由律なんです。

蟹悪さしたように生き　　風天

と、平気で書くわけだ。ところがちょっとしぶいと思うときの句は、五・七・五を厳格に書いているんです。

お遍路が一列に行く虹の中　風天

彼がやっていることは、ちょうど俺とあなたがこの話を始めたころの俳句界の現象だったんではないか、どっちかに割り切ろうとしていた。だが、いま達人は割り切らないで書く。自由律も書けば、イメージの色彩の強い定型詩も書く。それを自在にやっているわけだ。何かそういう非常に幅の広い表現スケールの中に、いま俳句というジャンルはだんだん入りつつある。それが現世の俳句の一つの収穫になっているんではないだろうか。

俳句に詠めないことはない

せいこう　「平和の俳句」には、むしろ社会のことを固い言葉で詠んでいたり、まったく比喩がなくて詩ではないんじゃないかと思うようなものが、けっこうありますよね。

兜太　あります。

せいこう　兜太さんは最終的に、どういうイメージを持っていらっしゃるんですか。こういう状態を経て、完全に詩を内包した散文というものが出てくると思っていらっしゃるということですか。

兜太　そういうことです。

せいこう　僕は逆にここでは割り切って、「社会的なものを俳句が扱えるんだ」ということを言わなければいけないのかなと思って、勝手に素人としてやっていました。平和であることが大事だというのを切々と訴えられるべきだ、と。しかも共有されるには、俳句は脳の中ではとてもポータブルなものです。小説を一作丸ごと覚えていくことなどほとんどの人はできませんが、俳句なら一句一句を覚えていられる。自分を励ますものもあり、同じ考えを持つ人とコミュニケーションできるすごくいいツールだ、という考え方なんですね。そう思っていましたが、兜太さんと一ヵ月に一回、選句をやっていくうちに、途中途中で兜太さんが、僕の想定を越えて、「ここに新しい俳句の可能性があるんだ」とちらちら言うようになってきて、そこまで考えていたのかとびっくりしたんです。

兜太　ああ、そうでしたか。
せいこう　日本の言葉には、漢字、ひらがな、カタカナがあるんですが、微妙に使い分けされて、われわれのからだにすりこまれてきた歴史があります。たとえば漢字かな交じりの中で、大和言葉は詩に向く。事実、女性たちはひらがなを使って感性を書いてきた。一方、漢字とカタカナは男が支配するための言語だった。明治憲法を見てもわかるように、例えば、法律はカタカナで語られてきました。つまり僕らの気持ちを表わそうとしたときに、政治が語りにくいようにされている。というのも、われわれはひらがなや口語で語りたいからです。だから、僕が「詩は政治にかかわらないようにされてきたと思う」と言ったら、兜太さんは「いや、そうじゃない」と言ったんです。そして、「詩は政治を扱える」と言った。
兜太　そう、そう。
せいこう　いや、もっと言えば、「漢字だろうがカタカナだろうが詩だ」とおっしゃったんです。そのとき、僕は目から鱗が落ちるような気持ちでした。「すべてが詩的言語だ」と言う金子兜太詩論とは、どういうことなんですか。
兜太　前回の『他流試合』の中でもちょっと触れていますが、高度成長期が終わって女性が俳句の世界に君臨して、それまで男性のものだった俳句から、女性の時代に移っていった。その時期あたりから、詩とか散文とかいう区別が俳句の中で考えられなくなってきた。感性が支配してきて、女性が俳句の中心になってきている。その影響である、と。いわゆるイメージでもそうです。映像と散文というもののミックスした状態が、俳句の中で平気で扱われるようになってきている。その第一発が女性の手で、さらにその前は、いわゆる自由律の俳句を書いた連中。さらにその自由律の俳句を刺激していた放浪俳人の俳句……一茶とか種田山頭火や尾崎放哉といった連中の影響は非常に大きい。そういう柔軟な流れの中で、俳句は円熟しつつある。だから、いまはど素人が「平和の俳句」で、平和についてのいろいろなお言葉を述べておられるが、ちっとも無理がないんだね。稚拙な感じはあるものの、述べ方に無理がない。

せいこう　たとえば、

改憲という声開戦に聞こゆ　米沢寿浩（62）愛知県名古屋市

というのがありますが、尾崎放哉はこんなふうに「改憲」などと政治の言葉は入れなかったと思うんです。でも、いまは入れます。これまでの俳句は、僕らが言うような〝生な政治の言葉〟は扱っていなかったと思うんです。

兜太　遠慮していましたね。扱っていないということはないけれども。それというのも、（満州事変から始まる）十五年戦争の時期の俳句弾圧があったでしょう。

せいこう　京大俳句事件をはじめとする……。

兜太　そう、自由にものを言うことが封じられた時代です。あれが大きいと思います。

せいこう　歴史的に俳句がそれを詠まないようにされてきた。兜太さんは「それは違う」と言いたかったわけですね。

兜太　そういうことです。やはり一つの詩ですから、表現は自由であってしかるべきである。自由な表現の中で、この詩型の寸法にも合って、自分の思うこととも合っている。それはどういう書き方かということをそこで探る。自由に書くということを前提に、それを自分なりに探っていく。その探ったスタイルによって、自分の俳句が決まってくる。そう思うので、そのスタイルがどんなふうになろうとかまわない。それこそ自由律でもかまわない、寅さんでもいい。

せいこう　むしろ政治を主眼として扱おうというのではなく、俳句はもともと自由だから、言えないことがあること自体がおかしい。だから、これまで例にあげた俳句のようなものも一緒に採っていこう、とした。

兜太　はい。

せいこう　……そうだったのか。そもそもは、

梅雨空に『九条守れ』の女性デモ

二〇一四年にさいたま市の公民館が九条を詠んだ市民の俳句を「世論を二分するテーマはそぐわない」と言って、作品が月報への掲載を拒否される事件がありました。それをどう思うかと兜太さんに呼び出されて、東京新聞で対談したことがきっかけとなって「平和の俳句」が始まっているから、筋は通っているんですよね。

兜太　そうなんです。

せいこう　あの対談後、すぐに僕が「東京新聞で何俳句と呼ぶかわからないけれど募集してほしい」と言い出して、兜太さんも「二人でやるとなると、ちょっとおもしろいと思いますよ」と返してくれて、「やるなら一面だ」と二人でぶち上げた。でも、これはさすがに通らないだろうと思っていたら、通ったんです。大したものですよね。うれしかった。

兜太　そして、話しているうちに、あなたがぽーんと「平和の俳句」という名前はど

うかと言い出して、それがまたぴーんと響いて異口同音に「それはいい」「それはいい」となりました。あんなに順調に決まった計画はないんじゃないかな。

せいこう ないですよね。なにしろ新聞の一面ですからね。

兜太 そうですよ。

せいこう だからこちらとしては、とにかくがむしゃらに社会に何か言うんだという姿勢だと思っていたら、兜太さんの中では逆に詩のことを考えていたらこうなったぐらいのものなんですよね。それで、僕は途中から「ああっ」とびっくりした。

特別視する言葉などない。全部、呑んじまえ

せいこう 「第九条」ということをなぜ詩が言えないのか。だって、「第九条」はもう詩の言葉だぞということですか。

兜太 そういうことです。

せいこう 「代議員制」や「参議院」という言葉は、いままでは「詩では扱えない。比喩で言おうよ」と言われましたが、違うんですね。

兜太 違う。「参議院」と書けばいいんです。

せいこう それは詩の言葉だからというふうに考えていいですか。
兜太 そうです。それを定型に乗せれば、さらに響く。
せいこう うーん。
兜太 日本人にとって言語は、詩的成熟を遂げつつあるんじゃないかな。
せいこう 成熟は近ごろということですか。
兜太 ええ。日本人は詩の国の人だと言われるのが、俺はわかるんですけれどね。自ずから長い歴史の中で、散文も韻文もない、その区別のない状態で熟してきている。俳句の基本はもちろん韻文です。五・七・五は定型です。散文の場合は、てにをはを正確につかって、きちんと説明しなければいけませんが、最短定型詩の場合は説明はいりません。そのかわり言葉の塊をぶつける。塊にはリズム感があるので、ぶつけるとそこに響き(韻)がでてくる。そうした韻に支えられた俳句が熟してきている。だからいくら政治の力で憲法九条を消そうとしても、日常の言葉の中で「九条」は消えないと思うんです。俺はそのぐらいの確信を持っている。「九条」というのは詩的要素を含んだ言葉だから。
せいこう なるほど。とくに「九条」はシンボリックにも扱われていますね。しかし、「第二十何条」でも「第八十何条」でも、詠んだ人が何かを感じる限り、本来それは詩的言語として扱えるんですか。また、扱わなければならないというか。

兜太　そうです。そう思いますね。

せいこう　逆転なんです、金子さんがいま到達している地点は。とにかくすごい大逆転のところなんです。

兜太　そう、そう。かなり若いときから、そう思っていました。

せいこう　だから、社会派俳句が書ける……。いや社会派とかではないですね。詩の言語のほうが大きいから、社会だろうがなんだろうが関係ない。

兜太　私がイデオロギーをあまり信用しないというのは、そこなんです。反対に日常の中で消化された社会主義イデオロギーは信用する。法律用語についてもそうです。日常に消化して社会性としてあの言葉が使える、あの考え方が入ってくるというのなら認めます。そこでだめなやつは、排除されているはずだ、と思っていますからね。実際に憲法は俳句のごとく、われわれの日常の中に消化されていないとおかしいんですよ。

せいこう　なるほど。

兜太　いまあなたは「なるほど」とおっしゃった。法律用語などを特別視するのは、日本人の後進性です。いとうせいこうさんも案外、そういう後進性を持っている。はしなくも、それがわかったんです。本当の進歩性というのは、あんなものは日常の中に呑んでしまっているはずなんです。

せいこう　これはたいへん重要な問題です。僕がなぜラップにひかれているかという理由の一つは、難しい言葉や政治家が使う言葉も全部引きずり下ろして入れられるということなんです。甘いラブソングの中で、たとえば「窃盗罪が」とは歌いにくいと思うんです。でも、ラップの中ならば、「それ、おまえの窃盗罪」とか言うことができる。つまり僕の中でも言葉には色があって、それぞれ使い方が分担されているという意識がずっとあったんです。ほかの国は、英語を見ればわかるように法律の言葉も日常語と同じ言葉で語られています。「アンダーコンストラクション」は「工事中」ですが、「コンストラクション」というものが、日常語にも専門用語にも使えるわけです。それが日本にないというのは、おそらく司《つかさど》る側が言語を勝手に分けて、「ここからは近寄るな」ということをやってきたと思うんです。ところが、兜太さんはそこを「そんなものは全然関係ない。立ち入ればいいじゃないか。俳句の中に入れて消化してしまえ。呑み込んでしまえ」という考え方ですよね。

兜太　そうです。

せいこう　それが出来ない後進性はたしかに僕の中にもあった……。

兜太　あなたにしては、めずらしいですね。言葉を区別しないんだ。俺はそういう考え方だな。あらゆるいろいろな言葉、たとえば動物の言葉や虫の言葉は、一種の軽い差別感を持ってわれわれは使っていると思う。とくに虫はそうだ。「毛虫」とか「ゲジゲジ」とか、ああいうのはある差別感を持っていると思うんだけれどね。俺の場合には、それを排除しようとする気持ちがいつも働く。「ゲジゲジ」と「ローマ法王」とは同じぐらいだ。そういう気持ちが俺の中にいつもあるんだ。

せいこう　なるほど。それは重要だ。

兜太　言語についても然《しか》り。然り中の然り。

せいこう　詩の受け皿はあらゆる言語の中で一番大きいという考え方なんですか。

兜太　そうです。

せいこう　一般には詩の言語は非常に限られたもので、だからこそうまく使いたいと思ってしまうんじゃないでしょうか。なんでも入るちゃんこ鍋だとは思わないタイプの人が多いし、僕も実際にそうです。煮詰めて煮詰めて出てくるのが詩の言葉であって、自分がそれを使うのはおこがましいとさえ考えてしまう。兜太さんは、それは全然違う、と。その辺の道端に落ちている、それが詩だという考え方で生活しろということですよね。

兜太　まあ呑んじまえということだな。法律なんか特別視する必要はない。そういう気持ちですな。

せいこう　おもしろいですね。おもしろいというか、見習わないといけませんね。

兜太　こいつだけは見習ってください。

日本語の韻を踏んだラップがなぜ心地よいのか

せいこう　今春（二〇一六年）、「平和の俳句」が始まって一年半ぐらいたっているから、そこでもう一度、とば口に立って一緒にやりませんかと兜太さんが主宰する「海《かい》程《てい》」の吟行に呼ばれたんです。「つくらなくてもいいからね」と兜太さんには気を遣ってもらったんだけれど、周りがそういう雰囲気ではないから、つくらないとみたいな感じになって、一生懸命ひねりだして提出しました。やってみるとやっぱりおもしろいんですね。その秩父の道場で、僕がラップしているところを「海程」の人たちがスクリーンに映し出して説明してくれたんです。それを兜太さんが見て、俳句よりもむしろラップに興味を持っているんです。そういえば、兜太さんはラップのことを「ヒップホップ」みたいに「ラップラップ」とおっしゃいますね。他流試合がまた、兜太さんから仕掛けられているんです。

兜太　俺はラップラップを見ながら、なぜあなたがああいう変なものにとり憑《つ》かれたのかと、ずっと考えていました。あなたがラップラップを日本に持ち込んだ人なんでしょう？

せいこう　日本語でやったということではほぼそうですね。

兜太　日本語で開拓した人ですからね。パイオニアとしては、どういうお考えがあったかということを聞きたかったんです。俳句の話とは全然食い違いますけれども。

せいこう　最終的にはつながるかもしれません。

兜太　前回の『他流試合』の対談の中で、あなたは切字ということを言っていましたが、切字とラップラップという非常に歯切れのいい、けんか調の言い方は、どこかで合うんじゃないですか。ああいうリズムが、あなたは好きなんじゃないかな。

せいこう　リズムは好きです、というか決まったリズムがいちおう前提にあって、それを自分の中で揺らがせていって乗せていくこと自体が好きです。だから、いくらでも書いていいと言われると、ちょっとぴんと来ない。やはり定型で切ってあることは重要だと思います。定型で切ってあるから、おそらく切字も出てくるわけです。

兜太　それは絶対にそうです。

せいこう　短い中で効果を生み出さなければいけないとなると、より強く言葉を使わなければならないから、そこで切字が出てくる。

兜太　そうです。切字というのは定型の所産です。あるいは、五・七・五の所産と言ってもいいでしょう。切字の塊という感じがしたな。それだけに響くんだよな。あなたがやっているやつなんかを聞くと、切字の味がいいんだな。聞いていてとてもいい気持ちでね。あのけんか腰になるところも気持ちがいい。やはり切字の味ですよ。言っていることは全然わからないです。ただ、妙に切字の味がいいんだな。

せいこう　一つ補助になるかもしれないんですが、いちおう韻を踏む、とくに脚韻（※句や行の終わりに、同じ響きの音を繰り返す技法。たとえば「見ざる、聞かざる、言わざる」の「る」のように、句の終わりに同じ響きの語をおいて、繰り返しのリズム効果をはかる）を踏んでいるんです。普通は最低、四小節で一回、一番後ろで踏んでいればいちおう良いとされる。でも、うまい人間は、二小節でも踏むし、三でも四でも踏んだりするんです。

「ええ、若くないす、もう。なんて半端ない嘆きに檄飛ばす。いくつかのバース、そのソウルに絶妙なスルーパス」

と、バース、バース、パース言っているわけです。

このときにやはり切れているんですよね。韻が決まると、お客さんがウォーッと言うんです。

兜太　あなたがラップラップに注目したのは、日本語の五・七・五中心の韻文に親しんでいたということが基本ですか。

せいこう　父親が俳句をやっていましたし、自分も俳句や和歌、説経節などにも興味があったので、ああいうおもしろいものがいろいろ入っているんでしょうね。でも、問題は「タッタ　タッタ　タッタ　タッタ」という西洋的なリズムの中に日本語の五・七・五を乗せていくと、「なんとかや、ウン、なんとかなんとかなんとかや、ウン」とお祭りみたいになってしまう。昔のあほだら経みたいになってしまうんです。この日本語から逃れるにはどうしたらいいかということをむしろ考えていました。だから「なんとかやタタ、なんとかやタタタタタ、タタタタ」と切って、切りどころを変えて、その間のところをうめていったというのが自分たちの発明だったんです。

兜太　省略したりね。ちゃっちゃっちゃっちゃっと息を切ったりして、ずいぶん省略していますよね。あなたはもともとリズムで生まれてきた人なんだな。だから、妙に気持ちがいいんだ。ずいぶん間を取っていたでしょう？

せいこう　それはありがたいですね。間も入っています。

兜太　ああいうところは気持ちがいいね、お世辞ではなくて。そういう体質的なものであのリズムに結びついていったのかなと思っていましたが、もっと深いですな。日本人ということがありますな。

せいこう　そうですね。日本語の韻とはどういうものかはとても気になります。昔、この『他流試合』で兜太さんは、「日本語は脚韻を踏む必要はないんだ。俳句は韻の塊だ」と言っていたんです。覚えていないかもしれませんけれども。

兜太　それは覚えています。

せいこう　それは自分にとって大きくて、基本は脚韻を最後に一小節、一小節で二段ずつ踏んでいくんですが、そのこと自体、ばかばかしくなったんです。もちろん脚韻も踏みますが、「ら行」がいろいろなところにちりばめられていたり、「な行」がちりばめられていたりするような、すべてそういう言語の韻律みたいなものを僕が率先してやってきたのは、兜太さんがそれを言っていたからです。

兜太　反逆ですか。

せいこう　反逆というか、俳句が韻の塊でラップはたいしたことがないと、兜太さんは当時言っていた。だから俺は、「じゃ、俳句寄りにしてみよう」と。それをやってきたんです。そういう意味では、兜太さんがいま聞いて「気持ちいいね」と言うのは当然なんです。〝兜太好み〟にしているから。それはそうでしょう、という感じです。

兜太　そうですか。それには気づかなかったな。

韻文に、散文的な思いをこめる

兜太　そういえば、この前、俺はふと思ったんです。『奥の細道』に、

荒海や佐渡に横たふ天の川　　芭蕉

という句があります。あれは韻文として俳句の五・七・五は踏んでいます。その響きが海の音とともにあるんです。同時に、彼があそこで述べようとしていることが散文として伝わってくるんだな。読んだ人はあの韻文のよさに陶酔しながら、芭蕉はそのとき、こういう考え方を持っていたんだ、と感じるわけです。たとえばこの人生は漂泊であるとか、自分の佐渡へのあこがれとか、死ぬならああいうところで死にたいという自分の持っている死生観などをきちんと持って、それを散文で織り込んできている。あの非常にきれいな五・七・五の韻文の中に、自分の散文的な思いを入れてつ

くっている。そういう句が、元禄のあのときにすでにできているんです。そうした先例を俳句は忘れてはいけない。ところが、残念なことに一方的に韻文としてしか読んでいない人が多い。その貧しさが、このごろ露呈してきているんじゃないだろうか。

せいこう　芭蕉以降はしばらくまた韻文中心だったんですか。

兜太　中断していた。いろいろ偏っていたと思う。俳句は滑稽であるとか、そういう偏り方をした。

せいこう　どの辺から、また出てくるんですか。近年、散文プラス韻文の人はいるんですか。

兜太　自慢じゃないけれど、戦後の金子兜太あたりからです。たとえばトラック島から帰ってくるときの、

水脈《みお》の果て炎天の墓碑を置きて去る　兜太

それから、トラック島の外海で日本の船が沈められて、鱶《ふか》がたくさん出て日本人を食っていた。その鱶のことが俺の頭の中にあった。それで、

梅咲いて庭中に青鮫が来ている　兜太

ああいう映像はみんな戦争の所産です。それは散文と韻文の両方が一緒になっていると思う。「梅咲いて庭中に青鮫が来ている」が入っている句集が、実はニューヨークで賞をもらっています。そのときアメリカ人の選者の一人が、この鮫は金子がトラック島にいて経験した、人間を食っている鮫なんだ。それがあるから、この句には迫力があると誉めてくれたんです。

せいこう　ちゃんと伝わっていたということですね。

兜太　そう、鋭いことを言うな、と思いました。この「平和の俳句」を見ていても、非常に幼稚な幼い句がけっこうたくさんあります。それから、もっと上手に言えばいいのにと思うものもあります。

せいこう　そうなんです。それでも採ってしまいますよね。

兜太　採ってしまいます。なんとなく心にこもっている韻のようなものが出ていると、採れるんです。戦争反対だという気持ちが韻として出てきている。理屈ではなくて、気持ちで韻文を支えている。そういう散文と韻文の合体した俳句の姿が基本にあるから、素人さんでも幅広い立場で俳句をつくるようになってきている。とくにこういう「平和の俳句」というのは、やや散文的なテーマです。そういうときに、いまのつくり方が役に立つ。

せいこう　「戦争はいやだ、平和がいいんだ」と言いたければ、普通は散文で言えばいいのに、俳句のようにしてあるということが大事なんですか。

兜太　自ずから俳句のようになってしまった。あまり無理して書いていないよね。

せいこう　そう。

私も知らぬ戦争を我が子にさせられぬ　　大林みはる（36）愛知県名古屋市

と言えば、俳句かどうか。

兜太　散文です。だけど、なんとなく韻文の響きがあるわけです。

せいこう　そう。これは実際に僕が採っています。これは気持ちも伝わるけれど、ちょっと自由律の雰囲気も漂ったりしている。

兜太　そういうことです。自ずから五・七・五の形式の中で、それができるようになってきた。それぐらいに浸透してきている。五・七・五表現が日常化されてきている。つまり、俳句を書くという形で平和が書ける。平和への望みが書ける。そういう状態になってきていると俺は思うんです。

いよいよ日本も韻文の時代に入ってきた

せいこう　その韻文ということで、ラップが気になったんですね。ただ言いたいことを言っているようだけど、脚韻を踏んだりすることで韻文で遊んでいるから、「それは言語としておもしろいことだ」と。

兜太　そうです。俺は聞いていて、脚韻を踏むというところが非常におもしろかったんだ。あれを普通に散文のように言っていたのでは響かないと思う。あなたは意識してぴゃっぴゃっぴゃっぴゃっとやるでしょう？　あれがおもしろい。これは一般性があるなと思った。

でも、あのときの「海程」の句会で嫌悪感をもってあなたのラップラップを聞いているやつは一人もいなかった。

せいこう　本当に？　それはよかったです。ほっとしましたよ。そういう人がいたのかと思ってびっくりしました。

兜太　いや、いない。つまりラップラップは俳人の肌に合うんだよ。

せいこう　現代俳句とは何かということが、僕はここでようやくわかったんです。そのルーツは芭蕉ぐらいからきちんとあるんだ。たとえば、

夏草や兵どもが夢の跡　　芭蕉

ですよね。

兜太　そうです。もっと言えば記紀歌謡（『古事記』、『日本書紀』の歌謡）が土台です。

せいこう　そこからもう。

兜太　あの基調が連綿として絶えないんだ。あれが変形されることはほとんどないです。たとえば自由律などで変形されても、すぐにもとに戻されてしまう。さっき話したように、渥美清さんは自由律の俳句を平気でつくり、定型の俳句を平気でつくる。きょうは定型の俳句で、その翌日は自由律。平気で自由自在。基本に自由律、定型があるからです。だから、いくらでも変化できる。俺はラップラップを聞きながら、いよいよ日本も韻文の時代に入ったと思った。

せいこう　すごい発言が、金子兜太御大から出ましたね（笑）。

兜太　だから、ラップラップなんていう変なものが日本人に受け入れられるし、平和

が謳歌される。

せいこう　社会的なことも全然歌える。

兜太　苦痛なく、みんながつくれる。

せいこう　なるほど。今後も楽しみですね。

兜太　大きいですね。これは平和以上かもしれませんよ。韻文で地球を覆っちゃった。

せいこう　韻文は地球を救うということですね。

兜太　そういうことです。

せいこう　散文だけだとぎすぎすしてしまうし、考え方が違うじゃないかなどといろいろ言うけれど、韻文はその意味を超えますからね。たしかにそうですね。

兜太　二〇一一年のノーベル文学賞は俳句をつくっている人でした。トーマス・トランストロンメル、スウェーデンの詩人です。自身でも俳句と言っているようだけど、非常に短い詩をたくさんつくっています。それが鋭いんだ。なかなか鋭い。アメリカはそうしたイマジズムの発生源なんですが、イマジストと言われています。ヨーロッパにもアメリカからずいぶん多くの人が渡っていて、ヨーロッパ・イマジストと言われています。

せいこう　ゲーリー・スナイダーなど、ビート・ジェネレーションの人とか。

兜太　そう、そう。結局、日本の五・七・五によって養われているこの韻文の世界は、しだいに世界的な力を持ってきたんじゃないか。もう散文では、みんな飽きちゃっているんです。また散文かというような感じ。ところが韻文でやると変わるんだ。色気が変わる。受け取り方が変わる。だから、同じけんかをするにしても、ラップラップでやったほうが強い。あるいは、違う印象を持つ。そういうことです。

せいこう　たしかにそうです。

兜太　ラップラップはよく聞いていると、あれは普通の話ですものね。

せいこう　まあ普通の話です（笑）。ひどく突飛なことを言っているわけではないです。どうおもしろく言うかが、われわれの仕事なので。

兜太　ちゃんと味をつけてね。あなた方がやっているのを聞いていて、俺はそれを発見したんだ。だから、やっぱり韻文の時代が来ているんじゃないかな。

俳句は練らなくていい、詠みたいものをぱっと詠め

せいこう　いま、「平和の俳句」をやっていて、「平和」というもの自体が季語ではないかという、僕らがたどり着いた考え方があるんです。だってこの世の中には「春の

平和」もあるし、「夏の平和」もあるし、「冬の平和」もある。一日一日の暮らしのなかに安寧を想う気持ちが世界中の人にもあるわけじゃないですか。よく無季だから俳句ではないと言われますが、俳句の歴史を遡ってみても、それは高浜虚子が言い出したことであって、非常に狭い世界での話です。だったら意味のようなものが季語になってもいいではないか。「平和」と言われたときの気分は、世界に共有できるんじゃないか、ということです。

兜太　気分を共有できるというのは非常に大事です。五・七・五の韻文で響かせながら、気分を共有させていくわけです。その中には、散文も韻文の要素も両方が混在している。これは韻文だ、散文だと区別なんかできない状態で入り込んできている。そうした状態の中で共鳴させている。

せいこう　次の句、

手と足と平和の痩せて獄暑かな　中内亮玄（41）福井県福井市

は、平和と手と足が痩せていくリアリティを言いたいという散文なんですよね。「獄暑かな」と言っているから、俳句みたいだなと思って理解もできる。今までだったら「痩せて」と「獄暑」はくっつきすぎていると言われて、きっとはねられてしまったんでしょうけれど。でも、兜太さんはこれを採るんですよね。しかも、これは素直でいいんだというのは、どういうことですか。

兜太　「平和の痩せて」というのは、平和希求が非常に難しい時代に来ているが、平和をみんな考えている。その一見、矛盾する両方のものが、一人の中で混在しているんです。弱気になったり、強気になったりする。それが混在している状態が、ここに書かれている。だから、読み方によっては、これはとても弱気の句になるし、一方で強気の句とも読めるわけです。また、こんなことをぐずぐず書いてもしようがないと思う人もいるし、こう書いてくれてありがとうという人もいる。普通の素人の人が詠んだ俳句でも、そういう幅の広い境地を味わえるようになってきているんじゃないか、ということです。

せいこう　そうなると、社会であろうが何であろうが、思ったことをすぐに五・七・五にすればいいということですか。

兜太　ためらいなくやっていい。そのぐらい俳句と日本語の表現が近くなっている。

せいこう　人はどうしてもいったん浮かんだものを練って練って一句にしていかなければいけないと思うわけじゃないですか。それはもはやいらない。

兜太　いらない。

せいこう　いらないんだ、もう（笑）。詠みたいものをぱっと詠め、と。

兜太　そうです。詩的習慣というか、そういうものはもう熟しているんじゃないかな。俺は「平和の俳句」を見ていてへたくそだなと感じながらも、ああ、なるほど、俳句という詩は日本人の中にかなり成熟しているから、誰でもこんな下手なことでもためらわず書くようになっているんじゃないか、そう思っているんだ。

せいこう　すごい境地なんですね。むしろ技巧的にいい句は、面白くもなんともないということですか。

兜太　そうです。さっきせいこうさんがおっしゃった「これはくっつきすぎているんじゃないか」というテクニック的なことは、いまや乗り越えられつつある。そんなことは、もう考える必要ない。どう詠んだって響くところへ来ている。へたくそな句だなと言いながら、読んでいるこちらには案外響いているんです。

いい句をつくるのに、修業などいらない

兜太　だいたい虚子の時代に「平和の俳句」などと言ったら、虚子がおったまげて告

訴しますよ。「こんな日本の詩があるものか。おまえらは五・七・五を崩すつもりか」とか言ってね。五・七・五を消化しているから、逆にこういう散文的なものがどんどん消化できるんだということは、なかなかわからないんです。

せいこう　季語が入ったとしても、

初節句一人も殺したことがない　平本萌子（31）東京都狛江市

という句は出なかったと思うんです。虚子のころは出ないと思います。

兜太　出ません。これは完全に散文です。「一人も殺したことがない」は一音余っていますね。それをほぼ五・七・五で処理してしまった。散文を韻文で処理してしまった。そういうことが随所に行われてきているということです。

せいこう　そういうことがうまくできている人は、散文と詩の合一が自然にできるはずだから、いきなり俳句でトップランナーになる可能性がある。すごい俳人がいきなり明日から出てきてもおかしくないということじゃないですか。

兜太　そういうことです。

せいこう　十年か二十年ぐらい前になるでしょうか、たくさんつくらないと俳句はうまくならないという時代がありましたよね。
兜太　充分あった。それは虚子の悪宣伝だ。虚子がそういう雰囲気をつくってしまった。
せいこう　いまはそういうことは……、
兜太　まったくない。
せいこう　過激だな（笑）。自分たちの思うように納得できるものをどんどんつくればいいんだ。むしろ変な修業はするな、と。
兜太　そうです。あなたのラップラップみたいに、人を感動させればいいんだよ。
せいこう　「ああ、おもしろい」と思わせればいいんだ。ということは、結社的な雰囲気はまったく必要ないということですね。
兜太　ところが、現状では結社的な雰囲気の中で、それを批判するやつらもいるんです。「いとうさんはどこの結社に属しているんだ」とか。無名俳人が選者になるのはおかしい、と。
せいこう　そういうことですよね。俺、どこにも所属していないし、詠んでもいない。なぜ選者だ、と俳句界からはたぶんそう思われているでしょうね。
兜太　うん、うん。くだらねぇっすよ。
せいこう　「くだらねぇっすよ」って、すげえ若いですね。ディスッてるんだもんね

（笑）。

兜太　日本以外の先進国の詩の世界は変化してきている、そういうような理解がないんだね。おそらく欧米なんかで俳句が注目されていることも、非常に奇異に思っている人が多いんじゃないかな。それで、「やつらは季語が日本ほど豊富じゃないから」とか、「やつらには歳時記がないから俳句はつくれないんだ」とか、そんなふうに言う人は多いですね。でも考えてもごらんなさいよ、アメリカの各州統一された歳時記をつくろうと思ったら、死んじゃいますよ（笑）。

せいこう　死にはしないだろうけれど不可能ですよね。それに必要もない。

兜太　実際に、三十年ぐらい前になりますが、アメリカの本屋でアメリカ歳時記をつくろうとした人がいるんです。でも広すぎて、結局できませんでした。それをある人に話したら、フランスでもフランス歳時記をつくろうとした人がいたけれど、できなかったんだ、と。そのとき彼が言ったのが本当かどうかわかりませんが、日本には封建制度があって、各領内で文化をちゃんと育てていて、それが明治以降になって合流するようになった。だから、歳時記ができる基礎が日本にはあったと言うんですね。東京の季節はこうであるというと、大阪でもそれがわかる。したがって、歳時記がすぐにできた。ところが、フランスにはそれがない。個別にみんな独立してしまっているから、季語を共有するという考え方がない。だから、できないと言っていました。

せいこう　あと、農事暦が日本ではほぼ統一されていたから、それも大きかったんじゃないかな。

兜太　社会構造がそういうものをつくるようになっている。日本の場合はもともとの土台が厚い。でも、そんなことはどうでもいいんだ。歳時記は日本に任せておけ、それでいいわけです。

せいこう　それはそうだ。それより世界から素敵な詩人がいっぱい出てくるといいですよね。

兜太　さっき挙げたような欧米の詩人たちは、みんな季節なんていうことにはこだわっていません。時代は動いているんでね。頭の古い連中が感覚が鈍いということだな。

せいこう　というより、兜太さんの感覚が新しすぎて、ようやく俺がついていっているぐらいじゃないですか。

観念的にならずに、どんどん体験の越境をする

せいこう　「平和の俳句」にしても、どんどん思ったことを書け、戦争を体験したか、しなかったかということも区別をするなと、金子兜太という人は言っていると思うんです。

兜太　そのとおりです。

せいこう　とんでもないことを言っていますよ。

兜太　明快、明快。せいこうさんは感じませんか。いまの「平和の俳句」を選していて、だいたい中高年女性の平和の俳句が一番すぐれていると私は思って読んでいます。中高年女性は十五年戦争の体験も若干あって、その後に文化的な活動が活発になってセンスが鍛えられてきたでしょう？　いま日本人の中ではセンスのレベルが一番高い状態にあるんじゃないかな。俺はそう受け取っているんだ。

せいこう　たしかに実感はあるんですよね。そして、戦争体験がなくても、自分の叔母からこう聞きましたとか、父はこうでしたとかというところから、「これ、体験あるのかな」と年齢を数えてみると、「いや、そんなわけないな」というのは実際にあるんです。男はあまりそういうことができないですね。体験の越境をしません。

兜太　そういうことです。「体験の越境をしない」というのは正確ですね。それだけの自由さも冒険心もないんだ。自分の城の中に閉じこもっているんだ。どうもそういう傾向がある。それに比べて、女性のほうがずっと自由な感じになっているんじゃないかな。

せいこう　だからみんなも気軽に書けということですね。

兜太　そういうこと。せいこうのラップラップみたいなもんですよ。

せいこう　いやいや、僕は気軽じゃないですよ。一生懸命やっていますよ（笑）。

兜太　そうかい。気軽だと俺は思っているんだけどね。

せいこう　ま、たしかにあまり長く推敲はしませんけど。

兜太　「平和の俳句」は、「平和だ」「平和だ」と言わないで、どんどんつくったらいいと思うんだな。

せいこう　吟行したほうがいいということも言ったほうがいいですね。一歩外に出れば、ネタはいくらでも転がっているから。机の前でやってしまうと、それは体験がないから類型句になるんです。

兜太　そういうこと。とくに「平和の俳句」なんてやると観念的になります。いろいろなことを考えちゃう。観念的になるのが一番だめですね。芭蕉も観念的になっていると思っている自分の句は、彼自身が評価していません。あの人は立派な男ですよ。すらっと出た句を自分で大事にしています。

古池や蛙飛びこむ水の音　芭蕉

は、野ざらしの旅を終えて、いろいろなことがわかってきて自然が見えてきた状態の中で、彼は春の日にあれをつくっているわけですからね。弟子が集まってきている。そういうときの気軽な気持ちの中で、ほうっとできる。それを大事にしているんです。絶対に構えたりなんかしてはだめなんです。

せいこう　それと「平和」を身にしみていつも考えている、気持ちのどこかに平和というものがある人は表現が違ってくる。

兜太　私も日本の国民が本当の意味で教養がもっと上がってきて、平和や反戦争ということが、日常感としてある状態まで来たら、素晴らしい俳句がどんどん出てくるようになると思っているんです。まだまだつくっているんだよ、平和とはなんぞや、戦争とはなんぞやと思っている。これではだめなんだ。観念的になっちゃっている。ラップラップで私が感心したのは、その観念性が全然ないということです。リズムの中でもって全部それを溶かしてしまって、私に言わせればいい加減なことをぱっぱかぱっぱか、それを鼻毛を見せたり見せなかったりしてやっている。あれがいいんですよ。そういうのに一番適性を持ったのが、いとうせいこうだったということです。

せいこう　鼻毛は見せてないんですが（笑）。先ほども言ったように、普通は詩では使わないだろうという単語を意識的に使うようにはしてきました。そういうことができる形式なんだなというのが、ラップのすごくいいところです。僕の意識としては、それは「公家の和歌」に対する「庶民の俳諧」みたいなものなんです。おしっこのことを平気で歌っちゃうとか。ラップだったら別にいいんです。「いや、ションベンもれる」とか「おまえにかけてやる、ションベン」とか、全然、普通です。同じなんですよ。

兜太　そうです。室町時代に俳諧の連歌が出て、そこから俳句が生まれます。「ああ、これは俳諧の連歌だな」、とあなたのラップラップを聞いていて感じました。

せいこう　さすがですね。その通りだと思います。地下《じげ》の俳諧です。

兜太　おそらくこのラップラップによって、日本の歌謡のリズム感がずいぶん変わってくるんじゃないかなとも思いましたね。

せいこう　まさに。

兜太　そうでしょう？　あなたのなかにもそういう革新的なものがあるから、こういう感度のいい男はすぐに乗っかっていくわけです。

せいこう　僕はずっとおもしろがっています。

兜太　おもしろがって、鼻毛を見せてやるわけです。

せいこう　いや、鼻毛は見せてませんって！（笑）

兜太　まあ、何をやるにしても、あの自由さがないとだめだ、ということです。

あとがき

せいこうさんから、題は『他流試合』でどうか、と言われたとき、それは面白いと即座に返事をした。せいこうさんは散文作家、私は俳句という韻文の作り手。まちがいなく他流である。

俳句の世界にもいろいろな俳句観の持ち主がいて、主宰誌を出して一つの流派を形成している者が多い。したがって、他流試合は俳人のあいだでも可能なのだが、ジャンルの違う者どうしの対談論議のほうに明るい印象があるのは、身近すぎるせいかもしれない。ジャンルが違えばあかの他人の気分もあって、放談できる。ましてや、せいこうさんは感性豊潤な詩人肌の人。私が言い放しをしてもきちんと急所は摑《つか》んでいて、あとはさっさと捨ててくれるだろうと思っていた。

対談は（試合は）新潮社出版部の中島輝尚さんの世話ですすめられ、最初は新潮社のクラブ。梅雨どきの庭を眺めながらはじまった。気分をかえて、話題にもとらわれずに喋《しゃべ》ろうということで、一回目は、せいこうさんの新居に近い駒形の「前川」。次は東京ステーションホテル。北武蔵の熊谷に住む私には、ここが一番便利なのだ。つづいては表参道のハナエモリビル。風のつよい寒い日で、私は大遅刻した。止めは、私の郷里の秩父（埼玉県）のホテル。その前に、巡礼札所四番金昌《きんしょうじ》寺と小鹿坂《おがさか》遺跡を歩いて吟行句を作っている（小鹿坂遺跡の出土品については、その後疑問がでて、現在調査中だが、私の句「桜散る柱穴五つ石器七つ」は変えないつもり）。——新宿のカルチャーセンターでやった二人の俳句講評と対談は、それからしばらくしてのもの。

不思議なほど話題が尽きなかった。まずは、「新俳句」と呼ばれる、青少年や若い女性にひろがる作句傾向にはじまり、その傾向に特徴的な、日常語を多用し、季語にこだわらない作り方が話し合われた。そしてそこから、五・七・五字（音）の最短詩形に、どこまで日常語の表現が可能なのだろうか、ということになり、「切字」、「アニミズム」と「いのち」、「気」のこと、「俳諧」のこと、さらには季語にかかわって日本人の季節感にまで話はおよんだ。俳句特有の「韻律」についての、あれやこれやの話が、ラップに精《くわ》しいせいこうさんの大関心を呼んだことも収穫だった。新宿のカルチャーセンターでの講評で、せいこうさんが、俳句に「非人称の文字空間」を見出したと語っていたことも、そうした対談（試合）から得たものに違いない。

私は剣術。せいこうさんは空手。私の振りまわす刀の動きを見ながら、それをひらりひらりとかわしつつ捌《さば》いていく。ときどきぴしりと素手がとび、素足が蹴り上げてくる。宮本武蔵と佐々木小次郎のような、剣術どうしの他流試合の重苦しさとは違って、御覧のとおり、双方の動きに身軽さがあり、展開がある。せいこうさんも私も、試合を堪能《たんのう》していたのである。

金子兜太

文庫版あとがき

「いとうせいこう」という存在には、ときどき、はっとさせられる。

いま、せいこうさんと私は東京新聞で「平和の俳句」という連載を新聞の一面で展開しているところだ。

「平和の俳句」、いい題名だが、これを一瞬のうちにつけたのが、せいこうさんだ。

あのときは、私も「それはいい」と、一席の句を採るようにすぐに賛同した。


いまのわたしたちは不安定の中にいる。平和に不安があるのだ。そこを俳句で自由に書いてほしい。それが「平和の俳句」に私が思うことだ。

それをせいこうさんと二人でやっているのは、偶然ではない。ここに至る前には、この本を出すにあたっての、彼との俳句について繰り返し話し合った日々があったのだ。それがいまに間違いなく繋がっている。

正直なことを申し上げれば、十五年前に出した本を、いま再び世の中に出す申し出に少々驚いたが、最後に新たな一章を加えるために、再び、せいこうさんと「試合」をしていただきたい、と編集者に言われ、なるほど、それならこの本が「平和の俳句」という平和運動の役に立つと確信した。

そういえば、この本の題『他流試合』も、せいこうさんが提案してきて、即座に返事をしたのを思いだした。せいこうさんの日本語感覚には、こちらの視界を明るくするような気持ちよさがある。

というわけで、久しぶりのせいこうさんとの手合わせは愉しく、私は久しぶりの試合を堪能したのだ。

最後に、新章（第七章）は、以前、私の『他界』という本を手伝ってくれたコンビ、塩見弘子さんと新井公之さんが再びまとめてくれた。感謝申し上げる。

金子兜太

本書は、2001年4月、新潮社より刊行された『他流試合――兜太・せいこうの新俳句鑑賞』を文庫収録にあたり、副題を変更、新章を追加し、加筆、修正したものです。

金子兜太ー俳人、現代俳句協会名誉会長、朝日俳壇選者。1919年、埼玉県生まれ。43年、東京帝国大学経済学部卒業。同年、日本銀行に入行。44年より終戦まで、海軍主計中尉、後、大尉として、トラック島に赴任、46年復員。55年、第1句集『少年』を刊行し、翌年、現代俳句協会賞を受賞。62年、俳誌『海程』を創刊、後に主宰。83年、現代俳句協会会長に就任。87年、朝日新聞「朝日俳壇」選者。88年、紫綬褒章を受章。2005年、日本藝術院会員に。08年、文化功労者。10年、毎日芸術賞特別賞、菊池寛賞受賞。『他界』（講談社）、『わが戦後俳句史』（岩波新書）など著書多数。

いとうせいこうー1961年、東京都生まれ。早稲田大学法学部卒業。編集者を経て、作家、クリエーターとして、活字・映像・音楽・舞台など、多方面で活躍。日本にヒップホップカルチャーを広く知らしめ、日本語ラップの先駆者の一人である。アルバム『建設的』（1986年）にてCDデビュー。2016年、デビュー30周年を迎え「いとうせいこうフェス～デビューアルバム『建設的』30周年祝賀会～」を開催。トリビュートアルバム『再建設的』を発売した。著書にエッセイ集『ボタニカル・ライフ』（第15回講談社エッセイ賞受賞）（新潮文庫）、『想像ラジオ』（第35回野間文芸新人賞受賞）（河出文庫）など。みうらじゅんとの共作『見仏記』シリーズで新たな仏像の鑑賞法を発信している。

講談社＋α文庫 **他流試合《たりゅうじあい》——俳句入門真剣勝負《はいくにゅうもんしんけんしょうぶ》!**

金子兜太《かねことうた》

いとうせいこう

2017年2月20日第1刷発行

発行者——鈴木 哲
発行所——株式会社 講談社
東京都文京区音羽2-12-21 〒112-8001
電話 編集(03)5395-3522
販売(03)5395-4415
業務(03)5395-3615

デザイン——鈴木成一デザイン室
カバー印刷——凸版印刷株式会社
印刷——慶昌堂印刷株式会社
製本——株式会社国宝社

落丁本・乱丁本は購入書店名を明記のうえ、小社業務あてにお送りください。
送料は小社負担にてお取り替えします。
なお、この本の内容についてのお問い合わせは
第一事業局企画部「＋α文庫」あてにお願いいたします。
Printed in Japan ISBN978-4-06-281697-7
定価はカバーに表示してあります。

講談社+α文庫 ©ビジネス・ノンフィクション

タイトル	サブタイトル	著者	紹介	価格	コード
靖国と千鳥ケ淵	A級戦犯合祀の黒幕にされた男	伊藤智永	「靖国A級戦犯合祀の黒幕」とマスコミに叩かれた男の知られざる真の姿が明かされる!	1000円	G 283-1
君は山口高志を見たか	伝説の剛球投手	鎮 勝也	阪急ブレーブスの黄金時代を支えた天才剛速球投手の栄光、悲哀のノンフィクション	780円	G 284-1
*二人のエース	広島カープ弱小時代を支えた男たち	鎮 勝也	「お荷物球団」「弱小暗黒時代」……そんな、カープに一筋の光を与えた二人の投手がいた	660円	G 284-2
ひどい捜査	検察が会社を踏み潰した	石塚健司	なぜ検察は中小企業の7割が粉飾する現実に目を背け、無理な捜査で社長を逮捕したか?	780円	G 285-1
ザ・粉飾	暗闘オリンパス事件	山口義正	調査報道で巨額損失の実態を暴露。ジャーナリズムの真価を示す経済ノンフィクション!	650円	G 286-1
マルクスが日本に生まれていたら		出光佐三	出光とマルクスは同じ地点を目指していた!"海賊とよばれた男"が、熱く大いに語る	500円	G 287-1
完全版 猪飼野少年愚連隊	奴らが哭くまえに	黄 民基	真田山事件、明友会事件――昭和三十年代、かれらもいっぱしの少年愚連隊だった!	720円	G 288-1
サ道	心と体が「ととのう」サウナの心得	タナカカツキ	サウナは水風呂だ!鬼才マンガ家が実体験から教える、熱と冷水が織りなす恍惚への道	750円	G 289-1
新宿ゴールデン街物語		渡辺英綱	多くの文化人が愛した新宿歌舞伎町一丁目にあるその街を「ナベサン」の主人が綴った名作	860円	G 290-1
マイルス・デイヴィスの真実		小川隆夫	マイルス本人と関係者100人以上の証言によって綴られた「決定版マイルス・デイヴィス物語」	1200円	G 291-1

＊印は書き下ろし・オリジナル作品

表示価格はすべて本体価格(税別)です。 本体価格は変更することがあります